横断浪途

七堇年

著

新星出版社 NEW STAR PRESS

新经典文化股份有限公司
www.readinglife.com
出　品

风景是内心的发明。

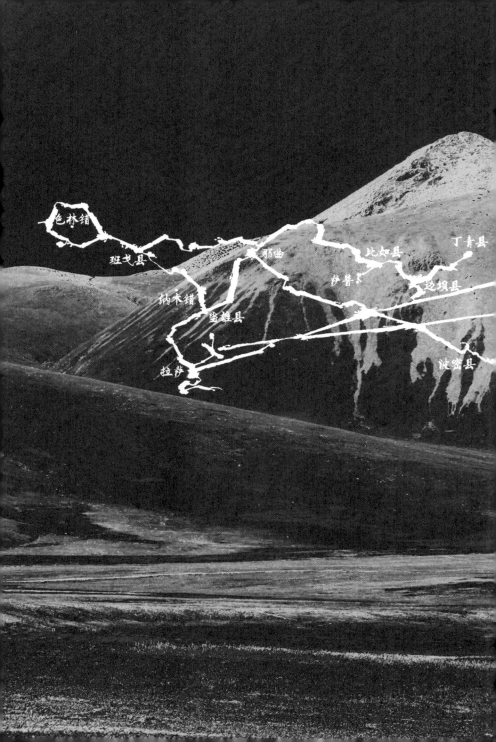

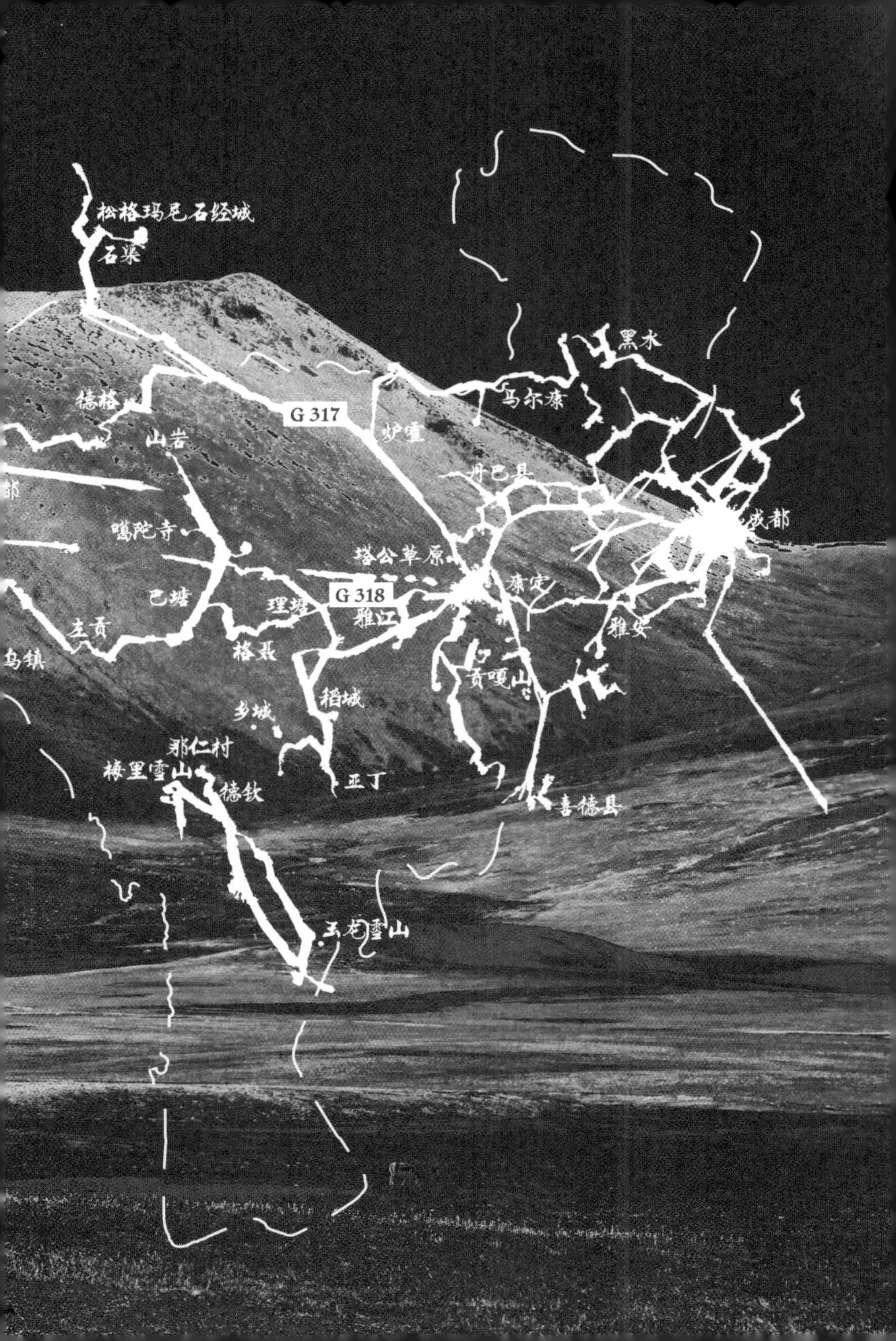
松格玛尼石经城
石渠
德格
G 317
炉霍
马尔康
黑水
丹巴县
成都
山岩
噶陀寺
塔公草原
G 318
康定
巴塘
理塘
雅江
雅安
左贡
格聂
贡嘎山
稻城
乡城
邪仁村
梅里雪山
德钦
亚丁
喜德县
玉龙雪山

那玛峰下撤途中，摄影：陈萧伊

（本书摄影作品如无单独标注，均为陈萧伊拍摄）

目录

第二章　人与星之间

第三章　路与雪之间

第四章　信仰与森林之间

第五章　夜与海之间

自序

　　我常忍不住问自己：在当今影像时代，选择以写作去呈现一段旅程的时候，到底还能呈现什么。毕竟，比起视频的快捷与直接，用文字表达风景，多少显得有点不合时宜；还好能自我宽慰：照相术发明了，但绘画没有消失，它成了艺术；飞机、汽车已然快捷而普遍，但马拉松没有消失，它成了运动。那几十公里马路，由于被你的脚步一寸寸亲吻过，而产生了彻底不同的含义。就像绘画不再为了写实，而是创造。

　　所以，一切当然不只是记录所见。当你用文字去读一段路的时候，旅程就在你心里发生了。你的阅读产生了只有你才能"感受到"的场景，请注意：只有你。只在你脑海里。毕竟，文字作为媒介的优越就在于：它不饲喂图像，而是唤起遐想，独一无二的遐想。

　　所以，不仅写作是创造，阅读，更是创造。

这些旅行大都发生在过去三年之内，集中在横断山脉地区。我的家乡近在它的东缘，以前却少有深入。人年少时，对远方这个符号赋予过高的价值，近在身边的事物，往往就因为切近，而失去了光晕。舍近求远多年以后，才意识到风景是内心的发明。近处与远方，其实是一组镜像。而诗与远方无关，取决于观看的方式。

在以消遣和度假为目的的现代旅游业（tourism）诞生之前，人们一想到旅行，总是与颠沛、狼狈、困苦、折磨这些词相关联。这是旅行（travel）一词暗含"辛苦""折磨""不愉快的劳作"之义的原因，与现代法语的工作（travailler）是近亲。作家辛西娅·奥齐克曾对"旅游"和"旅行"做了一个微妙的区别，前者是"一个人走进一个地方"，后者是"一个地方走进一个人"。

∞

"横断山"概念最早出现在清末地图学家邹代钧编写的《京师大学堂中国地理讲义》中：

> ……迤南为岷山、为雪岭、为云岭，皆成自北而南之山脉，是谓横断山脉。

到了当代，横断山脉又有了广义和狭义的区分：

广义的横断山脉位于青藏高原东南部（介于北纬22°～32°05′，东经97°～103°之间），为四川省西部、云南省西北部和西藏自治区东部南北向山脉的总称，是青藏高原的边缘山系。它东起邛崃山，西抵伯舒拉岭-高黎贡山，北达昌都、甘孜至马尔康一线，南抵中缅边境的山区，面积60余万平方公里，是中国最长、最宽和最典型的南北向山系。

狭义的横断山脉指三江并流地区的四条山脉，即沙鲁里山、芒康山-云岭、他念他翁山-怒山及伯舒拉岭-高黎贡山。

这些山系水系如此浩瀚磅礴，就算耗费一生也没法穷尽其每一个角落。而在横断山脉之外，地球上还有那么多角落、那么多山河湖海，是无法穷尽的。一想到这天高地厚，我就被自身的短暂和渺小给伤到了。恰如庄子所言："以有涯随无涯，殆已。"

好在旅行不是为了穷尽天涯，而是为了穷尽自我。仅横断山脉极小的一部分，足让我饱览余生。有句谚语是："如果你希望走得快，你就一个人走；如果你希望走得远，那你就要和他人一起走。"无比感激我旅途中的同伴。若不是如此，我恐怕仍对壮美绝伦的西南山地知之甚少。

徒步和攀登过程中，大都是沉默而专注的，彼此也相隔一定距离。唯独在行车时，车内空间像一座微型的电影院。在那个封闭的小盒子里，与同伴如同仅有的观众，固定在并排的座位上，动辄长达四五个小时的交谈，配上音乐，流动的风景：仿佛身处一沓尚未被剪辑的影像素材之中。

过去两年来，许多最深刻的对话，都发生在长途行车中。那些争论、疑惑、思考……成为另一层精神风景，与山川湖海同样壮丽。也正因为此，我想记录这些珍贵的所见与所想，用这些双重风景，浇灌坚硬板结的日常生活。

有意思的是，经常被路人问到："就你一个人啊？"或者"就你们两个啊？"在得到肯定的回答之后，对方的反应则含混不清："可以啊……你们姑娘家的……"

这听起来似乎是赞许，又肯定不是。我免不了会想：如果我们是两位小伙子，他们还会问同样的话吗？难道探索偏远之地，千里走单骑，只能属于某种性别、某种族群？人们对于姑娘家的刻板印象，仍然如此局限？

当然，这又是另一重艰难之旅了：观念的改变。

∞

改完本书第二稿的时候，我正在爱荷华大学参加国际写作计划（IWP）。某个演讲日的早晨，一位越南作家以葬礼般的语气和我打招呼，眼泪汪汪地说："费德勒退役了，我哭了一晚上。"

那天上午，我们都丢开了自己的演讲稿，热烈地讨论起网球、费德勒，讨论什么是热爱，以及天才与努力，到底哪个更重要。（很不幸，结论依然是都重要。）我搜索视频，看见费德勒在最后一场表演赛后，现场发表退役感言，回顾自己的网球生涯，热泪盈眶地说："这是完美的旅程。我愿意从头再来一次。"

那一刻，我的确被什么击中了。这话竟然也能映衬茫茫世界的每一个人：你的生涯，你的热爱，你一生迎过的风、路过的景，你做过的又失落的梦。凡人如我，当然无缘度过费德勒那样饱满的传奇一生，但如果某些默默无闻的旅途也能唤起你的向往、你的出发、你的眺望，那么这样的行走与书写就有了另外的意义。

这不是完美的旅程。但我依然愿意从头再来一次。

黑水

马尔康

霸王山 ● 理县

炉霍

党岭 ●

丹巴县

雅拉雪山 ●

塔公草原 ●

折多山 ●

G 318

康定

黑石城 ●

雅江

朋布西

雅安

海螺沟 ●

贡嘎山 ●

轿顶山 ●

成都

第一章

风与峰之间

应许之湖

这些年逐渐接受一个观点：生活和旅途一样，如果找不到好的同伴，不如一个人。反过来，一位好的同伴意味着一加一大于二，甚至大于无限。

但是，能否成为最好的旅伴，不仅是取决于壮丽和酣畅的时刻能否同甘，更取决于不适、不顺的时刻，能否共苦。毕竟一旦踏上旅途，人与人之间 7×24h 的相处密度，将是一种严峻的考验。想象一个合不来的伴侣，你尚可用工作和社交来逃避相处。但与一个旅伴上了路……如果不能互为天堂，那么就会变成字面意义上的"他人即地狱"。

和小伊的第一次见面，是在 2019 年秋天。因为一见如故，我们聊到凌晨三点仍然话头正旺。店员明显焦虑，又不好说什么，反复擦拭杯子，收拾周围的桌椅，传达关门打烊的意思。

她用伤感的口吻，提起 2018 年瑞士驻留项目的记忆：一个人住在小镇上，过着最简单的生活。偶然在一次爬山的时候，她看见了树林中一块巨大的冰川漂砾，深深为此着迷。后来她特意选择在晨曦或暮色的微光中，一次次爬山，一次次去拍摄这块漂砾。她说，这是"时间的容载，阿尔卑斯冰川的纪念碑"。

我非常喜欢那组作品：展厅的光线以呼吸的节奏明暗起伏。那块漂砾安睡在一片幽暗的森林中，似乎暗藏着一个坚固的梦。它也许是宇宙中，第一块梦见了另一块石头的漂砾。在它周围，树叶以几乎不可见的尺度轻微颤抖，一种临界的静态：时间被抽取一空。文明是尚未开始，还是已走到了尽头？此刻是黎明，还是黄昏？那幅影像传达的永恒感，让我联想到某种毁灭性的寂静。人类似乎已经藏到了地下深处去，地表上的物质都被放射性尘埃覆盖。铀-238 的半衰期——45 亿年，与地球的年龄大致相同；钍-232 的半衰期——140 亿年，或许可与宇宙的年龄比肩。亿年以计，却要一秒一秒、一代一代地蛰伏等待……我甚至联想到位于极北之地的世界种子库，号称能抵挡核武器打击，为地球末日保存生命的火种；但因气候变暖导致永久冻土融化，种子库的建筑结构在巨大应力下，产生变形，已经有渗水的迹象……

人类建造永恒坚固之物，足以抵挡核武器打击，却无法抵挡时间的拥抱、水滴的亲吻。但这些漂砾，在我们全都消失之后，或许依然存在如初。它们是时间的骨骸，呼吸着，吞吐着，流动着，以人类看不见的幅度。

正是因为凝视这些作品，我猜想和它们背后的创作者会成为很好的旅伴：相处起来会像空气那样自在，又不可或缺。我们大概都会热衷于小路，岩石，山川，星空；会热衷于人间之外的宇宙，某些亘古所在。

但未曾想到，这个猜想要足足等到一年之后，才能被验证。毕竟，与小伊第一次见面之后，疫情时代就来临了。如同正在高考现场，苦苦思索"应当如何正当地生活"这道压轴大题的时候，监考老师忽然一把抽走试卷，说，不用想了，考试取消了，都回去吧。

从此，一轮又一轮的疫情反复打乱计划，不仅出行受限，连日常琐事都成了问题。有人用 Glocalization 一词来形容这种"全球在地化"逆势。静默或隔离的状态下，天亮了又黑，黑了又亮，我游魂般穿梭在冰箱、书桌和床之间，彻底成了没有影子的人。消化不良，缺乏运动，总是因为莫名的焦虑而迫切想往嘴里塞点什么，又不敢多吃，于是只能蹲在阳台上啃指甲，傻盯着洗衣机滚筒旋转，出神；偶尔茫然地刷刷手机，半小时就过去了。

一天，一个月，一个季节，就这么过去了。这最低限度的生活引人思考，最高限度地活着，本该是怎样的。

∞

与小伊再次见面，已是 2020 年 4 月。我们像蛰居的小鼠般探出头，瞄一眼春天匆匆而过的脚踝。没有任何店面开门，我们躲在城市公园的角落，望着风和日丽，花草树木，感觉一切仿佛《楚门的世界》的电影布景，几乎怀疑其真实性。就连每一口呼吸，似乎都是偷来的。我们都对这种生活与信念的萎缩倍感警惕，约好一定要抓紧时间多进山看看，就像被关上门的时候要找一扇窗。这扇窗就从她的家乡，横断山脉东缘，一个叫轿顶山的地方开始。出发前她曾说："尽管去那儿这么多次了，仍然感到那里是一个很特别的地方。"

"那你还记得第一次到那里的情形吗？"

"天气太糟了，一片浓雾，什么都看不见，睡前冷得瑟瑟发抖。第二天早上，朋友急着钻出木屋上厕所，才发现门锁都被冻住了，怎么也打不开……折腾了好久，憋坏了。"小伊说完，我们都大笑起来。好天气之于山野来说，简直就像衣妆之于人。我们都频频查看卫星云图，尽量掐准最好的天气进山。当然，因为时间有限，也并不能次次如愿。

去轿顶山的路上，从下午直至傍晚，山下的绵绵阴雨仍不见停，随着海拔增高，渐渐变成了细雪。视野变成了一部黑白电影：眼前是纷纷扬扬的六芒晶，慢动作落在挡风玻璃上，雨刷来回刮过时，发出砂质的声响。山路上的牦牛成群结队，肩头负雪，长毛遮眼，像一块块会自己移动的石头。老牛对车来车往都很淡定，而小牛犊大概还没有"见过世面"，一见车来，便径直沿着道路中央往前狂奔，搞得我们也很尴尬：明明只须往道路两旁靠一靠，就可以轻松错让，可是它们偏偏……就不下路。

有一头小牛犊傻在路中央，明显慌乱，不知道往左右闪，一直沿着道路中央往前跑，跑了很久，发现仍甩不掉我们，终于生气了——只见它突然转身，盯着我们，身体前倾，后蹄刨地，俨然一副西班牙斗牛场上的怒牛，马上就要冲过来的架势，吓得我们一个急刹。在那几分钟的屏息里，我盯着那头小牛，突然想到：也许在上帝眼里，当下的我们面对疫情、战争，也是一样惊慌失措？被厄运的滚轮逼着往前逃，忘了只须往左右两侧一闪，就不至于这么狼狈。想到此，有点又好气又好笑，只能熄火停车，等小牛犊自己开窍。

一关掉引擎，寂静就如耳聋般笼罩下来，我们连说话声音都不自觉地变小，唯余肖邦夜曲还在播放。弗拉基米尔·阿什肯纳齐弹奏的版本，节奏潇洒，极尽缠绵，配以山路悱恻，一切似是奔着哈代式的结局而去的。

∞

抵达轿顶山营地时，天色发黑。一下车，寒风带雪，如刀子逼上脸，几近刺激地爽快。吸取上次的经验，我们反复跟老板强调一定要开足暖气，于是……那个夜里我们几乎热得睡不着，快要变成烤猪。半夜我甚至数次爬起来将门缝打开，放冷空气进来降温。

翌日我醒得很早，房间里尚且一片昏暗，隐约听见伙伴们均匀的呼吸声。我起身，蹑手蹑脚从门缝向外望，一瞬间简直要捂住自己的嘴，生怕惊叹出声——千山欲曙，皑皑负雪，如一柄洒满金粉的锯齿，横在天际，闪闪发光。最高的、锋芒逼人的那座，就是贡嘎主峰了。

　　雪霁初晴，我们沿着小径登上轿顶山。阳光照亮雪花的晶体结构，一地都是碎钻之虹。小径铺满薄冰，湿滑无比，我们放慢脚步，频频回头拍照：蜀山之王就在西南方向的天空中，与我们遥遥相望。伟大，平静，亘古。

　　大轿顶上的那片海子被我们找到了——比卫星地图上看到的还要小一些。爬上去并不累，只是海拔高了，人就有点喘。我展开垫子，席地而坐，而小伊顾不上休息，背起相机，扛起三脚架，下到海子边上去了。我远远看着她反复移动着三脚架的位置，测光，取景，拍摄。

　　半个小时后，小伊把相机留在岸边继续录制影像，回到我们这边来了。走近了才发现，她已经冻得脸庞通红，手都僵了。我们泡了咖啡，捧着杯子暖手，思考什么音乐配得上此时此刻。最后她选了 X-Japan 的 *Forever Love*。曲子瞬间把我带回十五岁，高中入学前的军训时光。白天暴晒，大汗淋漓，夜里无眠，二十人一间的大通铺，熄灯之后忽然变得更热闹。刚刚认识的新同学拿出 CD 随身听，爬到我的铺位上来，分一只耳机给我，一边放歌一边唾沫横飞地谈论"视觉系"，连一群蚊子也来凑热

8

闹。高中生活就这样开始了。

　　而今，整整二十年过去了。不仅便携 CD 机，连 MP3 都成了历史。唾沫横飞的同学少年，已经成了两个小孩的家长。我总认为没有为人父母，就真的谈不上长大。跟同龄人相比，我好像还是个迷路的小鬼，在自找的狭路上，与自找的痛苦相逢。但谁的生活不是瞻前顾后、摸黑过河呢？

　　我们并肩坐着，望着湖，望着雪山，一动不动。没有人玩手机，没有人说话，更不会自拍。我们像自然一样自然，安静不语。目及之处，雪浅沙平，冻云匝地，贡嘎于云下雾隐，群峦如寐。我感觉自身被风景的力量封印，成为一枚琥珀。想不起来处，也不关心去处，当下，此刻，衍生出某种永恒的意味。不知把 *Forever Love* 循环了多少遍之后，我想起晏殊那句"当时轻别意中人，山长水远知何处"，瞬间眼角发烫。

　　坐在身边的伙伴又在想些什么呢？我心里好奇，但想而不问。

　　临走前，小伊把眼前的海子命名为"应许之湖"。

　　在《圣经》中，欲至应许之湖，必先过西奈山。西奈山，是上帝向摩西显灵，并赐给他《十诫》的地方。而我们远处那高耸的贡嘎群峰，也是另一座西奈山吗？神一定在此降临过。古人用"烟霞之侣"形容这种共情——当共同见证过那座山、那片海子、那个时刻，往后，每当说起应许之湖，我们便心照不宣，明白对方在说什么了。

即使对于别人来说，那无法言传的，永将无法言传。

∞

小轿顶是另一座垭口，离大轿顶很近。本来毫无期待，没想到登上垭口，眼前是一道深峭的峡谷，劈裂至天边，状如一道巨大的、新鲜的伤口。九只鹰在我们头顶翱翔，那份自由，令天空都显得局促狭小。小伊查阅卫星地图，辨认出这条峡谷叫"潜龙凼"。

一阵风吹来，云开雾散，峡谷近处的桌状山显露出沉积岩纹理，像巨人的额头，布满层层皱纹。我想象那些嵌在巨人额纹中的饰品——三叶虫化石、菊石、腕足类化石——古老的特提斯海，俯冲的大陆板块。人类用"俯冲"这样的词，形容笨重的地壳耗时几千万年完成的一个慢动作。

没有什么比悬崖更具有悲剧感了。自然的神力把玩一片大陆、一片命运，就像把玩一只核桃。希腊人一定也是站在这史诗般的悬崖上，才创造出这么多神话的：看哪，那个盗火者被缚在那里，群鹰盘旋，每日啄食他的肝。①

"能想象吗，亿万年前，眼前就是海底啊……"我低声自言

---

① 指的是希腊神话中普罗米修斯从太阳神阿波罗那里盗火后，被宙斯惩罚，绑在高加索山，每日忍受风吹日晒和鹫鹰啄食。——编者注

自语，小伊听了，轻轻惊叹了一声。

在所有的风景中，悬崖最令我痴迷。也许是其肉眼可见的悲剧气质，尽头感，末日感：墨尔本的十二门徒海滩，海风中的石灰岩柱，注定将一个个倒下，最终消失；苏格兰的天空岛，悬崖上挂着一道瀑布，坠入大海。总有一天，连那悬崖也会坠入大西洋。

被悬崖气质吸引的人就像托马斯·哈代，"向往倒塌的村庄，向往背对人群离开"。这个落魄的贵族活到快九十岁。长寿对普通人来说是福，对哈代来说则是苦。他被迫见证一个辉煌的时代，跌下一个又一个悬崖。

The Wound

I climbed to the crest,

And, fog-festooned,

The sun lay west

Like a crimson wound:

Like that wound of mine

Of which none knew,

For I'd given no sign

That it pierced me through.

伤痕

我爬上了山顶

雾色缭绕

日头西垂

如一个血红的伤痕

好似是我自己的

那个无人知晓的

因我不曾袒露

它已将我刺透

眼前的悬崖是横断山脉诞生的片段残影。关于其地质形成过程，学者李忠东是这样描述的：

当印度板块由南向北俯冲而来之时，由于受到北面华北地块和塔里木地块的阻截，难以继续向北推进，因而被迫向上生长，形成高大的喜马拉雅山脉，并导致青藏高原的整体抬升。

与此同时，南北方向的挤压，大陆物质随之向东西两端流逸，但东部却又遭到扬子地块的顽强抵抗，于是原来接近东西向的大陆被强行扭曲，发生了顺时针约90度的旋转，转而向南寻找发展空间，扬子地块向西挤压，同时也就导致地壳紧缩产生强烈的褶皱变形，于是便形成一系列南北走向的紧凑山脉。

俯冲。阻截。推进。抬升。挤压。流逸。抵抗。扭曲。旋转。再次挤压。褶皱变形。我被这一系列动词吸引了。在一个足够大的尺度上，它们听起来就像两个现代舞者的肢体语言。

下山回到驻地，竟然又赶上一场落日。金色的云海如同火山喷发，在群山之间涌荡，看起来几乎发烫。天空成了上帝的壁炉，熊熊燃着，像是马上要烧到眼前来了。"我们简直是'天气之子'，"小伊一边拍落日一边说，"想想上次那位什么也没见着的朋友……"我们几乎愧疚地笑起来了。

晚霞预示着第二天也会是好天气。果然，翌日的下山路上，晴山如翠，远水拖蓝，与来时的昏霾相比，面目全非。竟然连牦牛都消失了，让人怀疑此地又是个桃花源，出口一别，再无可能返回……这一念让我们十分不安，于是下车回望——那一刻，才惊于我们的来路，竟如此遥远、蜿蜒。只见峡深嶂远，岚烟交碧，天地大景仿若一座青铜浮雕巨制，泛着绿锈。小伊说："这叫什么来着——'心如宋明山水'啊。"

石头之吻

坐在缆车的轿厢里，寂静几近耳聋。浓雾之中，钢缆化作一根长长的绵柔的针，刺入云端，消失在雾中。峡谷的两岸皆是黑白高峻的雪山，肃穆庄严；谷底的冰河如凝冻的血脉，摄人心魄。我不由得想，如果谢灵运、苏轼见到此时此刻这一幕，会作何诗篇？那个写"银鞍照白马，飒沓如流星"的李白呢？

这已是 12 月的海螺沟，降雪却远不如我们想象中丰沛，只薄薄一层。针叶林已褪成了灰色，披覆在山体上，呈皮毛质感，群山因此看上去酷似一群陷入冬眠的巨兽，一动不动。

缆车的尽头是一片山间平地。从观景台望去，雪山如城墙环绕，冬阳高照，一地雪晶在强光下闪耀细微的虹彩。蓝与白的底色上，高山秃鹫的翅影掠过冻云。

小伊指着西面的雪峰说："那就是贡嘎了！"

我咬着半个苹果，张口结舌："不可能吧？！"

"真的！绝对是！放眼没有更高的山了！"

小伊说完，走向栈道一旁的解说牌，仔细确认起来。在我身旁，一位北方老太太接过老伴儿递来的热茶，用纯正的北京口音对我说："我们确定过，那就是贡嘎。"

大约是距离太近，贡嘎看起来只是一座普通的雪峰。粒雪盆[①]下方的海螺沟一号冰川，呈现某种疲态：冰裂隙触目惊心，如满脸皱纹；正在融化的大冰瀑顺流而下，似老泪纵横。最下方的冰舌夹杂大量泥土与漂砾，舌苔泛黑，那神态让我联想起某个拿孙子毫无办法的老人。大自然是否也拿我们人类毫无办法呢？那可是蜀山之王。因为坐缆车上来，接近得过于轻易，我几乎心生一丝愧疚。

谁也没有想到 12 月的贡嘎山脚下，竟如此暖和。薄雪预示着又一个暖冬，来年的干旱或虫害，这一切都令人忧心。肉眼可见的断裂冰舌，是再也、再也不会回到原来的样子了。小伊说："五十年后，等我们老了，再来这里的时候……那冰川，可能就消失干净了啊。"

不仅历史有了加速度，冰川的消亡也有了加速度。

在某一期英文播客中，我听到这样一个片段，大意是说："人类倾向于将物体看成物体，事件看成事件，比如：一块石头是一个物体，一个吻是事件……但是别忘了，在更大的时间尺度上，沧海桑田，冰川流动，山崩地裂，也都是事件……因此，一块石头也是一个吻，由你的时间尺度来决定。"

---

① 又名冰窖、围谷，是山谷冰川发源处，屯冰的基岩洼地。——编者注

一年后的夏天，我第二次抵达海螺沟，亲眼见证大冰瀑正在融化，崩裂，发出低沉的咆哮；白色的固体的瀑布，坠入冰舌。那声音像雪崩、雷鸣、战鼓的声音，某种哀乐——冰川的舌，要融化了：大自然的吻别。

8月，我第三次抵达。天气大晴，贡嘎难得一见地露出了雪白的巅峰，仿佛三顾茅庐之后，她终于被诚意打动，打算与我见上一面。我拍下贡嘎的照片，沿着画面中那短短一寸山脊画了一条红线，大笔一挥："沿着它，就登上去啦！"

当时，连身边的家人都被逗乐了，说："那你去吧！下辈子见。"

∞

谁也没想到，就在拍下这张照片的一个月后，2022年9月5日，海螺沟发生6.8级地震，烈度9级，一瞬间山崩地裂，就连几百公里之外的成都也震感强烈。有人发布视频：客厅茶几上的火锅，无缘无故像暴风中的小船那样猛烈摇晃起来，汤汤水水洒出老远。

当时正值严格的疫情封闭期，人们无处可躲，困守在家，头顶吊灯摇晃不止，柜子上的摆件和书本稀里哗啦掉落……而几百公里外的海螺沟，灾民受困、受伤、受难，救援者生死一线，就在这样一个平凡无奇的中午降临。

更无法想象的是，当时在我身边说"下辈子见"的那位家人，刚好因为当天再次进沟，被活生生困在震中，整整失联三天，杳无音讯。我在脑海里演绎了无数可能性：落石，泥石流，失温，滑坠……每一样都是致命的。新闻画面里，整片山都垮了下来，唯一与外界相通的那条公路毁了十几公里，仅靠那台挖掘机疏通的话，不知要等到何时了。在那三天的煎熬里，所有亲朋好友都帮忙疯狂打电话找她，盼着某个瞬间能奇迹般接通；统统失望过后，大家又打电话给救援热线，追踪灾情。

第四天，家人奇迹般获救了。她和其他被困的人们乘坐直升机逃出生天，竟然毫发无伤。我们一边为她不可思议的幸运而惊讶，一边追问，身处地震瞬间的震中，到底是一种什么感受？

"当时只听见持续不断的隆隆闷响，像绵延的巨雷之声，我怀疑是不是发生了大雪崩……但也没见着雪……我非常想弄明白那巨响从何而来，就站在平台上一直拍贡嘎，以为能拍到一场大雪崩。没想到过了一会儿，感觉平台开始抖动着一点点抬升，仿佛有一架巨型的锤式打桩机，那种工地上用于击碎混凝土的机器，你知道的吧？——咚！咚！咚！咚！咚咚咚咚！震得发麻，脚下的平台不断抬升……坐电梯一样，你能想象吗？清晰地感觉地面在往上抬……有个环卫工人，眼睁睁看着眼前的大石头被震得原地弹跳了起来！吓得他扔下扫帚就跑……"她说，"非常、非常诡异的感觉……"

我推测，与飓风中心的风眼其实颇为寂静一样，她在震中所感受到的抬升，大约是纵波的威力；而震区外围受横波影响，才产生左右剧烈摇晃。我努力用一种开玩笑的语气说："你大概是世界上为数不多的、活着体验了震中地震波的人类……"

　　虽然最坏结果都没有发生，但我切肤意识到，这种幸运是多么偶然。看似坚固的山脉、楼宇，看似理所应当的平安、健康、顺遂……都是建立在多么脆弱的概率上。这次地震也在我心里产生了绵长的余震。我不断提醒自己：我们只是命运的乘客。在生活面前，哪有什么控制，只有控制感。那只是一种幻觉，本质上，一切概率，都仰赖上天的仁慈。但也正因为这种无常、短暂，我产生了某种紧迫感与渴望：时不我待。时不我待。趁着一切尚未消失，趁着自己尚未消失，去看看更多的天地。

结界之桥

折多山。

上坡时，海拔渐高，每台发动机都燃烧不足，动力迟滞。满荷运载的大卡车喘着粗气，以自行车的速度慢慢爬行，后面积压着一大串小轿车，跃跃欲试探出一寸车头，想超又不敢超；只有老司机才敢抓住时机，一脚地板油，有惊无险地飙过去。

到了下坡时，大卡车的鼓刹不断被淋水冷却，蒸发滚滚白烟。它们挂着一挡，惊心动魄地一步一挪，像一群非洲大象试着下楼梯。无尽的发夹弯过后，突然间，一城灯火，恍如火山爆发后的滚烫岩浆，壅积在狭窄黑暗的山谷：那就是康定城了。我更喜欢它过去的名字：打箭炉。

如果用手遮住视野的下半，你将只看到巍峨的五色山系，峭拔耸峙，云雾横陈；山巅似一座座黑色金字塔，海市蜃楼般飘浮在雾中，一切看上去无关人间。可是，一旦放开遮挡的手，康定城灯火烂漫，红尘熙攘，人间就在脚下，在眼前。难以想象在这样逼仄的深山中，《一千零一夜》似的，坐落着一座古老的城市：传教士、探险家、殖民者、商人、土司、各个民族的人们……走马灯般随时间沉浮，历史上的打箭炉无愧于一座传奇的熔炉。

折多山是从川西盆地向高原攀升的第一道关头。已经记不清有多少次来来回回翻过这座山，但每次的天气、季节、方向不同，每次都如初见。穿过折多山这道结界，川西大地豁然开朗的那一刻，我总会在心底对自己说：这个世界很大，你的心也要这样。

∞

抵达康定，我们汇入晚高峰的堵车大军。这座古城的街道太窄了，当年的建城者大概无法想到，一百年后车辆会拥挤到这个地步。"你还好吗？看起来不舒服。"我问小伊。她坐在副驾驶座位上，至少沉默了半小时，一声不吭。"头痛，不过没事，"她摸了摸自己额头的温度，又试了试我的，"应该没发烧，就是特别冷。吃点东西就好了。"

有时候希望疼痛能像背包那样，轮流互相分担。可惜世界上有很多无法分担的负重：病痛首当其冲，爱恨或许也是。白天小伊大概是在雪山上顶着大风拍素材，受了寒，此刻正头疼，低头研究手机上的卫星地图，以此转移注意力，默默克服不适。

在康定的小巷里七弯八绕，终于找到了那家排名第一的羊肉粉小馆子。店面狭小，但很干净。在二楼角落，我们狼吞虎咽干掉了两大碗热乎乎的羊肉粉。小伊像是喝了回魂汤一般，终于浑身热乎起来了。"好多了，"她说，"真是羊肉汤治百病。"

因为雅康高速的贯通，从成都到康定如今只需三个多小时。这是一条桥隧比高达 82% 的高速公路，一条通往异世界的时空隧道。行车其中，隧道和音乐包裹我们，漫过闲谈，漫过时间，不知不觉，华西雨屏就被抛在了身后。

很难想象，仅仅不到一百年前，这里还是茶马古道的核心路段，往来雅安与拉萨的背夫们，用脚步将石板路摩擦得如同皮革般光滑。背夫中最强壮的，一次能背两百斤重的茶叶，几乎是两匹骡马的负重量。除了茶包，他们还自带十几天的干粮，和一小块盐，用来拌在豆花饭里。背夫胸前通常挂着一个圆形的竹篾圈，用于刮汗水。茶包太重，无法轻易卸下，休息时，背夫就将茶包下面的那根拐棍往地上一杵，原地站着喘息。天长日久，石板路上竟被杵出许多坑洞。

1939 年，俄国人顾彼得为了避开沦陷区的战乱，探索"伟大的中国西部"，从上海绕香港、海防、昆明、重庆，抵达康定。在藏彝地区，他写下一系列见闻记录，我读过《彝人首领》一书，其中有一段，描写从雅安到打箭炉的背夫——

英国探险家、植物学家亨利·威尔逊在 1908 年 7 月 30 日拍下的这张四川茶包背夫的照片，如今是哈佛大学图书馆的永久收藏

他们十分可怜，褴褛的衣服遮不住身体，焦黄的面孔有些发青，茫然无神的眼睛和消瘦的身躯好像行尸走肉一般。做这种没完没了的工作，他们的动力完全来源于鸦片烟，没有鸦片烟他们简直没法活下去。他们每到一个正规一点的驿站——肮脏的小吃店，便开始用餐，一般是一碗清清的白菜汤或是蔓茎的汤，一点豆腐或是大量的红辣椒，然后退到卧房，躺到脏兮兮的草席上掏出一根烟枪或是借一根烟枪来抽大烟，我常常听到小店里幽暗的房间里连续不断地传出的抽吸声，并伴随着一股甜甜的树脂味。

　　他们悠然自得、忘却一切地躺在那里，羊皮纸一样的脸在黑暗中闪现。如果有月光的话，他们又继续上路，沉闷的脚步声在寂静的空气中上下回响，不管阴雨绵绵还是阳光灿烂、风霜雪冻，成百上千的背茶者就这样日复一日、年复一年地来往于雅安和打箭炉之间。

　　当死亡来临之时，他们只是往路边一躺，然后悲惨地死去，没有人会关心他们的死活，这样的事周而复始，没有人会因此而掉泪。由于过度的疲劳，他们在休息时已经累得说不出话来，沿途的一切景物对于他们来说都毫无兴趣，他们像机器人一样机械地拖着步伐从一块石板迈向另外一块石板，他们仿佛是些异类，你无法安慰或是帮助他们，他们似乎已经脱离了人类的情感，比骡子和马匹还更加沉默。当背负着重重的货物行走时，他们惟一能发出的声音便是粗重的呼吸声。

∞

历史上，大渡河两岸的物资转运全靠渡船或溜索，穿梭其中的惊险，如"同时身在天堂与地狱之间"。1705年，清康熙皇帝下令在大渡河上修建一座铁索桥，取名泸定桥，举全国之力推进这项工程。据说当时的西南并不产铁，每一块建桥的铁，都是从陕西等地千里迢迢运来的。桥身13条铁链，总重40吨，12 164个环环相扣的铁环上，刻着铸环工匠的标记，保证任何一个铁环出现问题，都有迹可循，有责可追。

如此沉重的铁链，是如何从此岸架上彼岸的？我想象着当时的工匠们用溜索、竹筒，一块一块将铁材从二郎山一岸运到海子山一岸，喊着震天的号子反反复复拉起……血汗如雨滴那样坠入奔腾的大河。

仅仅一百年过去，世界完全变了。历史仿佛有了加速度。道路轻快平滑似某种轨道，人们的感知也被这种加速度彻底改变。

我们不约而同地把手放在了车窗的按钮上，悬着，准备着什么。快了，快了——某一刻，鲜红色的双塔桥墩刺向天空，挑起钢缆，酷似几架巨大的竖琴，横陈峡谷。标志性的兴康特大桥到了：我们摇下车窗，调大音乐，莫西子诗的《越过群山》歌声被一阵横风突然吹散，飘过二郎山的重峦，大渡河的清涛，我们放肆地随风呼喊起来，感受轮胎碾轧钢板的声音和震动，像是驶上了一块巨大的甲板。视线穿过鲜红色的钢缆，桥下奔涌的大渡河令我想起刚读完的那本《彝人首领》。我对小伊说："顾彼得有一句神来之笔，形容大渡河'像一条青色的巨蟒，在峡谷底下缓缓蠕动'。"她听了，轻声惊叹着，转头看向大渡河，拍下了从桥上俯瞰河谷的照片。

又一阵剧烈的横风穿桥而过，几乎能感觉到车身都被摇动，窗缝发出啸叫：峡谷的瞬间风速可达 32.6 米 / 秒，相当于 12 级台风。这一带是高烈度地震区，两岸陡峭的边坡结构和复杂的风环境，对任何工程来说都是巨大挑战。兴康特大桥因其出色的设计，获得过 2019 年国际桥梁大会（IBC）古斯塔夫·林登塔尔金奖。

在一篇关于桥梁设计史的资料中，我第一次了解到"预应力钢筋混凝土"这一术语，当即被这个迷人的设计所折服——简单说，将钢筋充分拉伸，就像一根拉伸后的橡皮筋那样，埋入混凝土中，整个结构就自带收缩性，能有效地抵消外荷载所引起的拉应力，推迟混凝土开裂。兴康特大桥的引桥部分，也采用了类似的设计。

在足够大的尺度上，钢筋也不过是一条橡皮筋。山脉、岩石，也不过像一块蛋糕。兴康特大桥则像是一座结界之桥，时间与空间，城市与自然，因这座桥而贯通。

∞

在所有的人类建筑中，我最喜欢塔与桥。若说"建筑是凝固的音乐"，那么垂直的塔是复调音乐的极致；而水平的桥则是主调音乐的极致。桥，不仅是凝固的音乐，也是凝固的血汗、智慧，凝固的眺望与穿行。

西班牙语中，"桥"是阳性单词；而在德语中，"桥"是阴性单词。斯坦福大学认知心理学科学家莱拉·博罗迪茨基研究发现，西班牙语使用者更容易将桥与壮观、雄伟等形容词相联系；而德语使用者，则以美丽、优雅等女性化的感觉来描述桥梁。她在一次 Ted 演讲中说："每天世界上的 70 多亿人说着 7000 多种不同的语言，这意味着每天有 7000 多种不同的思维方式在涌动。"

中文词汇没有阳性和阴性的区别，因此桥梁在我心中，既优雅，又雄伟，是双性同体的。人类是一个被自己的语言系统所塑造的物种——就连方言，也能折射不同的人格。一位能讲多种方言的老友就曾感慨，说广东话的时候，感觉自己犀利、务实；说成都话的时候，幽默、松弛；说上海话的时候，绵里藏刀；说普通话的时候，则是一种完全中立、中性的工作状态。

有谚语说，"学一门新语言，获得一个新灵魂"，语言的边界有多大，你的世界便有多大。语言，即人类的桥梁。

时间之碑

　　不可能被错过：远远地就能看见那一对耸立的双碉楼，棕色的双子塔，像在山腰上插了两把刀。那是一个明亮的傍晚，还有一个多小时就将抵达新都桥，行车之困被它的身姿一把抹去，我们突然都精神起来。还没等我发问，小伊已经在卫星地图上锁定了它的位置："这是在朋布西乡……噢！肯定就是那对碉楼了！就在前面，过桥，上山，进村，应该就能到了。"说着，她已经重新规划了导航，放在手机架上。我常常会为这种默契感激涕零——因为方向感极差，我不喜欢找路；恰好小伊擅长做领航员，总是对路线和方向有着极好的直觉。

　　这一带的古碉楼始建于元代，已有近千年历史，是冷兵器时代的防御建筑，得以完整保留下来的并不多见。多年前在爱尔兰的乡间旅行，沿途也有不少城堡，大都坍圮得所剩无几，只是废墟。每每路过那些城堡时，我总是想起川西大地的碉楼，想起某些人类共通的集体无意识。世界各地的祖先们都曾建高塔，用以和天空对话，在大地上战斗，或献祭神圣，或镇压鬼怪。它们都是时间凝冻而成的塔，一想到那些活生生的人们——在此生活、战斗、饮食、祈福的人们——都已化为尘土，就仿佛看到了一张张历史的负片，故事只剩轮廓，与真相的色彩互补。这些高高的碉楼是时间的无字碑，默默伫立，一言不发，只引发想象。

村落安静得几乎没有人。大约因为松茸季，所有人都上山去了。在一棵大槐树下，两头牛在半推半就地搏斗，犄角勾连，像筋疲力尽的拳击手那样纠缠在一起。为了不惊动它们，我们远远停下车，绕道步行，爬梯，朝着双碉而去。

近了，近了。我能用手触摸那黑色的砖石，看见塔身上错落有致的瞭望孔、射击孔。它们简直就是两截垂直竖置的长城，至少十五层楼那么高。陡峭的压迫感，让人感觉自己像一只蚂蚁趴在纪念碑下面。当我试着用广角来拍摄它们的时候，沮丧地发现，双碉太高了……画面出现了严重的镜头畸变：垂直的陡壁，就像鱼眼的视觉效果那样，完全弯曲。

站在双碉的中间，抬头望，帽子就掉了。整片天空都被那一对八角顶切割成完美对称的两半，像正在裂变的万花筒，又像《指环王》中的神界守护塔，跨过它就是另一重时空。几只乌鸦突然从碉楼高处蹿出来，发出凄厉叫声，惊得我们面面相觑，又扑哧笑出声来。"太美了……"小伊说。

我不由得想象着，到了夜晚，在川西高原的漫天银华之下，双碉与月色相吻的画面。希望时间能立刻跳跃到那黑暗中去，现在，马上。

但浓稠的黄昏久久没有散去，像倾了一杯浓茶，漫在桌上。在张亚东《雾》的单曲循环中，我们下山，离开。来时缠斗的两头牛，不知何时已不见了。只留下老槐树独自站在那里，树干上的红绸子，在晚风中彼此轻轻擦拭。

∞

抵达高尔寺垭口，已经没有信号。达明放下手机，摇下车窗，感受了一下外面的温度。这一趟，他专程飞来加入我们的旅行，一路有点高反，隐隐头疼。我们按照提前下载好的路书，左拐，继续上山，行至铺装路面尽头。草甸上散布着混乱交织的车辙印。一道水土流失造成的巨大沟壑，迫使我们下车步行。

刚刚下车没走几步，小伊就一脚踩进稀泥里，再拔出来的时候，已经没有鞋。达明见了，哈哈大笑，第一时间掏出手机拍照留念。小伊自己也哭笑不得，捡起鞋来说要擦一擦，让我们先走着，不用等她。

天空怅然地阴着，细雨在低空织了一张网，兜住摇摇欲坠的云朵。它们一坨坨沉得好像随时都会破网而落。

海拔不低了，我和达明喘着气，走得很慢，打着伞。他的伞歪在一边，似乎也没有真的遮住雨，或者太阳。他只是喜欢这把伞，绿色的伞。我们终于来到垭口边缘，再往前就没路了。目及之处，贡嘎群峰在厚厚的乌云层下，浪花般泛起一条白色波浪线。

那段时间刚刚重映了《情书》，达明和小伊都去看过了，说是哭到不行。结尾处，博子对着雪山大喊的场景，我当然记得：

お～～～元気ですか？
……私は～～～元気です。①

达明就这样大声喊着，对着遥远的雪山。那段时间他好像心事很重，有些低落。和我一样，他的月亮落在天秤座，饱受犹豫之苦：人如何才能做到，站在河畔，凝视水中的月影，却不纵身一跃呢。

小伊迟迟没有跟上来，我有些担心，对达明说一起回去看看。往回走没多久，远远地见她换好了鞋，正朝我们走来。因为彻底的逆光，她的身影完全化作了一个字面意义上的焦点。在那焦平面前后，天空出奇地、出奇地高远……形成一种洪荒般的景深：仿佛是人间的天空之外，还叠加了万物的天空、众神的天空。一个人，就自那洪荒般的天空中走来，渺小得……走了很久仿佛仍在原地。"天若有情天亦老"说的就是这样的瞬

---

① 日语，中文意为：你好吗？我很好。——编者注

间吧，一种旷阔的感伤击中了我。

最终，我们三个人并肩坐在垭口，沉默不语地眺望那连绵雪山。如果云朵也有上帝视角，它们应该能俯瞰到三个渺小的人类，在地球的这个角落，此时此刻，坐在一起。各怀心事，各有过去和未来。

你好吗？
我很好。

∞

"黑石城"是一片遗迹，坐落在附近的山顶上。为了赶在落日时刻前去看看，我们又回到车上，沿着繁乱的车辙印四处寻找，可一直没有找到。高山灌丛如此脆弱，我不想碾轧草地；而那些已有的车辙，并没有把我们带到正确的方向。黑石城仿佛仍藏在传说中，故意不对我们现身。天色渐晚，达明有些焦虑。为了安全起见，我们只好下山了。

下次吧。小伊劝道。我也没有犹豫，掉头下山。已经很习惯于这种遗憾，它甚至让我感到安心：旅行和生活一样，从来不该心想事成。太顺利的时候，反而会令我不安。常常是因为有遗憾，才会念念不忘，也因此更加记得那里。

下山的路上，再次经过高尔寺垭口。谁也没想到，不经意间回头一看，赤橙色的光芒几乎要将一对后视镜点燃了：上帝啊，火烧云。

只有德里克·沃尔科特的诗能描述那一幕——

在这个橙色时刻
光读起来像但丁
三行一节，对称的张力
从《天堂篇》漾出的安静的节拍
像一条无篷小船用它的桨划出
韵律稀疏的诗行，我们，如此
着迷，几乎不能说话，此刻

此刻：天空陷入一片熊熊火海。那光芒烧毁了所有的云，连同"一生中后悔的事"，都付之一炬。奇迹般地，那光芒底部还显现一道彩虹，从熊熊火海底下探出了一段七彩金刚之身……仿佛是天空的舍利子，炼自宇宙的焰温。

眼前是康德所定义的壮美（sublime），我们被这种力量钉在了那里，仿佛化成了几块石头，等着被雕刻成像，殉葬给这个时刻。一定是命运在奖赏我们对遗憾的拥抱：若非及时下山，都不知道自己将错过什么。

因为这一刻，确信神是爱着我们的。

舍得之山

　　与一座山的关系，很像与一个人的关系。有的只是萍水相逢，再无下次：或是太吵，或是因为风景被垃圾玷污的情形让你心碎。有的则是一段孽缘，总是赶不上好天气，运气也不好：崴脚是在那儿，高反是在那儿，吵架是在那儿，丢三落四是在那儿。浓雾接着密雨，什么也没看见。

　　只有极少的机会，你能遇见一座山，风晴雨霁，平林烟暝；雪峰傲耀，长海柔融。如同在最对的时间，遇见最对的人。你眺望那一目千岭，如凝固的海浪。群山的香调丰富如谜，前香是春晨，尾韵是冬昏。中调从泥土，到森林，到草地，到溪流，到裸岩，到海洋性冰川的气息……风是无形的容器，载着万象之息扑鼻而来，你闻所未闻，不由自主放慢呼吸。

　　当与一座山久处不厌，你就再也不会把时间放在眼里了。你盼着时间流逝，这样便可以辗转四季，春天来看看她，冬天再来看看她。下个春天，还来看她。

山中四季的每一天、每一处，都是不一样的。一想到此，你对自己日复一日的生活也心满意足起来。从此你将对时间，对无常，对一切人性斑驳，淡然视之。

那座山，不会为你而变得不同。只有你，因这座山而成了一个不一样的人。

∞

这不是我第一次来到这里：2018 年，曾和两位朋友在青绕神山徒步露营。没来得及做任何海拔适应，抵达当晚，我们就顶着大风，重装爬上 4300 米的山坡扎营。时值 4 月，傍晚风雪恰至，我们挤在一个帐篷里吃面条。夜里我高反剧烈，心脏变成一面战鼓，被大锤擂动；睡垫好像是一块烙铁，一躺下就肩背灼痛；持续一整夜的呼吸困难，头痛欲裂，令我起坐难安，彻夜失眠。

熬到凌晨三四点，我肚子绞痛，一阵恶心，冲出帐篷呕吐。那一刻天地微茫，细雪无动于衷地飘落，我感到自己好像从失事的飞船上坠落，掉到了月球上。渺小，无助，溺水一般的濒死感淹没了我。

我开始想，如果今晚就在这里死去，后不后悔。

那次高反以后，我很久都不敢踏上高原。直到最近两三年，也不知怎么仿佛打开了某种开关，频频深入川西，却再也没有高反过。在 4800 米的山上徒步，除了呼吸较喘，并没有不堪忍受的症状。大约还是心理因素：在放松的状态下，极限不知不觉就突破了。

∞

　　2021 年 12 月，塔公草原依旧只有很淡很淡的雪。道路仿佛无中生有，自天上轻轻飘落于地上，散漫地铺着。带上了脱困板、防滑雪链、铁铲、冰爪……我们期待着 12 月的大雪山山脉一片深白。这里是横断山脉的中央地带：沿大渡河西侧，从北向南，依次分布着党岭、雅拉雪山、贡嘎雪山……一串串令人神往的名字。然而这似乎又是个暖冬，薄雪像一床破了许多洞的旧棉絮，露出斑驳的大地杂色；折多山的路面甚至没有暗冰。

　　公路切过青绕神山，向塔公草原深入。一座山脚下的寺庙显得熟悉起来：上一次在此地严重高反的体验令我心有余悸。又或许那次是因为剧烈的心理暗示——就像生活中大部分事情一样，越怕什么，越来什么——否则怎么解释我现在一点高反的感觉都没有呢？

　　时间已经是傍晚，光线犹如一缸蜂蜜，倾泻四面八方。我们拐进八朗村村界，去往一处山顶平台。

　　铺装路面很快就消失了，往西拐上一条机耕道，沿着山形起伏绵延至看不见的尽头。野路总是充满诱惑，像茫茫大海上的塞壬呼唤。雪地斑驳，夕阳已经摇摇欲坠，我们生怕错过日落。

"扎西德勒！"前方是村口的防火关卡，我们摇下车窗，先喊为敬。做了登记，牧民友好地让我们进山了，叮嘱："路上小心哦！"

随着地势攀升，视野逐渐旷阔，让人忍不住想要放声呼喊。一种久违的雀跃心情，我们紧紧盯着路的终点，盼着与什么东西相拥——就是这里了：宽阔的垭口，一架秋千立在悬崖边。目尽之处，雅拉雪山和贡嘎雪山轮廓温柔，在天边挑起一丝雪白的波澜。暮色如海。

在平原地区的风景优美之地，常能听到人们大喊："好美呀！这地方我要了！""这片湖我买了！""以后住这儿！"就连我自己也不止一次地在静谧的山野中，产生过"找个木屋，留下来"的念头。我常怀疑，把美好的东西据为己有，是人类某种天性。

唯独在高海拔地区，天地旷阔，再张狂的人都不敢说："这地方我要了。"高山不属于任何人，它们静静站在大地尽头，站在文明与历史之外，负雪，揽云，御风，望人间。

垭口的风太烈，我感觉头皮都要被掀掉了。小伊的三脚架几乎立不住，要用手扶着。她长时间站在那里拍摄，看起来很冷的样子。我想倒一点热茶递给她，纸杯一放在地上就被吹飞了，狼狈地把它追了回来，放到背风处。

我们冷得直跺脚，拉起帽子，但完全不想离开；尤其当夜幕就要降临的时刻：西望苍穹，一弯上弦月伴着金星，悬挂于霞，似一把银亮的镰刀，收割了所有的星光，抖落在了地上——星光因此变成夜幕下的几盏人间灯火。

金星是地球的内行星，与太阳的角距离不会超过 50 度，夜晚出现于低空，也是最亮的一颗。当它在清晨东方亮起，被古人称作启明星；当它在黄昏西方亮起，又被称作长庚星。

其实金星是永远都在天上的，只是白昼里我们看不见罢了。人生中有多少事也同样如此呢？月本没有阴晴圆缺，只因你我自人间眺望。

小伊收工后，我们终究是熬不住垭口的大风，离开了高处，下到平地。不经意间仰望：银河如一卷闪耀的史诗，徐徐铺展，正被夜空一字一句诵读。我们根本舍不得走，兜兜转转在旷野上找到了一处溪湾，就地搬出便携桌椅，热水，煮了一锅泡面，看夜空，等流星。

地球表面积大约 70% 都是海洋，绝大部分流星都坠入大海，少有被陆地上的人们看见，更别提收集到流星的残骸。白天看不见流星，夜晚又有灯光污染，所以真正能巧合到恰好出现在此时、此地，恰好能被你所遇见的流星，比茫茫人海中令你心动的人，还要少。

这份概率上的浪漫，令我着了迷。

在刚刚读完的《秋园》这本书里，生于 1914 年的老母亲在夏夜的院坝里乘凉，形容星空"像蚂蚁打架"。我记得当时读到这个比喻的那一刻，震惊不已，几乎为此失了眠。我意识到，自己是不可能想到能用"蚂蚁打架"来形容星空的，就像余华笔下的农民形容月色，"像地上撒了盐"。

城里人形容星空像什么？像"天鹅绒上的碎钻"？人的认知是多么容易被身处的环境所塑造，所限制。你见过什么，便只会联想到什么。一个农民对于权贵的终极想象是"皇上一定只用金锄头种地"；而权贵对于饥荒的理解则是"百姓无粟米充饥，何不食肉糜？"——贫穷限制一个人的想象，但富裕也会。

富裕更会。

但愿自己眼界开阔，饱满，保持好奇，要做一个见过蚂蚁打架，食过地上的盐，也知道天鹅绒镶满碎钻的人。

想到此，不觉风夜绵长，寒冷刺骨，流星一颗又一颗，无怨无尤地坠落。

∞

翌日又是大晴天，早晨拉开窗帘的时候，阳光如万箭穿心，强势得不容置疑，好像斥责我们在这种光天化日之下睡懒觉十分罪过。其实前夜我们为了看流星，熬到三四点才回来，收拾摊子的时候发现瓶里的水全都结冰，橘子全都冻硬了，像石头一样。

我们都没有睡醒，却不想浪费天光，迅速起身，略过早餐，想去木雅大寺看一眼。小伊说，山后有一条路是直通雅拉雪山的，我们可以去探索一下。

在草甸上，所谓的路也就是一道车辙印。不难发现有许多车辆偏偏不走寻常车辙，到处横冲直撞，故意轧出新路，对草地伤害极大。也许是冬天的缘故，草场退化看起来颇为严重。指责过度放牧当然是粗暴的外部视角，毕竟千百年来牦牛与牧民都是与这片土地共生的。但的确有些什么东西改变了，导致脆弱的平衡渐渐崩塌。

牦牛们低头在泥地表面啃食草根，看起来十分可怜，也不知道大冬天的，这些大个子光靠这点草根，怎么吃得饱；而被啃到这个地步的草根，来年又怎么生长成苗。

我们绕着木雅大寺转了两圈，都没有找到上山的路，就在决定放弃的时候，一位头戴擦夏藏帽的妇人注视着我们，迎面而来。她那一双善意的目光像是暗含天意，于是我赶紧上前去，大喊两声："扎西德勒！扎西德勒！"

她立刻笑起来，回应了我们。

我又问："您知不知道哪里有路，可以去到雅拉雪山脚下？"

原以为她大概不怎么开车，不熟悉路，没想到她指向身后，说从村后面那个坡道绕上去，一直走，就到了。

我们立刻重燃希望。绕着村后那条铺装路面，上山，远远地望见山顶上扎起一大片经幡。经幡藏语称"隆达"，"隆"在藏语中是风,"达"是马的意思,也就是"风马旗"。我们看见的,是印有佛陀教言和鸟兽图案的蓝白红绿黄五色方块布,一块紧接一块地缝在长绳上,悬挂在两个山头之间,这种样式的经幡常见于人烟稀少的高山上。

某种直觉告诉我们,这条路没错了。

每拐过一个弯,雅拉雪山那金字塔形的山顶便若隐若现,从我们所在的塔公草原这边眺望,山顶呈莲花宝座之状,拔地而起,绝对不会被错认。

雅拉雪山是藏族史诗里记载的藏区四大神山之一,是惠远寺和周边藏民顶礼膜拜的神山。藏传古籍《神山志易入解脱之道》中对该山的记载,称其为"第二香巴拉"。香巴拉用以描述"神仙居住的地方",是虚幻的理想境界;而"第二香巴拉"则意味着现实存在的地方。当时不知,在丹巴一侧,雅拉雪山被译作"亚拉雪山",而"亚拉"的意思,是"舍得",是一座代表牺牲和奉献的神山。传说阿尼玛卿山神应众神之请,舍心割爱,让大儿子去了雅拉雪山。

直觉没有错。我们从木雅大寺脚下的村庄起,沿着连绵的牧场与山坡,道路看起来几乎是缠绕着山体,朝着天空而去的。

在阵阵风啸中,高度不断爬升,直到一座垭口牧场。在那里,一侧是木雅贡嘎,远在天边;一侧是雅拉雪山,近在眼前。被雪山铺满的大地,仿佛一片白色波涛,风浪起伏。耳畔只有呼啸声,伴随经幡猎猎作响,听上去酷似一种急促的脚步声。

就在这时，一辆摩托车从远处驶来，气势汹汹。牧民戴着头罩和墨镜，捂得严严实实，看起来很不好惹，我立刻警觉起来。没想到他路过我们身旁的时候，忽然高喊——扎西德勒！——也没有停留，人随车去。

我与小伊冲着他的背影大声回应："扎西德勒！扎西德勒！"看着他消失，我忽然察觉，自己已经与这种朴素的善意相隔太久了。

∞

越过垭口，眼看着如刀痕一般的山路继续往上雕刻，难以相信自己竟然真的正在接近雅拉雪山。海拔计上已经显示超过4600米了。

山路攀升到尽头，是一片平地。我们停下来的时刻，感觉自己是搭乘飞船降落在外星球表面。一侧的陡峭山坡上覆盖着厚厚积雪，一串明显的凌乱的脚印告诉我们：沿着这个垭口，往上，定会看见雅拉雪山。

我们不知道眼前的爬坡还要多少脚程，于是吃了点东西，喝了水，休息片刻，铆足劲，才开始往上爬——然而生活总是这样顽皮：在你毫无准备的时候，突然发现事情特别难；在你做了最充分的准备时，事情突然又很简单。

我们怎么也没有想到爬山的距离这么近：一百米的雪坡，

还没回过神，就到了顶。眼前出现一道垭口的弧线，在那弧线后，一座冠盖巍峨的山峰，奇迹般坐落在眼前，与我们只隔了一道深谷。

那竟然就是雅拉雪山了——的确是一顶雪白的皇冠，在等待一场加冕仪式。如此庄严，彻头彻尾的崇高感，令我们想惊叫，又被迫忍住。雪空世界，天地一片蓝白，一座含义为舍得的神山近在眼前。这种壮美，几乎是哲学式的——从康德到阿多诺——"主体在这样的自然面前剥落，臣服，感觉被真正崇高的事物拥抱"。与这种壮美相遇，如同一种可遇不可求的交流。而人一旦领略过什么是真正深刻的交流，就再也无法满足于浅尝辄止。"这种壮观，你一旦知道，就再也没有办法装作不知道了。"小伊说着，与神山行了贴面礼。

松堂之尾

出发前，我将罗伯特·麦克法伦《心事如山——恋山史》一书送给了小伊。其中许多关于高山的描写，令我印象无比深刻，并摘录到了笔记本里：

蓝色高山，沉默的波浪……往下俯瞰，大地仿佛只变成一张地图……

平原好像是一匹泛着涟漪的丝绸……黎明时分的阳光像潮汐般流淌过营地，一边是墨黑，另一边是金色……

天空的蓝色，像是略微染过的瓷器……高山仿佛水晶……小溪在我眼前幽暗地流下岩脊……

……（冻伤后的）双脚，青紫到脚踝，仿佛他一直站在墨水里……

遇难者的遗体，被封冻在雪山高处，"像一尊佛像"……

书中还提到，维多利亚时期的画家希尔瓦努斯·汤姆森说"没有比画冰更开心的时候了"，"但是由于自己没有能力恰当描画出冰的微妙光度，一生都在失望之中"。

作为一名艺术家应该要比那位画家幸运许多，至少当小伊用影像给群山写情书的时候，雪、冰与光，都在彼此回应。当我们经过雅克夏雪山的时候，壮景目不暇接，小伊一边不停拍摄，一边打开车窗，大声呼喊："天哪！为什么我只有一双眼睛！才一双！为什么！……真希望长满一脑袋 360 度的复眼！"

"听起来像个大号的苍蝇。"

"去你的。"她哈哈大笑，整个头探出窗外。在浅海一般的天空中，几只高山秃鹫正在盘旋，翅膀的投影洒在无边无际的草甸上。

据说鹰从来不在正午打猎，就因为翅膀的投影会落在地表，猎物看见了就会逃走。

∞

去往一个未知之地，如同等待一个梦境。入睡前，你对接下来的所遇所见一无所知，只隐隐觉得有什么在等着你。

林子越发浓密，路已然没有了，我们就行驶在溪流上。在警觉的沉默中，只剩轮胎摩擦石块的声响，树枝刮过车身的噪音。我甚至调低了音乐音量，以防有什么意外的风吹草动没有听见。

一根倒下的电桩挡住了去路，一辆工程车停在路边，几个工人在安装电线。

"你们是要去霸王山吗？"其中一个工人问。

"对。"

"那就要稍等一下了。"

"大概需要多久？"

"等一下吧。"

我以一个悲观主义者的自觉，预估这"一下"至少一个小时，甚至更长。但拥抱不确定性，也是一个旅行者的基本素养。

"要不要煮个咖啡？坐坐？"小伊问。

"好主意。"

树荫下，我们搬出桌椅，煮上了咖啡。一名工人见我们撕开包装袋，立刻大喊："不准乱丢垃圾！"

"那当然啊！"说完，我转念一想，连一个此地的电工都要提醒游客别丢垃圾，大概率意味着里面已然沦为"网红打卡点"，垃圾成灾了。

国内不乏世界级的壮丽景观，令人叹息的是，随着"野奢露营""户外""自驾"渐渐成为"生活方式"，出行者陡增，素质却参差不齐，随手扔垃圾的习惯仍然普遍，尤其在小众偏远之地，垃圾无人清理，堆积成灾，一地狼藉。我记得曾经旅居中国的环保摄影师欧阳凯也对此深恶痛绝，但他一针见血指出了另一个原因——产品的过度包装：一颗杨梅包一个小塑料包，一块饼干、一块豆腐……都做小包，再把小塑料包装进大塑料包。他说，应当从产业链的源头开始，严格限塑。

∞

保持悲观主义的好处是，一切都容易变成惊喜：在仅仅等待了近二十分钟后，工人们就竖好了电杆，让我们通过。一种喜出望外的心情下，我们赶紧收拾东西，上车赶路。

森林越来越深，车行速度接近步行。穿越河滩，再次拐回林中；不久，几间木屋跃入视野，想来是夏季牧场了。还没来得及辨认人烟，耳边突然出现了几声大叫，气势汹汹，听起来像藏语，又夹着几句汉语，嚷嚷着："你们干什么！干什么！"

我摇下车窗，牧人已经紧逼上前："干吗的？不能走！要等会儿。"

我心一沉："又怎么了？"

"牦牛就要下山了，你们上去，会堵上。"

"怎么会呢？牦牛有什么新鲜呢？我们遇到了就让开，好不好？"

"让不开！几百头牛！——我们这里的牛不像其他地方的，凶得很！你们等一下嘛，一会儿就下来了。"

"等多久？"

"等一会儿吧！"

看来我还是高兴得太早了。时间已是下午四点，这一路坎坷，不知何时才能到达霸王山。眼看又要等上好久，小伊提议我们先把晚饭吃了。既然也找不到别的选择，我们便再次支棱起桌椅，拿出气罐、炉头，煮起方便面来。

不过十分钟，野营锅里香气四溢，我们刚要捞面，忽然听到几个牧民高声吆喝起来，情绪之亢奋，如临大敌。一位牧民几乎惊慌失措地跑过来，朝我们大喊："快把吃的收起来！收起来！快进车里！！快！！"

——这是牛来了还是……鬼子来了?！气氛被烘托得犹如战争爆发，在一种摸不着头脑的慌张中，我们狼狈地端着锅子躲进了车里，关紧车门，落锁。很快，狭窄的泥路上，一群牦牛犹如山洪暴发一般，一泻而下，伴随着隆隆巨响，像一群落石般，彻底堵塞了林中小径。我后知后觉，真要与这些疯狂的大家伙狭路相逢，的确很危险。

眼下情形令我再次想起《彝人首领》，有一次在从康定到噶达村的路途上，顾彼得与人一言不合，生了气，独自冲到了前面去，结果遇到一个牦牛商队从白雪皑皑的山谷里涌了出来。他写道：

　　　　像黑色的火山熔岩般，远远就听到赶牛人的喊叫声，还有鞭子的噼啪声，牦牛未钉铁蹄的蹄子跑起来发出的隆隆声……

我自认当时相当地慌张……明白如果撞到了就意味着粉身碎骨……周围的杜鹃花树丛曾被这群活生生的"坦克"所撞断和擦伤……这群愚昧畜不知道排成队列前进，而是蜂拥而上，横冲直撞……

∞

比顾彼得幸运的是，我们乖乖躲在车里，静观牛群被牧民吆喝拦截，赶进了坡道上的牛圈里去。停车的地方刚好是个"水坝"，囤积着茫然失措的黑家伙们，不知朝哪里转弯，挤得一个个几乎重叠了起来，蹄子怼在屁股上。我们就像困在黑色洪水中的孤岛上，生怕某一头家伙激动过度，用犄角顶破车窗。所幸的是，它们只是好奇地用舌头舔后视镜。

这场景似曾相识：在挪威的中部，一次爬山徒步过后，我们十分疲惫，回到车里躺下打盹，突然被一阵铃铛声吵醒。直起身来，眼前突然出现许多羊脸，舌头在车窗玻璃上舔来舔去，感觉马上就要舔到我的脸上来了。

"看起来我们的车子很好吃。"一窗之隔，我看着黑牦牛的大眼睛，自言自语着。小伊一言不发，紧张兮兮地看着它们，直到"洪峰"过后，才终于放松下来，迅速扒拉面条。这顿野餐过于惊心动魄，导致我们没了胃口，只求饱腹。

时间已耽误过久，我们收拾锅碗继续赶路。牧民说："前面尽头就是海子，很美的，你们要露营吗？"

"不会，就只是看看。海子叫什么名字？"

"还没有名字……很美的，我们也常去。"

或许因为期待值很低，真到了霸王山脚下的时候，我们几乎惊呆了：仿佛瞬间置身于一只墨绿色的巨瓮之中，四周绝壁环回，森林如黛，条条瀑布翻飞如练。我们像是盲打误撞闯入了天堂的角落，不由得屏住呼吸，生怕一不小心就吹散了这幻境。小路尽头，树影扶疏，接着豁然开朗，一片银光闪闪的湖泊静静卧着；湖水尽头，霸王山拔地而起，皑皑负雪，一副王者风范；旁边的卫峰是"松堂尾子"，峰顶耸瘦，怪石嶙峋，状貌之奇特，与山的名字十分合衬。

那一刻云高风爽，山光水色，滉漾夺目。我陡然想起谢灵运那句"林壑敛暝色，云霞收夕霏"，一时间感慨不已。不知他若开山辟路，见我们眼前所见，是否会瞬间泪下，来上一首千古名篇。

∞

作为中国文学史上最早的"山水诗人"，谢灵运出身于名门贵族，即"旧时王谢堂前燕，飞入寻常百姓家"的"谢"家。据记载，他幼年时便聪颖异常，祖父谢玄十分疼爱他，几乎不相信自己愚钝的儿子怎么能生出这样聪慧的孙子。出于某种现代人无法理解的逻辑，祖父将爱孙送去了钱塘道士杜昺的道观中寄养。因此，谢灵运直到十五岁才回到都城建康，而他的"客儿"这个小名就是这么来的。

这段幼年经历为谢灵运一生的心理基调埋下了伏笔。明明家族显赫却又寄人篱下，孤儿般长大，缺乏母爱父爱……从精神分析角度看，我猜测他或许有些躁郁症。低沉的时候悲怆凄惶，高亢的时候逍遥浮夸。忿郁交织之时，只得寄情山水。

谢灵运十八岁就继承祖父爵位，被封为康乐公。因其狂傲性格，出言不逊，得罪了很多人，又因为"家里有背景"，人们惹不起，便将其排挤到外地，贬谪永嘉太守。

永嘉郡大致是今天的温州一带，而太守大致相当于市长。谢灵运一腔愤懑，整日游山玩水聊以抒怀，常常一去就是十天半月，根本不回来上班，公务琐事，一概不管。

低海拔爬山与高海拔登山不同：高海拔不被植被遮挡，暴露感强，路线明确；而谢灵运爬的山，想必都是低海拔的青山，植被浓密，潮湿泥泞，雨雾连绵，蚊虫遍布。在没有"非承载式硬派越野车""速干衣""Gore-Tex 硬壳""防水涂料帐篷"的古代，户外探索的艰难和狼狈可想而知，完全是非人之旅。

为了便于登山，谢灵运甚至设计了一种特别的木屐：前后齿可装卸，上山时去掉前面的鞋齿，方便上坡；下山时则去掉后面的鞋齿，方便下坡。这种鞋被后世称为"灵运屐"。类似的设计原理，即便现代雪鞋也仍在采用，但只用于很陡的坡度。足以见得谢灵运去的地方，开的路，都是"高难度穿越"。

据说每次谢灵运要"搞户外"了，就召集开路的奴役上百人，劈山凿石，伐木铺路，搭桥过河，声势浩荡。对于饱腹尚且艰难的古人来说，如此热衷山水的"市长"无疑是个昏官，劳民伤财，草菅人命，不得世人理解。

也正因为此，纵使每次陪他上山的劳役动辄数十上百，谢灵运始终觉得自己孤独难挨。每每叠嶂重峦中，花前月下时，他便感慨："妙物莫为赏，芳醑谁与伐？"

四十九岁，谢灵运死于叛逆罪名。一生的狂傲不羁，忧游孤旅，就这样散落在他的诗篇中，足以让后世的李白都成为其拥趸。

一千七百年过去了，山光水色就这么静静坐在四季轮回中，对尘世哀喜，无动于衷。在一株高大的圆柏下，我们最后一次摆开了桌椅，放了音乐，烧水喝茶，终于抵达"风平浪静的闲暇"。一切就像乔治·英尼斯那浓郁、伤感的自然主义画作：森林与河流在黄昏的柔光下，有种皮草般的光晕；云朵凝固着，悬浮着，朦胧而生动，炉火纯青的空气透视法。那是画家孜孜不倦描绘的哈德逊河峡谷，独属于1876年的辽阔与宁静。

我问小伊："如果你是一个人来到此地，看到如此绝景，你会惋惜没有人和你共同欣赏吗？你会感到孤独吗？"

她的回答我忘记了。也许我只是想问自己这个问题而已。

回去之后，我时常怀念霸王山，怀念那个历尽周折、终与雪山森林对坐的下午。翻看当时拍摄的无人机画面：那是完美的、未经人类打扰的自然，纯净得像史前时代。难以想象自己曾经有那么一刻就置身其中；难以想象，有朝一日，地球上这些森林湖泊终将消失。也许这里，就在这霸王山脚下，也将被夷为平地，建造起赛博朋克的高楼；那时候的人类，只能在 VR 模拟中，看到我此刻置身此地的一切了。

我们，终将成为未来的古人。

预期之困

　　"没有马了，"村长说，"松茸季，人都上山挖松茸了。剩下的马还在山里，一时半会儿是找不回来的。"

　　"不可能吧？连一匹都没有了？我们就只有两个人……两匹马都没有？"

　　"真没有了——你们怎么搞的，来了不知道要提前订马?！"

　　"现在怎么办？"

　　"走路啊。"

　　"走多久？"出于纯粹的本能，我顺口就问出了平时连自己都鄙视的三个字。小伊赶紧补了一句："她的意思是，按照你们村民自己的平均水平，从这里走到葫芦海，要多久？"

　　"平均水平，"村长被这个严谨的用词绊住了，顿了顿，"五六个小时吧……单程。"

　　虽谈不上晴天霹雳，但一落千丈的心情，也是有的。

　　当天的计划，原本是骑马去党岭，看看山顶的海子。我们连早饭都省去就急着出发，一路晨光潋滟，春山幽翠，想象接下来的一整天可以骑马漫步林中，我雀跃得双手在方向盘上轻轻敲击，摇下车窗，几乎想要唱歌。

又一次高兴得太早了：兴冲冲抵达起点时，得知没有马匹了，全程只能徒步，往返十个小时以上——如果走得快的话。

无人机别拿了，咖啡别拿了，防潮垫也别拿了……该丢掉的全丢掉了，把负重减少到最轻，只留下最必要的口粮和饮水，装了两个小包。小伊盯着沉重的相机包反复纠结："要不……我们再等十分钟？""再等也没有了，今天就是没有马了，"我沮丧地说，"十个小时往返……认了吧，赶紧走吧。"

∞

一队衣着鲜艳的游客，骑着提前预订的高头大马，趾高气扬地经过我们，领先在前。林中小径已然成了名副其实的"马路"，泥泞的蹄印又深又乱，粪尿遍地。一想到前路漫漫，只能跟在一串马屁股后面踩稀泥，我就越发生气，狠狠埋怨自己为什么不提前预订马匹。

"没关系，别想了，"小伊安慰我，"反正这一路总是坐车，没怎么活动，走一走挺好的。我们每次出来，不都是想爬山吗？"

这本该是美好的一天，这样自怨自艾下去可不是办法。我试着调整心情，转移注意力。深呼吸，我对自己说。

多年前读宗萨蒋扬钦哲仁波切的《正见》，书中写："人之所以感到痛苦，是因为活在了过去，或者未来——而非当下。"

当下——我正在一条美丽的林中路上，徒步。

可我并没有享受此时此刻。我整个人还活在过去——活在不知道要预订马匹的昨天，还有因为临时找不到马而沮丧的半个小时前。而昨天的此时此刻，我又活在未来——畅想着"明天会骑着马，轻轻松松上山"——如此往复，不断在对过去的懊悔，和对未来的畅想中，蹉跎了一生。直至最后，发现就是没能好好地、细细地，体会每一个当下，每个此时此刻。

如果一开始就知道不能骑马，如果一开始就没有什么预期，这不就是平常的一次远足，同样会令我们期待不已。某个瞬间，我停下来休息，透过枝叶看向远方，似曾相识的景色令我困惑起来：曾经在什么地方见过。

2017 年夏，我曾在加拿大露营旅行。从西到东，横贯大陆，穿越十多座国家公园。北美的步道系统发达，尤其是在国家公园内，徒步线路的起点通常都会竖着一块标识牌，注明难度几级，长度多长，沿途有什么主要的动植物，要注意有什么危险——比如某种毒蛇。这些信息，会让徒步者心中有数。

到了小径上，每个相互偶遇的徒步者，都会点头打招呼："Hi, have a good day."——仿佛彼此不是陌生人，而是天天都会碰到的同事。

犹记得有次，在某条二十公里的森林步道终点，我爬上了一座高高的防火瞭望塔，站在顶端，眺望那绿色的汪洋。清风正与云朵嬉戏，奔涌来去。大风好像一群隐身的顽童，只在掠过莽莽森林的时刻，撩起隐隐约约的叶浪。那叶浪蔓延至天边，仿佛是大海的童年，还没有由绿变蓝。天空那么静、那么低，像另一个有心事的孩子，与童年的大海静静相对而坐。

那一刻的辽阔与寂然，仿佛某种魔咒，几乎让我渴望就地死去，埋葬在这里，永永远远，再也不要回到人间——我确信我内心有一部分，真的永远地留在了那里。

多年以后在党岭，在停下来喘息的时候，透过由枝叶组成的画框，眺望到了相似的绿色汪洋……忽然陷入既视感（Déjà Vu）①。那一刻，突然感到内心遗留在魁北克森林的那一块碎片，与我再次相遇，再次弥合了。

∞

持续两个小时的爬升之后，来到一片平坦的草甸。时间才早上十点半，而我已经饿得前胸贴后背，快没力气了。此前的心理建设仿佛药效已过，一阵心烦意乱的饥饿感袭来。"不行了，"我说着，停下来找了块石头坐下，"我得吃点什么。"

---

① 似曾相识感，情景再现，仿佛此刻的场景在过去或梦中出现过。——编者注

"可我还不饿……"小伊站在一旁活动脚踝，她都没有坐下休息，只将目光望向远处。

"你真的不打算吃点什么吗？"我问。

"我想走到了终点再说。"

爬山，每个人都有自己的节奏。有人喜欢一鼓作气，有人喜欢走走歇歇。我知道她在将就我，心里过意不去，但真的又很饿。拿出了唯一的那只苹果和杯饭，加上热水；没等它泡软，我就草草吃了，这原本应该是午餐的。

继续出发的时候，我们一前一后，沉默不语地走完一段长长的爬升。山坡的中途，忽然见到一位姑娘守着两匹马，站在那里，望着我们。她看起来颇为眼熟，原来是为上一拨游客牵马的其中一位。

我们以为骑马的终点不过如此之近，感觉赚到了便宜，于是欣喜莫名，兴冲冲迎了上去，没想到姑娘开口便说："你们也太慢了！这样下去是到不了葫芦海的！"

"还有多久？！"又一次地，这个傻瓜问题被我脱口而出。

"从这儿起，起码还要五个小时吧，照你们的速度。"

我心里一沉，和小伊面面相觑。

姑娘问："你们要不要骑马？骑上去一段，我让姐姐回来，交替带你们。"

事后证明，若没有这两位姑娘轮流折返回来给我们共用马匹，我们恐怕真要走十二个小时以上；但这令前面那拨游客相当不悦。

牵马的这对姐妹身形瘦弱，体能惊人。她们仅仅穿着普通的裙子、皮鞋、毛衣，身上连一瓶水都没有带，步速之快，让我吃惊。在至少 37 度的陡坡上，她们拽着马儿来回往返拉客，一天最多的时候，甚至上下往返两次。

爬升途中，好几次连马儿都累得不想走了，她们却还不怎么喘气，有力气使劲儿拽着马，硬往前拉。骑马节约了一段脚程，我们爬升到又一个平台，再往前就是浓密的杜鹃林和巨石陡坡，连马也不能骑，必须步行了。

我最后一次问了那个傻问题："还要多久？"

姑娘随意地扬扬手："半小时吧，不远了。"

∞

时间仿佛具有了弹性，像个伸缩自如的谎言。

半小时过去后，连山顶的影子都没见着。密林如同一座迷宫。我的脚步越来越沉。说好的半小时呢？为什么一个小时都过去了，还不见顶？

一种崩溃感袭来，我几乎开始怀疑是不是走错路了。

在这种怀疑中，又咬牙，熬了一个半小时，尽头仍遥不可及。又一次发现自己的预期管理失败了——这是优雅的说法。换言之：心态彻底崩了。

被奉为户外圣经的《SAS 生存手册（英国皇家特种部队权威教程）》开篇强调，求生最重要的，不是工具、技能、体力……而是"意志"，或说"心态"。无论处境如何绝望，最重要的是保持乐观，保持顽强的求生意志。

如果在一开始，我便清楚地知道明天的徒步"无法骑马，爬升艰巨，来回至少需要十个小时以上"的话——心态必将不同。也许最终发现自己在九小时内成功往返，感觉良好。

想来，何止登山，生活中的一切不都是关于预期管理?

最后一段"半小时"，在我们这里变成了两个半小时。无尽的密林与乱石让人烦躁，心乱如麻。我与小伊都咬着牙，龟速缓行，彼此间距离一直在五米以上。最开始还能彼此调侃，相互鼓励；到最后，我们都变得完全沉默。谁也不想浪费力气多说一个字。

连脏话，都没有人骂了。

最终抵达葫芦海的时候，心情出乎意料地平静。"到了，"我只是在心里说，"终于。"小伊也跟了上来。面对来之不易的终点，她也只是轻轻呼出一口气。

眼前湖水如一碗碎金，轻轻被捧在群山怀中。我们找了一块树荫，躺下休息，吃点午餐。小伊拿出忍了一路没吃的杯面、巧克力，当作对自己的奖赏。牵马的姑娘慷慨地给了我两个土豆包子，此刻也拿出来犒劳自己，即使已经变冷变硬，仍然香得不可思议。

树荫凉爽，我们躺下来，准备睡一个漫长的午觉。草帽盖在了脸上，阳光还不依不饶，穿过树冠，执着地深吻我的肩膀，隐隐发烫。蒙眬中，想起这么两个故事——前者几乎可以确定是杜撰——但多少能说明一个道理。

　　几位士兵被迫要行军穿越丛林。

　　毒虫、饥饿、炎热、流行病、疲惫……让他们快要坚持不下去了。他们还扛着一个巨重无比的箱子。队长说，这是一件绝密的核武器。必须、必须、必须要把它运出丛林，这事关整个战争的成败，事关国家的命运。谁都不能放弃。

　　因为这份重托，士兵们历尽艰险，扛着沉重无比的箱子走出了丛林，全数生还。

　　安全抵达终点时，队长说，是时候把箱子扔掉了，我们回家吧。

　　在众人的惊讶中，箱子被打开了：里面什么也没有，只是石头。

无独有偶，作家金宇澄在一次与王家卫的对谈中，也说过类似的故事：

许多年前，家里有一些金条，因为处于特殊时代，怕被抄家罚没，便把金条装在饼干盒子里，藏到同学家去。

数十年后，再返回同学那里，讨问当年那一个饼干盒子的时候，对方一脸不知情：什么盒子？

金条的确无缘无故没有了。但全家人就靠着"我们家还有一盒金条"这个信念，熬过了重重艰难时日。

"人是挂在自己编织的意义之网上的生物"，想到此，我终于陷入阳光下的午眠。

迷雾之攀

1930 年 10 月号的《美国国家地理》杂志刊登了约瑟夫·洛克拍摄的贡嘎专题，*The Glories of the Minya Konka*。在此之前，关于此地的资料几近一片空白，有的地图在疑似贡嘎主峰的地方写了一个 30 000 英尺（约合 9144 米）的标高，并打上一个问号。据说洛克起初拍电报回美国，也表示这座山很可能是"世界最高"；虽然最后，洛克在文章中的粗略测算为 25 600 英尺（约合 7802 米）。

也许是因为影像的力量过于强大，这篇图文并茂的纪行，再次搅动许多西方探险家的雄心。其中就包括瑞士地质学家阿诺德·海姆。1929 年至 1931 年，海姆远赴中国，在中山大学任教授。其间，他带领联合考察队来到川藏的甘孜地区进行地质学考察，目的是"研究打箭炉南北世人罕知的大山地形及地质"。海姆一行人在贡嘎寺停留了两周，测量贡嘎主峰的高度为 7600 米，并且一路上拍摄了大量照片，留下珍贵的资料。

约瑟夫·洛克镜头下的贡嘎山，1930 年 10 月，来源：《美国国家地理》杂志

小伊深深为之着迷的，正是阿诺德·海姆拍摄的一张老贡嘎寺的照片：1930 年的夏季某日，一位僧人站在二楼的长廊，正在吹奏白海螺。

　　我们抵达贡嘎寺的时候，每个人都站在吹海螺者的角度，拍了一张照片。除了亘古的雪山，一切都改变了：照片正前方那座有着七百年历史的寺庙佛堂已被无情拆除，一块砖都没有留下。地震、山洪、冰川，一再涂抹并改造这片地貌，唯有永恒的贡嘎主峰，不为四季所动，从第一次出现在世人眼前开始，就摄人心魄。

　　就在吹奏海螺者身后的那间昏暗阁楼里，我们坐着吃干粮，烤火，喝茶，避雨。房间里暗得看不清包装袋的撕口在哪里，唯有正对着正前方的木门，才能借到日光。即使是雨天，外面也明亮极了，栏杆上放着一只饭盆，里面撒着谷物，几只健壮的山雀不停飞下来啄食。它们的羽毛已经被连绵细雨彻底打湿。

　　几天来，细雨伴随了我们一路：两次翻越子梅垭口，徒步冷噶措，都是大雾，连十米开外的人影都看不清。小伊说："与雪山交朋友是需要耐心的，就像三顾茅庐。总是要拜访好几次，才能有幸相遇。"

　　我们此行是为了攀登一座贡嘎的卫峰——那玛峰，海拔5588 米，入门级，难度不大。但自从有了党岭的教训，每当听到难度不大这种词，我会在内心补上一句，"看对谁而言"。

贡嘎寺，约 1930 年，摄影：阿诺德·海姆

∞

徒步的起点从子梅村开始。峡谷幽深，点缀着白色高山杜鹃。河流清澈，闪闪发光，如一条流动的钻石矿脉。雨雾中的森林，枝梢迷离，垂帘般挂满了松萝。

松萝是地球上最古老的地衣生物之一，喜欢潮湿多雾、阳光充足的环境，只在极佳的空气环境中才会生长。食物缺乏的季节，松萝就是金丝猴的充饥之物。有朋友因为好奇而尝过它：没有任何味道。

德语中有一个单词是Waldeinsamkeit，意思是"独自在林中漫步的感受"，但没有相应的英文单词可以直译[①]。Wald是"森林"，Einsamkeit是"孤独"。我倾向于把这个词翻译为"独自在林中漫步的感受"，而不是"林中漫步的孤独"，因为它比汉语中"孤独"一词的所指更加丰富。

独自在林中漫步的感受，是哲学家与文学家的精神乡愁。这串名字包括荷尔德林、海德格尔、彼得·汉德克……

《我在森林，也许迟到》这部纪录片，正是描述作家彼得·汉德克的晚年生活。他喃喃自语着："人们常说，作家靠写作逃离生活。这简直荒谬。恰好是作家——或像我这样的人——才能体验生活：那种不受保护、残酷无比、最强烈形式的生活，因为没有体

---

① 一部分客观原因是，德语的构词法很丰富，尤其是复合词的形式，可以传达更丰富的含义。在这个功能上，汉语的成语也不相上下。

制能保护他，没有居家良药能免他一死，免于恐惧，免于东躲西藏，免于爱恨……"

对于有钝感和野心的人而言，人生可能确如汉德克所说，"是等待收割的田地"；但对于另一部分人而言，人生是一座森林，无法收割，只能观瞻，穿行。

也许我们与哲学家之间的距离，只差一条林中小径。

在林中的独享时刻是宏伟的，自成宇宙的——穿过光栅般的松林，回到童年。每一口呼吸，都是属于 1991 年的墙纸绿：你五岁了，无所事事，不想练钢琴。神经质地咬着指甲，在一直下雨的星期天，独自在家偷偷看电视，模仿动画片里的土拨鼠，在茶几旁边原地打转，撞到小腿发青。

时间那么漫长，如一场绵绵不绝的雨，人生仍然折叠着，是一张待读的信纸。未来某些经历，或将如子弹嵌入肌肉，只是那一刻命运还没有瞄准你，没有开枪。你还是一只天真无邪的、行走的人形靶子，迈着欢快的步伐，毫不自知地，走进命运的射程。

脚下的小路坡度陡峭，不过一臂之宽，竟然是一条摩托车道。想象村民们乘着摩托车，在这羊肠小道上越野赛一般风驰电掣，往返运送物资的情景，该是相当刺激。这条小路的尽头是干涸的河床，下午的爬升还得从那里继续。

那天是同行中一位朋友的三十岁生日。他一直严重高反，一路咬牙坚持，走到大本营的时候，感觉简直走丢了半条命。夜里我们为他庆祝：蛋糕坯子是从四百公里之外带来的，现挤上奶油，点缀了水果，插上蜡烛，端过去的时候，非常担心被大风吹灭；在帐篷撩开的瞬间，我们大声唱起生日歌。

朋友强忍头疼，勉强地笑着，接受大家的调侃："祝贺你，已经把前半生所有的苦都吃完了。"

向导在那个夜里为我们播放了纪录片《登山家》，讲的是加拿大攀登家马克·安德烈·莱克莱尔的故事。这个低调的小伙子身怀绝技，兼容 solo 攀岩、攀冰、登山，技术全面，是阿尔卑斯式攀登的极致者。他没什么钱，住在走廊里、楼梯间、帐篷里，或者直接躺在野外。他一生只爱攀登，崇尚临场独攀（on-sight solo），这种方式意味着人类攀登能力的极限：一个人，一只小背包，一套冰爪冰镐；独自走向一座此前从未去过的高山，临场判断路线，独自进行攀登，搞定所有的岩石峭壁、冰瀑、冰雪混合岩壁。

这些术语或许稍显抽象。但如果你搜索一下照片，看看剑鞘般笔直的巴塔哥尼亚埃格峰（Torre Egger），以及罗布森峰（Mount Robson）的酋长岩，你就能震惊于马克所做的，是何等壮举——这居然是人类能上去的地方吗？

一个并不意外的结局是：一座阿拉斯加的雪山收留了他的生命，为一生传奇画下句点。

∞

从大本营去往一号营地的路，只剩下纯粹的攀升。泥泞，陡峭，大雾浓如一锅奶汤。人走在其中，不知今夕何夕，也不知身在何处；与海拔争夺呼吸，每一口都很费力，像是漫步在海底，周身承着巨大水压，阻力重重。

更糟的是，朋友的高反依然没有减轻。他头疼欲裂，难受到数次呕吐，看上去连站都站不稳了，每走几步，就要把自己绊倒。几年前我也曾亲身体验过一次剧烈的高反：胸口有一头大象在跳踢踏舞，颅骨里有一辆卡车来回碾轧。夜里三点钟，背疼，胸闷，无法呼吸，爬出帐篷上吐下泻。

但是除了独自忍耐，没有办法——就跟生活里大部分事情一样。

朋友的新婚妻子始终耐心陪伴左右，牵着他的手，扶助他，陪他坚持；小伊也放慢脚步，陪伴他们俩。好像只有我一个人似乎怎么也慢不下来，无论停下来等候多久，也不知不觉就走去了最前面。

痛苦如果能具体到只有 15 公斤、60 升就好了：把痛苦的重量分担下去，痛苦的绳索、衣物、冰爪……我们一起分担。领队看那位朋友头疼难忍，主动提出帮他背包。朋友回答："不用。你帮我背了，我头还是疼。又不会因为你帮我背包就不疼了。"

四下是一片大雾，我坐在石头上等伙伴们。心事在等待的缝隙里如细菌般滋生，疯狂繁殖，我被感染为病人。远处的三个身影，紧紧凝聚，彼此爱护，那场景如此团结、强悍，带来一种孤立感，令我怀疑自己是不是有问题——当其他的女性都能如此耐心、温柔地陪伴他人的时候，我在这儿傻坐着干什么？为什么我没能和她们一样？

我莫名其妙开始反思波伏娃在《第二性》中的议题："被社会眼光所期待的女性气质"，"女性不是天生的，而是形成的"——对也不对，对二元性别话语的终极反抗，应是"人性主义"，如柯勒律治、伍尔夫所言，伟大的头脑是双性同体的。温柔、耐心、韧性、共情力，本身是几种普世的性格优点，只是说，女性无论从生理层面还是心理层面而言，都更有优势形成这些品质。

作为一个人，无论是什么性别，甚至无论有无性别：在坚强、勇敢的同时，保持温柔、耐心，这是我希望成为的"人"的样子——我定义自己为"人性主义者"。当然，理想有多高，现实离它就有多远。

这一层焦虑还未散去之时，第二层又涌了上来：我忽然意识到，作为群居动物，刻在基因深处的，对于伙伴和集体的依恋，是一种多么深刻的本能。每个人都害怕被忽视，被抛下，被边缘化，被错误看待。每个人都多多少少活在他人的目光里。目光也是氧气。

整个成长时代，自己的状态主流到四个字就可以概括：三好学生。但随着长大，尤其是选择了自由职业之后，内向性格开始显露本色，也并非简单的"格格不入"，而更像是活在价值观念的时差里。作家黎紫书曾形容这种孤立感——"像是一珠水银，其状如水，实质金属，易于流动难以融入。"

　　想到此，心事如一把螺丝刀，正一寸一寸往心里拧。

　　回忆起 2007 年在土耳其，一个晴朗的下午，一对当地的情侣带我上山看古迹。那里有一片古罗马时代的废墟，华丽又荒凉。那天阳光灿烂，草原干燥，他们走在前面，说着我听不懂的语言，低声在笑。我跟在他们后面，为他们拍下一张照片：当时那两人不过二十几岁，勾肩搭背，两枚逆光的金色背影。仅看那对晃动的双肩，就知道他们一定在笑。也不知道十多年过去，照片里的这两人，还是不是在一起。

　　又想起那个春天的柬埔寨海边，一次绝望的争吵。

　　或者某个初冬，雪夜高山，月色踟蹰，在那个因为没有勇气亲吻，而终生遗憾的垭口。

　　又比如在俄罗斯，蹭了一对夫妇的车去海边。沙滩被深深白雪彻底覆盖，晚霞如一口倾倒的熔炉。在回程路上，夫妇两人无缘无故吵了起来，却又顾忌当着我的面，拼命压抑着。俄语我一个字也听不懂，但他们分明在争吵。心底有一瞬间的恐慌：希望那场争吵不是因为我而起。

2007 年，土耳其，一对情侣，摄影：七堇年

同伴们的身影终于在雾中出现了，那么小，那么远，肩并肩。他们的出现打断了我心事的螺旋，冥冥之中也把我从某种无缘无故的低落中救了出来。那对新婚的朋友，肩并肩手拉手，几乎结为连体儿。这一幕被小伊拍了下来，作为纪念。如果为照片取名字，大概是《世界上最辛苦的蜜月》了吧。

我把擦过眼泪的纸巾揉成一团，偷偷塞进口袋，起身和他们继续前行。

∞

冲顶前夜，下了一场大雪。七点钟吃完晚饭就躺下了，但谁也睡不着，在帐篷里辗转反侧。睡袋大概太厚了，小伊热得反复起身，甚至去帐篷外面看雪。我背疼难忍，睁开眼，听见雪花亲吻帐篷，发出沙沙声响。

夜里，领队数次冒着大雪走到我们帐篷这边，小心地确认我们的气窗是否打开。在高原，很多意外就是这样发生的：帐篷拉链拉得太紧，或者半夜大雪把通气口堵住了，人睡在里面严重缺氧，透不过气，一觉再也没有醒来。

冲顶计划凌晨两点开始，但我们在闹钟响起之前就起床了。穿戴衣物，收拾装备，确认冰镐、冰爪、头灯。早餐时刻，大家挤在炊事帐篷里，臃肿地围坐，硬往嘴里塞食物。一盏小小的营灯在折叠桌上投下几块晃动的阴影。毫无胃口，但强迫自己吞下一碗鸡蛋面。

凌晨两点半，拔营出发。四下一片白茫茫的深雪，浓稠的黑暗。细雪仍然沙沙落在肩上。

"还有比这更坏的天气吗？"我问。

领队耸耸肩："有啊，刮大风。"

另一支庞大的队伍比我们走在前面。凌晨三点，山脊上闪烁着他们的头灯，像行走的星光，一粒粒颤抖着，一步一升，接着又停滞很久，原地不动。他们看起来那么远，那么高，让人绝望，感觉我们是永远也走不到那儿似的。但绝望归绝望，每迈一步，就近了0.5米。漫长的碎石坡上，我脑子里一片空白，只有迈步、迈步、迈步，呼吸、呼吸、呼吸。攀登几乎才刚刚开始，我就有点恨不得放弃了：肠胃绞痛，恶心，作呕，最糟糕的是，特别想拉肚子。

爬高了一段，总算抵达了之前看起来遥不可及的垭口。此刻自己也变成了星星一般，头灯微弱的光，闪烁在高山雪野。垭口的风势强劲，吹得满脸结冰。从这里开始便是山脊线，我们将沿着它直至登顶。

也没有想到，从营地眺望的缓坡，到了眼前竟变得如此陡峭，铺上厚雪之后，几乎直贴胸口。更糟的是，大雾残忍地不肯散去，我们什么也看不见，只有眼前的雪、石。一步一滑，呼吸混乱。

清晨五点，爬了两三个小时之后，阵阵困意让我几乎无法站稳，在汹涌的睡意中，梦游般苦撑着。一个不可思议的事实：在追求享受与舒适的境界里，人类当然做到了极致——洁白温柔的床，48℃的牛奶澡，加热的马桶圈，恒温空调……但在追求自我折磨的境界里，人类居然也达到了极致——是什么样的生物，才会故意跑到生命禁区，去自作自受？

　　只有一个解释：痛苦也是有快感的。正是由于身体上的痛苦，我们感受到自己正活着。

　　西奥多·罗斯福曾试图第三次连任总统，但竞选失败，陷入低谷。为了对抗那种失落，他前往南美洲，沿着亚马逊森林中的"困惑河"漂流。那是一百年前的事：一条从来没有人迹的河流。原始丛林的残酷让他们一行人吃尽苦头，顶着疟疾发作的痛苦，筋疲力竭地在激流险滩中折腾筏子。高烧寒战交替，全身都有溃烂的伤口，无处不在的毒虫像胶水一样日夜纠缠，白蚁把帆布包、物资，甚至内裤都吃了。水路行不通时，还要扛着巨重无比的筏子和物资在丛林中跋涉。

　　不仅是罗斯福，在《人间游乐场》这部纪录片里，很多普通人甚至在追求更极致的折磨。著名的沙漠马拉松：在超过50℃的酷热沙漠里，六天六夜，跑250公里；完赛就是胜利，淘汰标准是"不能慢于后勤部队的骆驼"。冰泳：在零下十几摄氏度的天寒地冻中，凿开一块冰面，像北极熊那样把自己浸泡在刺骨的水中。

这些参与者都有一个共同特点：试图通过肉体上的挑战和折磨，来净化和砥砺内心，对抗创伤或痛苦，比如片中那位冰泳的女性，有过被性侵的过往经历。用身体上的痛苦治愈精神痛苦，这简直是一剂古老的人类学药方。

∞

到了大冰盖下方的一个休息点时，我终于不堪忍受，一阵剧烈的反胃袭来，呕吐不止，几乎尝到了胆汁的苦。朋友们都吓了一跳，递上热水，轻拍我肩。我漱了口，颇为难为情地用雪将污渍掩埋，下意识地连说"对不起"。

刚刚缓过来，向上一望，又一串星星般的头灯闪动在更高的地方——老天，尽头几乎是在月亮上，山脊线开始了。坡度渐陡，前面的足迹是一串深及膝盖的脚印洞，每一步都要夸张地抬起腿，踏进雪里，再抽出来，额外费力。开路者想必筋疲力竭。

这一段原本是大冰盖，要铺路绳，用上升器攀登，但现在雪太厚，只须结组前进即可。结组意味着每个人"变成一根绳子上的蚱蜢"，必须尽量保持相同的速度，让彼此之间的绳子维持一个不松不紧的程度，共同前行。如此，结组保护才是有效的。

但我们已经疲惫得顾不上任何节奏了，彼此间的绳子时松时紧：没有一丝多余的力气说话、思考。用尽全力呼吸、迈步。只有这两件事。除此之外，全是忍受。

恶心，腹痛，头疼，困倦。所有的痛苦叠加成一团混沌的大雾，在一层层活剥我。我感觉自己的脑子已经罢工，肠胃在起义，心脏也跑路了，皮囊之下只剩一双肺还在苦苦坚持。

这哪里是受罪，这分明是受死。那种筋疲力竭，在很久之后仍然会出现在我的梦境里。出发前，领队曾经在技术讲解的环节里说，人们之所以热爱登山，是因为在徒步过程中，只剩下"和自己的对话"。但到了某个极限，我发现，根本没有这种对话。大脑是一片彻底的空白，即使偶尔冒出零星的字眼，也不过是破碎的疑问：你是谁，你从哪儿来，你到哪儿去，你这是在干吗。

登顶前的最后二十米，我望着前面那个惊悚的陡坡，顿时一屁股坐在雪地里，再也不想走了：去你的吧。去你的什么登顶，反正都是大雾，什么也看不见。谁他妈在乎什么顶不顶。一切都看起来没完没了：大雾没完没了，痛苦没完没了。

小伊回头看着我，上气不接下气地说："加油啊，最后二十米了。最后！"

她的声音混合着鼓励与命令。原来结组的另一个目的正在于此：总有谁，不是这个就是那个，一念之差，再也坚持不了了。但当你想到队友，你就意识到，不能拖后腿，起来，你可以的，你必须走。

必须。

如同宿醉断片后的回家：也不知道怎么的，就还是上去了。

所谓的登顶，也只是意味着再也、再也不需要再往上了。想象中的喜极而泣并没有发生。我们虚脱地坐下来，眺望雾中看不见的远处，云海迷蒙。天什么时候亮起来的，没人知道。眼前就是萨拉马戈《失明症漫记》里面写到的那种"奶白色一片的盲"。

如果是晴天的话，眼前应是天色深蓝，如倒悬的大海；贡嘎主峰从云中探出，状如一只大理石雕刻的白鹰，正面对我们，展开双翼。这么切近，就在正前方。"你会感觉它近得就好像在拥抱你。"领队说。但接连几日的大雾，让那个画面显得无比遥远，只存在于想象里了。

紧接着而来的下撤，竟比攀登还要辛苦。许多山难都在下撤途中发生——放松警惕，失去登顶的激励目标，太疲惫，或者纯粹是因为下坡的陡峭，失控。

雪太厚了……走两步便摔倒在雪坑里。持续低头看路，颈椎疼到仿佛要折断。纠缠不去的恶心、头疼、困倦，天哪……看一眼来路漫漫，滑梯般的碎石坡，这么高——老天，自己到底是怎么爬上来的?！

小伊焦虑地说："这个碎石坡真太吓人了，要是摔下去怎么办?!"

领队有点不耐烦:"怎么会摔嘛?!"

我心想:"……怎么不会?!"

另一位朋友叹了口气:"干脆让我滚下去吧。"

没完没了的碎石坡,刑具一般狰狞。滑坠的后果不堪设想。我们一个个神经高度紧张,足足花了四个小时,才下撤到一号营地。稍作休息,还要继续徒步到大本营。本以为那已经够呛了,没想到领队连哄带骗,要大家别在大本营过夜,而是一鼓作气走到子梅村:"你们速度不错!绝对可以的!加油!"

迫于这种鼓励,我们仅仅稍作休息,便又继续徒步,在接下来的几个小时里,全都变成了走路机器——最终抵达子梅村时,时间已是傍晚八点半,距离前一夜凌晨开始的攀登,我们已经整整走了十八个小时。

而从进山开始的连续五天里,没有手机信号,没有电,没有洗头洗澡。一切都变得具体、纯粹、简单,一切只为了一个单纯的目的:登山。其余的世界消失了,也不再重要。

到那一刻我突然明白,那种不可思议的纯粹和直接,正是登山的魅力。生活消失不见了,种种世俗杂念随着手机信号一并消失。你抽离到某种真空中,只有山在那里。

几天后,当我回到城市,把脏衣服扔进洗衣机,瘫倒在沙发上,拧开一瓶冰可乐的那一刻,忽然为这奇迹般的舒适感激得想哭。

每一个登山者都熟悉那些痛苦——裹在潮湿冰凉的睡袋里瑟瑟发抖，头痛呕吐，喘得好像肠子缠住了脖子……但正是这种折磨，创造了我称之为"钟摆效应"的体验：只有这样，才知道家里那张床、那双拖鞋和十五分钟的热水澡，有多么珍贵和奢侈。

没有对比，就没有幸福。

∞

人总是会记得自己爬过的第一座山，第一次远游，第一个爱过的人。这种感觉——

> 像诗行
> 像一条有车辙印的路陷入回忆
> 回忆一首云雀未听过的歌，回忆一笔辛辣 [①]

挑了一个夜晚时分，我们驶上盘山公路，抵达一处山顶平台。

下了一晚的细雨，刚好在此时暂停，完全是天意。就是这里了，我决定，就在这里，给那对新婚的朋友补上一次小小的

---

① 节选自德里克·沃尔科特的诗作《伦敦的一个下午》。

婚礼——在那玛峰时，因为严重高反，新郎没法与大家一起冲顶，成为此程的小小遗憾。原本，我们是想要在登顶的时刻完成这个惊喜的。

小伊为新娘别上了一朵白色头纱，我为新郎戴上了领结。没错：羽绒服、冲锋裤、头灯，配头纱、领结——匆促得像一幕战火中的罗曼蒂克史。

这对璧人走下车，站在夜色下的路中央。"这就是你们的人生之路了，"我指着茫茫黑暗中的眼前路，一道车辙印绵延至远方，一个绝妙的隐喻，"就在这里吧，来，选一首你最喜欢的歌。"我对新娘说。

她想了想，点了《不再让你孤单》。

大概因为潮湿、缺氧，烟花很难点燃。一丝尴尬与忙乱过后，音乐终于响起，一切就润滑了起来。烟花点燃了，被交到了新娘手中。她举起一束花火，脸庞瞬间因为光焰而变得灿烂，金色的未来般，闪动着。

我闻见烟花燃烧的气味，还有雾与泥土的清香，这是英文里最美的一个单词：petrichor，意思是"雨后的气息"，词根来自希腊语，πέτρα，意为石头；ἰχώρ，古希腊神话中，神的血液。

被问到有什么话想对彼此说的时候，新郎有一点紧张，是新娘先开了口。她的声音温柔，深情，隐约有泪意，说最近在读《白夜》，开篇引用了屠格涅夫的诗，是这样的：

要知道

上帝创造此君

是为了给你的心

做伴于短短的一瞬

他们在烟花下拥抱，亲吻。风有点野，掀起头纱，逆光中，新娘看起来恍如一片深海中的荧光藻。他们始终双手紧扣。新郎的表白被突然升空的焰火打断了。我们每个人都惊讶地抬起头，默默无言，望着光点斑斓，奔向夜空，如一群童年的星星突然快闪到此，在玩蹦床。

若干年后，他们一定还会记得这夜色深情，河流般蜿蜒的山路。玩蹦床的星星，火花晶莹剔透，升上天空。

下山路上，偶遇许多只夜里出来散步的小狐狸，果子狸。它们的眼睛反射车灯的光，像荧光石。动物的眼底都有色素层，视色素在视觉细胞中呈螺旋状排列，在分子上属于一种液晶结构。当外界有光线进入时，眼底就会选择性地反射出与其螺距匹配的单色光：绿色、红色，等等。这也就是夜观森林的时候，特别容易发现动物的原因——它们的眼睛会反射闪光。

新郎敏捷探出车窗外，随手捏了两张拍立得。没有对焦，成片跳出来之后发现是一片漆黑，要很仔细很仔细地分辨，才能看见两颗亮点：那是小狐狸的眼睛。

我们对着照片哈哈大笑：这简直就像一本空白的小说。或者约翰·凯奇那首空白的《4分33秒》。

回程路上，小伊要每人点播自己喜欢的歌。我们开始认真地琢磨起来，到底哪首歌才配得上此时此刻。

新郎点了刘家昌《在雨中》：你说人生艳丽，我没有异议。

我点了《今生不再》，而小伊放了超载乐队的《依靠》，现场版。高旗唱到"祈求内心，风平浪静"那一句的时候，我突然为刚才在山顶没有留影而懊悔不已。

"拍立得底片用完了吗？"我问后座的新郎。

"没呢，还剩很多。"

"那麻烦你为我们此刻捏一张吧。"

"就现在吗？你们俩在前座？"

"对。谢谢。"

新郎体贴地捏了两次，拍下两张相似但并不完全一致的照片，就像一对记忆的双胞胎。我留下其中一张，用磁铁贴在了冰箱上，把它变成了日常中最亲切的印记，每天早晨打开冰箱拿牛奶的时候，都看见那一幕：挡风玻璃一片漆黑，前座的一对椅背占据了大部分画面。两颗后脑勺，像两名宇航员的背影，正操作飞船驶入黑洞。巨大引力的边缘，前路未卜，黑亮的头发在闪光灯下散发光泽。

拍下照片的那个瞬间，我原本试图说些什么："谢谢这三年……所有的……"

然而有什么东西在舌尖，像雪花融化，令我欲言又止。用小伊的话来表达这种感动，或许就是："活着的大多数时间，我们的记忆都是被动产生的，但每次上路，都是自己为自己制造记忆。"

贡嘎寺的喇嘛，摄影：阿诺德·海姆

霸王山脚下的无名海子

俄尔则俄十二海

萨普神山的卫峰，传说中萨普的妻子

达古冰川

黑

马尔康

炉霍

丹巴县

塔公草原

雅江

格西沟保护区

康定

雅

力邱河

贡嘎山

日库寺

合合海子

俄尔则俄十二海

小相岭

喜德县

青川县

成都

第二章

人与星之间

时间零

　　卡尔维诺有个"时间零"的理论：想象一个猎人在森林中遭遇一头狮子，猎人弯弓放箭，狮子也一跃而起的那一瞬间——让剪辑师把这一帧画面暂停，目光悬置在这里——接下来会有什么结果呢？中箭的狮子狂怒，一口咬死了猎人；又或者猎人射中要害，再补上几箭，把狮子干掉了。

　　但无论这些结果如何，都是时间零以后的事，是时间一、时间二、时间三……就像小学数学课上的线段那样，以那个悬置的瞬间为零，往前是时间负一、负二、负三……

　　卡尔维诺认为，古往今来的叙事都忽略了这个时间零，太注重从时间负三、负二、负一，到描述时间一、时间二、时间三……但真正重要的是这个时间零。在这个时间零上，所有的可能性都没有展开，所有的想象都还是胚胎。那是一个由于可能性无限，而炫丽无比的瞬间。

　　对我来说，这瞬间属于 2021 年 8 月的某天，属于我们在雅江县一个偏僻村落里遇到的那个藏族小男孩，他的名字叫土敦。

∞

正值晴朗无云的夏日，天空毫无心事，一览无余的蓝与白。我们前往格西沟保护区，拜访几位巡护员。其中有一位年轻人叫丁真，汉语很好，对我们的每个提问都耐心回答。我很快注意到，他在每句话的开头和结尾频繁说"噢呀，噢呀"，我猜那是"对啊，是的"的意思——好听极了：噢呀，噢呀。

"噢呀，这峡谷，看到了吗，左边，我们小时候夏天在这里游泳，天天游，噢呀。""这条路，小时候过年走亲戚的时候，要走一整天。"……

"一整天？"

"噢呀，早上五点走到天黑。噢呀。"

"丁真这个名字很普遍吗？怎么来的？"

"活佛取的名字，我们这片的都叫丁真，相当于一个姓。那个网红帅哥理塘丁真，你们知道他的吧？差不多也是一样的意思。"

"那你就是雅江丁真。"

"噢呀！"

丁真大笑不止，看得出心情愉快。他指着每一个拐弯、每一片河滩，为我们细数童年记忆，说到兴起，决定带我们走访他的老家：一座古老的藏族村寨——并不顺路，但他坚持要去。

在村口的大槐树下，我们停车。小路很窄，丁真走在前面，低头穿过一棵大树浓郁的荫凉，又路过了一口井。"这就是我小时候每天早上牵马来喝水的井，小时候我特别特别爱我那匹小马，早上起来了，第一件事不是刷牙洗脸，而是先牵马喝水，回去才是刷牙洗脸，吃饭。"

"那你的小马叫什么名字？"

"呃……没有名字……"

我们都笑了。或许与城市里的人们不同，他们爱一匹马，但也并不给它取名。马不是他们的宠物，也不是什么家庭成员，马就是马，一个生命对另一个生命的，朴素而平等的喜欢。

丁真有种衣锦还乡的骄傲，跟路上遇见的每一个老邻居大声打招呼。我听见他打完招呼后，一个人低声喃喃自语："全是回忆，全是回忆，全是回忆……"

他家的老房子曾是整个村落里最壮观的豪宅。废弃二十年后，粗壮的房梁色黑如炭，土夯石墙明显倾斜。人去楼空，黑暗中散落着积灰的旧物件：柜子，硬如铁色的牛皮袋，一条猎装腰带，一份命令搬迁的文件。

我们攀上二楼，眺望青翠的山谷。河边有一棵巨大的核桃树，亭亭如盖，让人一眼就联想到夏日在树下嬉戏、河边玩耍的童年。河流绕山谷淙淙作响，阳光在河面洒下碎金。丁真叹了一口气，说："好多年没有回来了。"

这时我们才知道，这个房子本身，也是有名字的。藏族人一般没有姓氏，但有些人会拥有类似姓氏的家族名——也就是祖屋、庄园或房子的名字（房名）。

离开老宅子，丁真带我们去隔壁亲戚家喝茶，等他哥哥采松茸菌回来，顺路捎回县城。百无聊赖中，土敦就这样出现了——一双黑曜石般的大眼睛，一身被太阳深吻过的光洁皮肤。他黝黑、健康，漂亮得像一只小金丝猴；前额正中央天生有小一撮儿白头发，像最时髦的挑染，非常醒目。

丁真告诉我们，家里无比宠爱这个孩子，出生时，特意把母子送去西南最好的华西医院妇产科住院生产。"这小撮儿白发，是华西的标志呢。"

土敦在家门口玩耍，抱着他心爱的小牛，像是逗一条大狗。他的弟弟也来了，但十分害羞。见到我们，兄弟俩露出羞涩的笑容，踢着一只瘪了气的皮球，从我们跟前绕过，又跑掉。

我们到屋顶上闲坐，吃冰棒。主人家料想我们喝不惯酥油茶，体贴地给我们倒了绿茶。屋顶上阳光刚烈，在地上切出一块块边界分明的阴影。我已经很久没有这么惬意地对待一场漫长的、无所事事的等待。谁都不知丁真的哥哥什么时候才能回来，但谁都不着急。在这个被世界遗忘的山谷里，我感觉自己跌入了某个平行世界的"时间零"，整个人都被悬置了。时间负三、负二、负一，已不知去向；未来的时间一、时间二也迷了路，暂时不会降临。箭就这么凝固在空气中，狮子如雕塑般停滞在跃起的姿势……在时间零的刻度上，在这个古老的村子里，我们就这么坐在屋顶，吃着冰棍，喝着茶，晒着太阳，看着土敦和他弟弟玩耍。

屋顶的大梁上有两条粗绳子系成的简易秋千，小小两兄弟活泼如幼猿，踩在绳子上摇来荡去，有惊无险地上上下下。换作在城市里，家长恐怕早就惊恐地扑过去大叫"危险！快下来！"了。但这里不会。一切都是这么自然、舒缓，不慌不忙，没有任何要紧的事。在这里，童年就是童年，活着就是活着，老去就是老去。

土敦和弟弟在秋千上攀荡，两兄弟笑得咯咯作响，那是来自遥远的童年下午的声响，令我突然间泪如雨至，陷入猝不及防的感伤。这是两张真真正正的白纸，没有折痕，没有污点，没有任何笔迹：白纸般的童年。这是他们人生的"时间零"。从此往后，无数的时间一、时间二、时间三……将在命运的线段上等着他们。多年以后，长大成人、结婚生子的土敦，是否能记得，在某个遥远的无所事事的下午，他曾经这样纯洁、简单、开心。那是命运线段上，时间负二十，或者负二十三的那一刻。

卡尔维诺当然是叙事炫技的大师，时间零的概念也绝妙无比，但那是文学的游戏。现实中的时间零，不曾有任何一丝耐心等着我们享用。箭就在弦断的那一刻射出，猎人就在狮子跃起的那一刻倒下，人间的一切都太快了。这是为何我们需要文学和艺术。它们是成年人的滑梯，顺着它，溜去遥远的童年，去寻找一只弹弓，击中一个梦。

∞

告别了土敦和家人们，丁真带我们去吃饭，向我们介绍他的巡护员同事。直到那时候我才见到老前辈李八斤。老早之前我就耳闻其大名："去雅江，你一定要见见八斤哥，藏族人，出生的时候八斤重，就叫李八斤。特别厉害，唱歌跳舞，做事儿也踏实，人特好。"

1998 年以前，李八斤是雅江县林场工人，工作就是伐木。那一年的特大洪水损失惨重，催生了长江中上游天然林保护禁伐令，史称"天保"。随着林场转产，李八斤不再伐木，转而成了扑火队队长。

"现在的条件，太好了……有了吉普车。想当年，我们每人每天，不停在山上巡逻，全靠走路，徒步。扑火的时候，是人一趟一趟背水上山的……喝了水，包在嘴里，喷出来……"李八斤说起当年做扑火队长的记忆，一直在摇头，"你一个人陷在密密匝匝的林子里，根本看不见自己在哪里，也看不见火在哪里，有时候火都逼近这边了，距离只有几公里了，你都根本不知道……大火在你面前爆燃，真的，那种恐怖……"

爆炸性燃烧，是所有消防队员的噩梦。在天然森林中，地面植被和林下堆积的腐殖层，比如落叶残渣等，薄则没入脚踝，厚则深及大腿。雨季，它们会像海绵那样吸收大量水分，阻挡水土流失，发挥森林涵养水源的作用。但一枚硬币总有两面：这些腐殖层会因为堆积，腐烂，变成易燃物，产生大量可燃气体——活生生的火药桶。一旦天气干燥，温度升高，很容易被点燃，甚至自燃。

当火灾发生，这些林下可燃物很有可能会突然间爆炸性燃烧，轰然形成巨大的火球，同时产生极高的温度。如果加上特殊的地形条件，比如鞍部、单口山谷、沟壑等较为封闭的环境，情况就更糟了。蔓延而至的林火使这些地形中的可燃物获得预热，会加剧燃烧，很难扑灭。

在扑火的过程中，指挥尤其关键。瞭望员会始终保持在高处，以便指挥救火队员保持在上风向，但是一旦风向改变，就大难临头了。身为扑火队长，每年10月至次年5月，都是李八斤神经紧张的日子。日常巡逻的任务之一，就是不断清理林下堆积物，防止堆积太多。但偌大的森林，岂是一小队人员能清理得干净的，这简直让我联想到"抵挡太平洋的堤坝"。李八斤说："所以挖松茸也是有好处的，相当于夏天很多人上山，清了一遍林子。"

李八斤和他的队员们，不过是平凡普通人，在山山林林中，过着植物般清爽宁静的日子。很难想象这样平静的一生中，有过许多不凡的往事。在关于他的纪录片中，提到2000年2月25

日，一场山火蔓延多时，李八斤召集 800 人上山扑火的事。前线队员们被困在高大密实的森林中，视野低矮，无法判断自己的方向，完全依赖指挥员的瞭望和指令。李八斤负责的山头位于北面，凌晨五点，他们跨过峡谷，切入火场，扑救了五个小时，筋疲力尽。然而不知何时风向已大变，大火随之转向，像"城墙一样"正朝着他们这边倾倒而来。对讲机里的指令大叫："不到一公里了！快撤快撤！"

这一公里的距离对于森林烈火来说，不过是一步之遥，但对救援者来说，却是生死之遥。李八斤下令所有人赶紧撤，大伙儿根本来不及用脚跑下坡，一个个直接沿着七八十度的陡峭山坡，连滚带爬，翻下来，总算撤回安全地带……在那种生死情急之下，皮伤肉破根本不足为意，一回望刚才的山脊，早已陷入烟林火海。

逃过一劫，李八斤赶紧清点人数，赫然发现原本 800 人的队伍，只有 764 人，足足少了 36 人。他当时"眼前一黑"，简直站不稳。整整 36 人，几乎每个弟兄和他们的家人都是熟面孔，无法想象这要如何和他们交代……"根本没办法，那种热气噢……呼啦一下……"李八斤朝着天上比画了一个蘑菇云一样的姿势，"烫得噢……"他说着，一直摇头。我努力想象着一座摩天大厦般的火炉，燃烧着，轰然倒塌的情形：浓烟如滚烫的棺盖那样，扣下来。李八斤跌跌撞撞又往回跑，不停呼喊队友们的名字，没有任何回应。他感觉心脏被卷进了绞肉机，却又束手无策，只能原地等待奇迹发生。

漫长的煎熬开始了，每一分钟过去，绞肉机的利齿就把五脏六腑搅拌上一圈：在那一个世纪般漫长的等待里，李八斤体验到一种几乎要呕吐的紧张，他几乎宁愿没回来的是自己。

终于，终于，奇迹般地，开始听到隐约人声，六个队员累得没了人形，互相搀扶着慢慢出现。李八斤扑过去迎接，追问剩下的人如何了，这才得知，都在后面，应该不远了。

很幸运，三十多位落下的队员全部安全返回，无人牺牲。他们的迷彩服磨得褴褛，浑身是伤，是炭，是泥，是血，面庞已经糊得黢黑，所有人抱头痛哭。

这样的记忆本该就着一碗烈酒一口干掉，但李八斤说得举重若轻，端起一小杯啤酒，非常客气地对我们说："随意啊随意，不用勉强。"

∞

在格西沟保护区的第二天，李八斤专门拨出时间，和丁真一起，带我们上山。沿着废弃的老国道登上剪子弯垭口，一条壮观的经幡横挂在路中央，猎猎作响，似在呐喊着什么。

荒荒油云，寥寥长风。山的那边，就是理塘了。而山的这边，李八斤为我们指着各个森林或湿地保护区的方位：格西沟、神仙山、亿比措、庆达沟、那溪措……我明白他想说什么：在高海拔地带，一寸绿色，要耗费多少年生长，又需要多少年养护。这寸绿寸金的天地，耗费了他的大半生。

"当年让种树，我亲自去买的种子，经费是八百元，等于四个月的工资。第一批种下去，全都没活。不甘心哪，又不知道怎么办。请专家来讲技术，白天听完，晚上再去给村民讲一遍。"也许是时间太久远，李八斤说起这些的时候，各种周折辛苦，总是一笔带过，轻描淡写。又或许，他是那种真正的实干家，做得多，说得少。

回到山下的种植基地，迎面而来是座巨大的暖棚苗圃，建设经费是李八斤上下奔走好不容易才筹来的。一位工人正在浇水，看见李八斤来了，彼此用藏语寒暄起来。

李八斤指着几块试验田，对我们说，这是高山杜鹃。可我一眼望去，几乎怀疑自己瞎了——地上完全看不见任何绿苗。走近，蹲下，仔细看，才发现有比绿豆还小的小嫩苗，战战兢兢生长着，简直让人担心它们能不能熬过下个冬天。"这里寒冷，海拔高，它们长得很慢，很慢。"李八斤指着旁边的几块试验田，对我们介绍，"这块田里的，是三年的；这些，是六年的……"

我得蹲下来仔细看，才能从一片土色中分辨出那些"幼儿园"的小杜鹃：两片小叶子还不及小指甲盖那么大，茎干似两根棉签，脆弱得经不起任何人踩上一脚。而"小学一年级"的杜鹃，也不到一肘高。难以想象还要经过多么漫长的时间，它们才能长大成林。我蹲在那里，抬起头，仰视李八斤的面容，为这真正的长期主义感到震惊。

走出暖棚，路过家属区。有位老同事坐在坝子里清理松茸，见到李八斤，彼此随意寒暄。这是一个松弛的时刻，我们停下来喝了一杯水，问起李八斤退休后的愿望。他说："退休后，想和爱人一起去旅行，多去看看山……去西藏再看看……"

小伊追问："石渠你去过吗？"

"去过啊，太美了，遍地都是野生动物，不像我们这里，林子太密了，看不见，你们要去吗？"

"要去，下次就去。"

短暂地休息之后，李八斤带着我们走向另一片露天试验田。角落里，有一株一人多高的小树，叶红如火，丰姿摇曳。"这是五小叶槭，濒危树种，整个雅江野生的也就只有两百六十多株了，我们收集了种子来培育，现在有上万株存活了。"他凝视着五小叶槭，像看着自己的孩子。接着李八斤又走向旁边另一株矮矮的小针叶树，像介绍另一个孩子似的，对我们说："这是康定云杉。之前，整个雅江恐怕就只剩这最后一棵康定云杉了。我们采集它的种子，育苗，现在存活了三百多株。"

我们在这一株小小的康定云杉前合了影。照片上，李八斤表情很放松，没有笑，也没有不笑。他亲切地站在他精心培育的植物前，像站在自己的亲人旁边。我将照片发给他的时候，无端想起那句老话："已识乾坤大，犹怜草木青。"

回去的路要经过一大段国道，李八斤突然让我们停车。下车后他翻过围栏，走进一片不起眼的空地，招手示意我们过来。他说："这些也是杜鹃，从基地育苗存活后，就移栽到这里来。等它们慢慢长大。"

我看那些匍匐在地上、毫不起眼的小杜鹃苗，几乎叹了口气。这一小片地就在国道旁边，车来车往，无人驻足，除了李八斤他们自己，有谁知道这些小小的苗子意味着什么呢？

生态保护界常苦恼于人们对少数哺乳动物的明显偏爱：雪豹、熊猫、川金丝猴……好像可爱、毛茸茸的它们，才值得"保护"，它们甚至被冠以"明星物种""伞物种"的称呼。而植物，从来都是最被忽视的生命。当你去山里游玩，你从来不知道脚下踩坏的那一株植物、那一片苔藓，多么脆弱，生长了多少年，凝聚了多少人的心血。

离开雅江的那天早晨，我们在镇上偶然碰到李八斤和他的爱人。一对朴素、平凡的夫妻，手上拎着塑料袋，肩并肩靠得很紧。我记得他爱人身体并不好，在李八斤拼命工作、经常无法回家的那几年，她有一阵子病得很重，全身浮肿，也不敢告诉丈夫。在纪录片访谈里，李八斤数次提到："最对不起的就是家人，该多陪陪他们。"现在终于快退休了，夫妻大概终于能弥补一些相处与陪伴的时光。

匆匆错肩过后，夫妻俩对我们挥手道别："再见啊，再见，下次再来啊。"我们来不及回答什么，就看不见他们了。有那么一刻，想起瑞典作家弗雷德里克·巴克曼的《熊镇》，中译本封面有句话是："你即你所守护的。"

∞

在雅江的最后一个下午，小伊提议顺路去看看日库寺。这是一座建于1270年的古老寺庙，属萨迦教派，相当有名。我们按照导航，很快从大路上切下来，拐上小径。道旁不时可见玛尼堆，薄薄的页岩石片大小不一，布满精美的雕刻。一个多小时后，周围越来越静，入山越来越深，人世已显得无比遥远。终于望见寺庙金色的屋顶，我们提前停车，步行前往。

有少年喇嘛从小卖部里走出来，好奇地打量我们。耳畔传来隐约的法会声音，本以为是广播，没想到刚走上寺庙的前广场，乐声大作，法号齐鸣，我们目瞪口呆地发现，意外走进了一场金刚舞的排练现场。

大殿前的阶梯上有一块平台，几位高僧高高盘坐，中间的两位手持绕敲着饶、钹，金属感的高亢、激奋，控制着整场节奏；高台最边上的那位，举着细长的鼓槌，敲打一面巨大的双面柄鼓，鼓声低沉、暗淡，像从很远的地方传来。甲铃的声音类似唢呐，仓皇凄切，像刀片切割天空。伴着奏乐，喇嘛们变换队形，舞动长袍，挥撒彩带、刀盾、法器，除了没有戴面具，其余装束已经与正式的金刚舞不相上下。

广场周围坐着附近的居民，正襟危坐，手里摇着转经筒。我和小伊摸索到一个角落悄悄坐下，观赏他们排练。一个多小时过去了，落日跌跌撞撞从金色的屋顶坠下，排练也刚好接近尾声。幽深的山谷回荡着宗教之声，宛如海市蜃楼。我看着那些面带笑容的少年喇嘛们，不由得想到他们的一生……草木般安宁、纯然，也许从来都没有走出这个村庄。他们看起来不需要，也不在意外面的世界。

此时此刻，外面的世界在做什么呢？上班族带着倦容走进地铁，安安静静低头刷起手机；放学的孩子被家长接走，钻进汽车，把头靠在玻璃上，怅然地看着拥堵的车流；股民为连日大跌而微微焦虑，走到便利店角落，独自点了一根烟；改了排气的跑车肆意炸街，噪音像炮弹滚过马路。

与此同时，千里之外的山中，回荡着一场无人知晓的金刚舞。落日是缓缓流动的蜂蜜，红墙寂静，法乐怡然，人们面带笑容，平静而耐心地围在一起，缓慢跳着、舞着，或者仅仅是坐着、看着……没有歌词，没有旋律，超越悲喜、遗憾或梦想。他们活着。只是活着。没有人纠结此生枉然，或担心一事无成。一山之隔，好像就有许多个完全不同的世界。而我，常常觉得自己像个走错了教室的孩子。想起土敦、丁真、李八斤，就想起诗人韩东说的那句："剥离了目的的人生，剩下的就是一个有所作为的过程。"

金刚舞的排练结束后，众僧纷纷散去。我们舍不得离开，徘徊在寺庙周围参观。僧舍附近，少年喇嘛们抱着零食，用吸管吮着牛奶，像下课后的少年，与我们错肩而过。

瞻仰了一座幽暗而倾颓的钟塔。与画壁画的师傅交谈。接着，一位堪布带着我们走进寺庙的内部。在大殿的一个角落，发现一枚白海螺摆放在高处：镶着黄铜，缀着银边，精美至极，是一只"镶翅法螺"。白海螺是西藏各教派寺院中广为使用的乐器，螺号象征佛法之音，通常在法会及仪式活动中使用。因为深深痴迷于这种古老的法器，小伊后来又专门单独去了一次日库寺，去录下法会的奏乐和白海螺的声音。

后来当我从耳机里听到这段录音时，闭上眼，几乎能幻见经幡飘扬，金色的寺庙屋顶上，落日正垂垂而下。法乐丰沛、饱满、轰鸣，一场声音的海啸，拔地而起。白海螺的微弱声音在轰鸣中被完全湮没，但仍轻轻提醒我，亿万年前，人间也不过是一片海底。

也许再过亿万年，地球第六次灭绝后才能证明，我们人类，作为一个宇宙间曾经存在的物种，最终也不过"落了片白茫茫大地真干净"。尽管当时看起来，我们的存在那么盛大、那么眼花缭乱，像一场金刚舞。

十二海

清末"巴尔克事件"的官方记载是这样的：

　　光绪三十四年（1908），英国传教士巴尔克未经许可，
擅自携武装随从由西昌（一说由马边）经交脚（昭觉）进
入美姑牛牛坝，勘测山川，绘制地图，窥探地下资源，并
枪杀前往阻止之黑彝阿侯拉博，激怒彝民。巴尔克连同随
从六人被苏呷家支彝民截住处死。

但在俄国探险家顾彼得的书里，这个故事的始末要有趣
得多。

英国人巴尔克的随从翻译有两位：一位负责英译汉，一位
负责汉译彝。当巴尔克一行深入彝族地区时，彝人见到这位白
人样貌殊罕，便问："你从哪里来？"

巴尔克回答："自大不列颠来。"

英译汉的翻译考虑到在场的所有人恐怕都不知道"大不列颠"在哪里，于是说："自'远在天边的'地方而来。"

汉译彝的翻译则进一步简化，直接说成了："从天上来。"

就这样，一个大不列颠人变成了天神。黑彝贵族听了，呵呵一笑，问身边的族人："你敢不敢把这个'天上来的'家伙杀了？"

激将法之下，对方当即回答，"这有什么不敢的"，说罢就操刀而上，欲开杀戒。

巴尔克立刻慌了，出于自卫，他朝这位攻击者开枪，重伤了他。

一件震动清廷的外交事件就此发生。

∞

贡嘎群山以南，便是大雪山余脉——小相岭。这一带属于彝族聚居区，我们需要联络本地向导，才能去往俄尔则俄十二海。

网上能找到的消息不算太多，且大都过时，看上去不太靠谱。好不容易联络上一位，据他说，山上修路，未必能够通行，可以试试，但一定要趁早，要赶在工地开工前就上山。

"那您建议几点？"

"六点。"

"六点到镇上碰头？"

"对。"

"好吧……"我正准备挂掉电话，小伊给了一个痛苦的眼神。我心领神会，赶紧改口："那个……要不，还是七点？六点的话，我们四点多就要出发，有点太……早了。"

"那就七点。"

早起，买了茶叶蛋和牛奶，还要再开上一个多小时，才能到冕宁县城。茶叶蛋太烫，几乎没法剥皮，放在空调口吹凉，车里顿时弥漫着卤水的味道。

时间这么早，穿过乡镇的国道竟然车来车往，很是繁忙，都是奔生活的人们。大小凉山自古是彝族聚居地，但城镇中的人们穿着已经看不太出彝族特色，也看不出民风彪悍。抵达县城后，我们在约定的路口停车等待，一边剥茶叶蛋，喝牛奶，一边不停地观察周围，寻找看起来像向导的人。

他比我们想象中要矮，但显得更年轻。原本说好可能要在山上过夜露营的，可我发现他什么也没有带，一件外套拿在手里，里面穿着毛背心，脚下是皮鞋，好像只是要去赶集。

在准备食物的时候，向导强调说他不抽烟，不喝酒，不吃辣，也不吃油腻。听上去非常不像是彝族人的风格，但他很快补了一句："年轻时候吃坏了，现在要好好保养。"

聊天过程中，向导说他也好几年没有上山了。在我随口问起他有没有孩子的时候，他说四个。

我心想，四个，还不错。

很快他便纠正我们："不是四个，是十个。"

在凉山彝族地区，早婚和多子是主流生活方式。向导说："儿子们都不行，女儿最乖，知道疼我，挣了钱都带回家，她读书厉害，我很欣慰。我们这辈子就是吃了没有文化的亏。"

以上话题成了整个聊天的核心内容，被他重复了许多遍。尽管一路抱怨被太多的孩子拖累了一生，但一听说我们都还没有结婚的时候，向导立刻挂上了长辈的表情："那还是不行的！婚还是要结的！不然老了，谁照顾你呢？"

我心想，"谁照顾谁还说不定呢"，小伊仿佛能听见这句话似的，与我相视一笑，没有吭声。

向导年轻时，带过很多"城里人"上山。通过和这些人接触，他对外面的世界略有想象和了解，但这也让某种落差感在他心里生根。"你们知道孙大姐吗？她到现在都还资助我们呢。"

我没听清那个大姐的名字，相信听清了也未必知道。那一刻我莫名想起多年前的《美丽的大脚》这部电影，倪萍和袁泉主演。据说，片中那个最活泼最可爱的小主角，自从拍过电影，去了北京，见识过"外面的世界"是什么样子之后，变得沉默、抑郁。

电影中有一幕：那些来自西北干旱山区的孩子们，第一次到了北京，见到了"游泳池"。他们从来没有见过那么多水——

而且竟然只是用来玩？孩子们目瞪口呆的表情，令人心碎。他们困惑地盯着水龙头，打开，又关上。打开，又关上。

∞

向导反复叮嘱我们上山后，走路要慢，要慢，要慢，千万不要着急："以前有个小伙子，仗着自己身体好，不听劝，一路猛冲，结果很快就高反了，难受得要死，一步都走不了了。当时我带队，背了七个包，没办法，只能又背着他，把他背下山，还挎着七个包。"我不知道背一个壮汉下山，还挎着七个包，是什么样的情形……心想，估计是小包吧。难不成七个大登山包？

公路果然正在修建中，向导与一位挖土机司机刚好认识，好说歹说，看在本地熟人的面子上，我们被允许上山了。这条路很宽，看起来像是有开发的野心，但资金链断裂，不了了之。我们一直开到望天坡，那就是徒步的起点了。

这已经是一处垭口，高度与鹰齐平，足以俯瞰山峦起伏。出发前，收拾装备的时候，我发觉，很可能大哥当年说的七个包，真的都是大包——在普通人对负重的每一克都斤斤计较，甚至"连牙刷柄都要掰断，减轻重量"的时候，他却显得完全无所谓，"多装几瓶水嘛，都带上嘛。电池？带啊。无人机？带啊。没关系的，这点儿算啥？"

没有雾，能见度清透。"你们运气太好了！我这么多次上山，经常都是大雾，什么都看不见！"小伊说："当然了，'天气之子'可是算准了才来的。"

这里遍布第四纪冰川遗迹，在硕大的漂砾间穿行，数次拐折，若没有向导，真的很容易迷失方向。很快，我们就钻入杜鹃林了。花期已过，我们无缘见到满山如火的美景。据说俄尔则俄的杜鹃花海，花开两季，南坡5—6月，北坡8—9月，每到花季，漫山遍野如火如荼，极为壮观。

前方一对年轻人出现在岔路口，一脸茫然，神情疲倦。向导友好地打了招呼，一问才知他们也是要去墨海的，可是同伴走到前面去了，他们落单在后，有点迷路了。

我看了一下他们的穿着：想必只是把这趟爬山当作郊游来的，穿牛仔裤，普通板鞋，没有带水，也没有食物。棉布和牛仔裤是最不适合户外活动的面料，厚重且难以干燥，一场大汗或者大雨，就可能导致失温。最糟糕的是，他们已经与同伴分开，找不到路。

向导十分好心，告诉他们那边方向不对，要跟我们一起走。

果然，不到二十分钟，前方出现了这对年轻人的同伴们——是一大群本地人，簇拥着一口大铁锅，架在溪沟边上煮火锅。背篓里，土豆、牛肉、玉米、零食和瓶装水……塞得满满当当。

我们经过的时候，闻到浓郁的食物的香气，他们盛情邀请我们尝尝，但我们只想赶路，没有胃口停留。说实话，我真担心他们会乱扔垃圾，吃完（或吃不完）就把一切残渣朝杜鹃林和小溪一倒了事；毕竟他们带的东西，真是太多、太多了。但出于懦弱，我并没有直接开口提醒，心里想着，要是回来看到垃圾，就捡走吧。

默默继续向前攀爬，听见向导说："前面可以望到心海，走这边，我带你们。"向导说着，横切了一段，带我们抵达一扇林窗。站上巨石，向下俯瞰，峡谷一势斜川，镶着另一片心形的海子。那么小，那么亮。青山的，深蓝色的心。看上去是人类不能抵达的一颗心。山的心事竟然也是宁静的，孤独，但一点都不寂寞的样子。

∞

来之前我曾搜到过墨海的照片，那是俄尔则俄十二海中最壮观、最美的一个海子。有多少旅途是因为一张照片而诞生的呢？我时常觉得，人类之所以有文明，正是因为我们有联想和憧憬的本能，一张照片、一则传说，便足以勾起魂牵梦萦，为此漂洋过海，翻山越岭。

但照片常常不过是"照骗"，事实也往往不如传说动人。即使是为了证明失望，我也要亲眼看一看才甘心。何况天气这么好，"来都来了"，怎么可能轻言放弃。我发现，只要心理准备充分，每次爬山都不会比我预想的更难。这的确是件像小马过河的事情。把终点预计得远一点、难一点，走起来过程中才能觉得其实还好。

向导对路线十分熟悉，在我们看起来大同小异的地形之中穿行，时而上升，时而横切，到达墨海仅仅花了两个多小时。照片果然是真的：一道瀑布从正面的峭壁上落下来，坠入湖中。花岗岩峭壁环抱四周，形成一只巨大的碗，碗中的墨海几乎是"克莱因蓝"，高贵，平静，微风在水面上撩出金属拉丝般的纹理。

我放飞了无人机，发现在墨海的正上方，还散布着三四片海子，瀑布其实就是那几个海子的出水口。向导说，有路可去，但是要从山的另一面绕上去才能抵达，今天的时间明显是不够的。我意识到，几乎每一次旅途都会留下这样那样的遗憾，余味未尽，从没有圆满。又或许，我们总是不满足于眼前的圆满——看着墨海，便想着更多的海子。

从无人机的镜头里，我看见小伊坐在花岗岩的高处，望着墨海，屈膝托腮。她坐了很久，很久。一动不动。想必她此刻的心事，也正一片深蓝吧。某种清澈的孤独：月亮不言，星辰不歌。

∞

下山途中，我们原路折返，碰到那群吃火锅的人，看起来一个个红光满面，酒足饭饱。他们还剩下太多的食物没有吃完，玉米、牛肉，再次盛情邀请我们分一些。那份盛情几乎像命令，又有哀求，"快帮我们分一点吧"，言下之意是，真的背不动了，也不想背回去了。

向导本来也打算客气推辞，可一听说"你们不吃，我们只有倒了"的时候，他立刻心疼了起来，果断接过对方递上的玉米，装了整整一口袋，说背回去，带给孩子吃。

向导吃了牛肉，拿了玉米，给那帮人减轻了不少负担。他们收拾锅碗，装进背篓，和我们一起往回走了。令我如释重负的是：他们的食物都很原生态，也没有留下塑料包装垃圾。

回程上，我听见他们用家乡话点评着这片风景，其中一位说："真没啥好看的！就那样嘛……"

我心下一惊。

那人继续说："还没得我们那儿的文全光昌好看。"

我一听，难不成还有比这更美的地方？赶紧打听，哪里是"文全光昌"。

另一人向我解释："就是喜德县的温泉广场，中央广场，刚刚修好的，壮观得很。"

我："……"

向导沿路一直埋头寻找某种中药，不时蹲下来挖走一两株，塞进裤兜。我看他裤兜满是泥，都快塞不下了，便给他找了一个口袋。他很愉快地接过来，这下挖得更多了。据说是一种"下火"的草药，至于名字，我则一直没有听清。想必听清了也没什么用，大概与学名相去甚远。

下山路过牧场的时候，向导坚持要完成俄尔则俄旅游环节的重中之重：捡水晶。他指着地上一些破碎如米粒般的东西，说："以前遍地都是，很大一颗的，现在被矿场包完了，你们来迟了，估计挖不到了……我去那边山头给你们找找看。"

我与小伊面面相觑，颇为无奈。水晶并不是我们的重点，风景本身已经足够了。小伊甚至担忧起来："他会不会在山那头藏好了一块水晶，每次带人来，就假装是跑了很远挖出来的，然后……强买强卖？"她这么一说，我也顿时担心了起来。天哪，都到这儿了，还逃不过购物游？！

过了好久，向导远远地回来了。小伊果断地举起长焦镜头，对准他，颇为机敏地说："让我看看他手里带了什么回来。"

我被逗得哈哈大笑，也紧跟着凑上去看，心想若是要挨宰，好歹有个心理准备。所幸镜头里看起来，他手里至少不是很大一块。希望是空手而归吧，我可不想被迫买什么水晶。

几分钟后，向导走到我们面前，摊开手掌，递上一些破碎的、比米粒大不了多少的碎水晶，而且没有要收钱的意思。

他爽朗地笑着，只是说，带回去做纪念吧！

这下，换作我们为自己的心思尴尬了。

下山后，在村庄道旁，向导让我们停车。一个蹲在堡坎上的小姑娘立刻跑过来，欢天喜地。原来这就是他的小女儿。向导把那一大包玉米递给她，我也赶紧送了车上的水果和食物。向导连声感谢，说要给我们本地土豆。我们立刻推辞，但没有用，话音还未落，一大兜子土豆，足足四十斤重，连泥带土，已经被塞上了车。我估计卖给食堂，可供一个班级的孩子吃上一周。

这下是不是应该多付一些向导费呢？土豆确实比水晶显得实诚一些。更为难的是，向导拉着女儿的手，不断邀请我们去他家留宿，吃饭——但这是我在一天的爬山之后，最不想面对的社交了。

在国道分岔口，我们把向导放下，道别。他并没有开口要土豆的钱，也正因为此，我反而多加了小费给他，感谢他一路辛苦。他也没有推辞，站在滚滚扬尘里，笑着与我们扬手挥别。

星空下

　　四十斤土豆装在车里，随着每个拐弯轻轻摇晃，抖落泥土。我不时回头看它们，不知道拿它们怎么办才好。想要生火烤上一两个尝尝，但没有柴，也找不到合适的生火之处。

　　这是国道 G248，力邱河峡谷段。两岸峭壁耸瘦，酷似两排冷兵器陈列架，相对而立，斜插着一千把长柄刀，刀刃冲着我们，随时都要倾倒。每一块向斜背斜的肌理都记录着亿万年前岩体被猛烈挤压的过程。想来，没有万物生灵的时候，大自然也曾百无聊赖，玩弄山岩于股掌之间。

　　白昼时行车是为了赶路，到了黄昏时分、夜晚时分，行车便成了一种漫游，一种 Wanderlust（漫游癖）。越是到了山深人稀之地，我越开得慢，越享受那种寂静偏远，像读一本舍不得合上的书，一部舍不得撞上结尾的电影。

　　小伊坐在副驾驶位上，打开车窗，说："在城市中，时间像是粘黏成一块的——醒不是彻底的醒，睡也不是彻底的睡。只有到了野外，进了山，才像是变了一个人……"她调侃道："每天都可以起早贪黑，简直是军训。"

"我们也可以放松点的……"

"不是这意思，我就是希望这样，"小伊说，"不仅要把日光用尽，还要把星光看尽。"

语音刚落，道路被峭壁打断，突然折向一个 Ω 状的转弯。巨大的离心力，在河滩上抹出一片长长溪滩，水流平静；紧接着，峡谷突然收窄，水势又变得乖张桀骜，吞吐白沫。

这里简直是白水漂流的天堂，任何漂流高手来到这条峡谷，一定会为之倾倒。正想着，忽然看见一架缠着经幡的老旧吊桥，琴弦般绷织在两岸之间。琴键般的桥板，被风雨反复鞣制，木色灰白，间或空失了一两块，露出底下的波涛，色如融化的润玉。

我对这座桥一见钟情，匆匆错肩过后，忽然不舍，都没来得及和小伊商量，果断减速，准备掉头，而她一下子笑了起来："真好，我也正想说再回去看看的。"

吊桥仍在那里，像是等我们回来似的。走近它，踏上木板。铁索轻轻摇晃，发出小提琴一般的声音，酷似一场交响乐前，提琴手们在调音。曲目是什么，肖斯塔科维奇吗，还是威尔第。我站在原地聆听，但它迟迟不打算对我展开演奏，始终在犹犹豫豫的试音中，不断调弦。我忽然能感觉，这座桥十分害羞，是一位不想被人旁观排练的怪才；只有观众离开，它才会在无人的峡谷中自由浩荡地开弓演奏。我是注定无缘听见这座桥演奏的《四季》了。

∞

"山衔日入深，云伫星出缓。"宋代王令有诗《暮行》，形容我们抵达合合海子的那个黄昏，再恰当不过了：月亮湖边，天色昏暗，牧民赶着牛回家，牛铃声隐约而恍惚地闪烁着。

我们都饿坏了，迫切想找一点热水，赶紧煮点泡面和蔬菜。张望周围，看见一座简陋的小棚屋，凭直觉走了过去——果然，门口有一口铁锅，炸着一堆洋芋。再往里面，简陋的木板上放着矿泉水、方便面等零食。

"有人吗？"我喊道。

一位小姑娘探出头来相迎。我指着火炉边上的大铁壶："请问有开水吗？能打一点开水吗？"

"没问题。"她一边说，一边往我的保温瓶里倒满了热水。在高原，烧水并不容易，有些地方的茶水也是要付费的。我道了谢，问："多少钱？"

"热水不要钱，"她落落大方地说，"人与人之间就是需要爱的传递。"

如此书面化的语言，令我一时有点接不上来，几乎疑心她是不是在心里排练一出将要表演的话剧。为了将话题稀释得自然一些，我立刻道谢，然后追问道："你多大了？"

"十五岁。"

"放暑假吗？"

"是的，"她一边回答，一边走向了炸洋芋的铁锅，翻炒起来，"还有一个星期就要开学了，卖洋芋挣点零花钱。"

我突然想起向导送的那四十斤土豆，便说："我还有好多洋芋，都送你吧。对了，有点沉，我帮你拉过来。"

她显然十分意外，几乎不相信是真的，愣在那里，没有说话。等我把四十斤土豆放在她面前的时候，她十分高兴："太好了，谢谢啊！我们挖洋芋挖得好辛苦，手都要磨破了。"

这时候一位老婆婆也走了过来，对那堆土豆直点头，眼神是谢谢的意思。为了避免让她们觉得不好意思收下，我说："能借一点柴吗？我想在湖边生一点火。"

老婆婆果断答应了，说一会儿给我们送过来。等一大盆热腾腾的柴火被老婆婆亲手端着，连盆带薪送到湖边的时候，我真的感觉到了"人与人之间爱的传递"。

已经很久没有烤过篝火了。没有篝火的露营简直就是没有灵魂的。湖岸另一端，一对游客各自低头玩手机，看不清脸，唯有屏幕成了两点光斑。过了一会儿，他们大概终于对黑暗、寒冷的夜晚感到百无聊赖，在我们还没开饭的时候，就已经钻进睡袋里去，熄灯了。

∞

　　"你说我到底要不要拿出来。"小伊百般犹豫，最终还是没有偷懒，回到车上搬出三脚架、相机、镜头，打算拍摄星空和湖面。她叹了口气："可惜没有带快门线。"说完，又叹了口气："唉，这星空，活活把我变成了'老法师'。"

　　当一位艺术家忙起来的时候，一个作家最大的作用，就是主动承担起厨师的职责。她在创造影像，而我在创造一锅热腾腾的西南乱炖——方便面火腿肠番茄黄瓜，能加的都加进去了，胜在食客饥不择食，因此赞不绝口。一顿狼吞虎咽之后，我们终于手脚热乎，全身都暖起来了。小伊帮忙收拾完毕，就回到湖边照料她的相机。

　　星空下湖面宛如一面黑镜。点好蜡烛，放了音乐，守着那一盆篝火，我度过一段美妙的独处时间。银河像神的锁骨，佩戴坠链，时不时掉落一颗。静静看着流星坠落，没有任何心愿相许。此时此刻，眼前这一盆篝火，已然是一种完满。

　　音乐放到了《镜中》。每逢星空下，总是单曲循环这首歌。张枣的诗配以李亮辰的音乐，将我们拽入南山之境，恍觉"醉后不知天在水，满船清梦压星河"。说起稀疏往事，眼睛也都湿过了。那样的时刻几乎不可能不想起心中所爱，即使所爱已远。

　　"你说，被我们想起的人，此刻在做什么呢，会知道自己正被想念着吗？"

"男性和女性是很不一样的，"小伊说，"也许到头来，都是某种幻觉……可能……大概现在他们也只是在梦中而已吧。"

不知道她所说的梦中，指的是比喻意义上的，还是字面意义上的。时间已是凌晨三点，温度骤降，防潮垫表面都积满寒露，几乎湿了。木柴快要烧完，篝火快熄了。我冷得牙齿直打战，起身回到老婆婆那里，讨了更多的柴，加进火盆，却怎么也点不燃，连打火机也因为缺氧而无法打出火星。

也不知道是着急还是难过，我固执地跪在地上，对着炭火使劲儿吹气，却搞得浓烟呛人，刺得双眼流泪不止。我真的干脆借此机会泪流不止，也不擦，就只是继续吹，继续吹，泪流不止。

跪在地上太久，草地上的湿气把裤子都渗透了。那堆篝火始终没有点燃。眼前一团模糊，冰冷的柴，完全是一个活生生的比喻，我感觉极度狼狈。人与人之间，真像生一团火，本来好好的，后来莫名其妙熄了，柴尽炭白，无论怎么吹，也再难点燃。

"以前我们也曾这样看着星空，那时候二十多岁，骑车，带上一个背包去郊外，躺在树荫下，听音乐，吃完樱桃吐出籽儿，埋在草地里，不知道现在有没有长成樱桃树；夜里，在湖边烤一堆火……"那张照片我一直都还保存着，只是想不起到底是在哪里，也不知道篝火熄灭之后的那几年，到底是怎么熬过来的。唯独不敢忘记，当时的月亮，星空的深情。

那已经是快十年前的事了。如今只剩下头顶的银河，像是要安慰我一样，抛洒无数流星，点缀清宵。李亮辰的歌声在寒夜里飘荡，"只要想起一生中后悔的事，梅花便落了下来。比如看她游泳到河的另一岸。比如登上一架松木梯子。危险的事固然美丽，不如看她骑马归来。"

在《天堂鸟》这部电影里，有这样一段独白的故事：

传说远古时代，所有动物都乖张不驯，难以管教。众神为了恐吓众生，便用毯子将世界裹住，让阳光进不去。地球一片黑暗，没有光，动物都很害怕。但众神不理会它们的祈祷。后来有一只勇敢的小鸟，飞上天空，它越飞越高，越飞越高，心脏都快要炸裂开来了，这是一颗反叛者的心，有着钢铁般的意志。终于，它抵达了神布下的结界，用它的喙啄破了袋子，漏出了光。

它一次次反复扑向这袋子，在布袋上面戳洞，违抗众神的旨意。众神不但没有发怒，反而被它的勇气感动，决定将毯子包裹世界的时间缩短一半。就这样，这个布满了小洞的袋子，最后成了夜空。这就是星星的由来。

我常忍不住好奇，为什么星空和月亮带给人类的诗意，远远多于白昼和太阳。为什么连那个下午三点散步都要准时掐钟的古板男人，都将"头顶上的星空，和心中的道德律"，写在自己的墓碑上。为什么康德选择了星空而不是太阳呢。难道太阳不更意味着光明、公正，更像一种纯粹理性批判吗。

你告诉我，是不是在人类的集体无意识深处，星空的斑斓、广阔、黑暗、混沌……恰似我们人类自己。星空是我们内心的镜像。

∞

摩托车像烈马那样奔跑在林间的时候，我后悔了。即使自诩为一个肾上腺素上瘾者，我依然无法忍受这么危险而难受的车程。天哪，我宁愿走路。

第五次弹向空中的时候，我甚至闭上了眼睛。在一种死不瞑目的心情下，我鼓励式地问骑手："大哥，这路这么烂，你们跑得这么溜……是骑摩托很多年了吧？"

"2年多了呢！"

依我看，这个2后面应该再加一个0才行。我只好为余生的四肢健全祈祷起来。

整整差不多一个小时的颠簸之后，我感觉五脏六腑都要错位了，双臂因为紧紧抓住扶手而酸到抽筋。除此之外，一切都是值得的——尤其当我们真的承蒙命运垂爱，四肢健全地抵达终点的时候。

下车的地方是徒步的起点。几个本地藏族人在野温泉池子里泡澡，上身赤裸，神态自若。绕过他们，上坡，入林，要经过最后一段徒步，才能抵达"合合海子"。

摩托车骑手说："不远了，最多半小时就到了。"

有了过去的教训，当本地人说"不远""最多半小时"之类，我是再也不会相信了。我们默默收拾好背包，准备摆正心态，老老实实爬山。一条牧羊犬跟了上来，全身通黑，仅仅在眉头上长了一小撮儿黄毛，可爱极了。它冲着我们不停摇尾巴。"它叫小花，"骑手说，"浪子一条，别信它，它跟每个游客都自来熟。"

高大的松柏将天空编织成蓝绿相间的密网。爬升中，每一步都伴随两次喘息，却是一种令人享受的累。大约是心理准备充分，只觉得没过多久，眼前就豁然开朗，合合海子已经到了。时间是正午，天光太亮，让林光水色少了许多层次，有点过曝了。厚厚云层如同巨型邮轮的船底，当它从我们头上游过的时候，世界就像关了灯一样，幽暗下来。等它驶过，又重新亮起。

就在这时，一群藏族男女唱着歌，端着巨大的铸铁烤架，彩色毛毡，一箩筐的牛肉、羊肉，大张旗鼓来野餐。大风中，他们生火显得如此容易。很快，柴火和牛肉的香气就飘过来了。

小伊看着他们，用艳羡至极的口吻说："太棒了，下次我也要搞一个。"

"大烤架吗?"我几乎紧张起来,这也未免太高看我们的体力了。

　　"不,我说毛毡毯子。"

三打古

去往黑水县的半途上，换成小伊来开车。我试着用她的手机来导航，解锁时，她却想不起密码了。

"试试 375691。"

"不对。"

"375196？"

"不对。"

"193765？"

"还是不对。快想想是什么来头，谁的生日之类的。"我问。

"都不是……我记得数字是对角线……真的太久没有用密码了，都是面容解锁，拿起来就打开了……"她咬着嘴唇，双手紧握方向盘，目光落在正前方一个虚空的焦点上。

"那就还是面容解锁吧。"我说着，正要把手机递到她面前，但她转过脸去，"让我想想。"

第十次尝试过后，手机自动锁定，提示五分钟之后再试。

我们等了五分钟，再试，还是不对，这时候手机黑了屏，提示：请十分钟后再试。

我害怕这样走神下去会出事故，请她赶紧靠边，换我来开。

于是整个后半段路程，小伊一直在专心致志回忆密码，徒劳地尝试着，手机提示：密码错误，请十五分钟后再试。

三十分钟后再试。

最后手机认定她身份可疑，彻底锁定，黑屏，成了一块砖头。

"这下好了……"我有点哭笑不得，"一个密码你干吗弄那么复杂？还没有意义的。"

"我真傻，真的……什么样的人会忘了自己的手机密码？"

"别这么说，我也经常想不起密码，所以用了大仲马《三个火枪手》里面，关在巴士底狱里的那个——你知道铁面人吧？就是路易十四时期的神秘囚犯——我就用他的囚犯编号做密码，而且我改造了一下这个编号……"

"嗯……"她给我了一个意味深长的眼神，意思是：谢谢你现在告诉我这个故事，然而并没有任何帮助。在这趟旅程的第一天，手机完蛋了。山里可没有"苹果店"，甚至没有信号。这个小插曲实在有点意外，我们安慰自己：余下的倒霉运气都可以被抵消掉了吧。

体会到几个道理：

1. 手机已然如同现代人身上的一部分器官。手机坏了的急迫性，恐怕胜过自己生病。

2. 我们的记忆仰赖意义或逻辑。如果一串数字没有意义，那就特别容易记不住。（这大概是为什么背诵圆周率足以成为一种表演。）

3. 密码和人生里大部分事一样，试到不太对劲的时候，及时停止。

4. 尤其不要在山里犯第三条那种轴。

最后，或者也是最重要的：小伊哭笑不得地承认，曾经她的密码很简单。但自从发现太容易被猜到甚至偷看之后，她就修改了一个密码。一个复杂到自己都想不起来的……密码。

我耸耸肩。她也看着我，耸耸肩。

求助于另一位在苹果工作的朋友，终于明白问题的解决方式，是只能绕过问题，彻底解构它——刷机，重装系统——如同人生里大部分问题一样。于是刚到达目的地，走进旅馆，小伊就一门心思扑在了电脑上，登录云端，噼里啪啦一顿折腾，甚至打电话让家人帮忙翻找旧手机核对验证码……一连串卡夫卡式的僵局过后，问题终于被解决了。

重装系统之前，要求设定密码的时候，她问："所以，铁面人的囚犯编号是？"

∞

在重装手机的那几个小时里，我们与几位山水自然保护中心的伙伴会合了，去县城的一家餐馆吃饭。未来几天，共同的任务是到三打古保护区的核心地带，安放监测雪豹的红外相机。

达古冰川地处横断山脉中段北端，岷山与邛崃山交会处，是三打古省级自然保护区的一部分。保护区海拔从2800米到4800米，高山草甸分布广泛，裸岩密布，按理说，是典型的雪豹栖息地。但是2018年布设下去的第一批红外相机，却根本没有监测到雪豹的影像和踪迹，这让巡护员列甘多非常不甘心。一个人骑着自己那辆摩托车，一次次上山，检查相机数据，但内容"总是老一套"：羚牛。岩羊。又一些羚牛。岩羊。旱獭。

还是岩羊。羚牛。旱獭。

两年多来，列甘多没有放弃，依然坚持巡护，上山，不断试着调整相机位置，直到2020年4月，雪豹的影像出现在了红外相机影像中，把他高兴坏了。

因为这份确凿的证据，保护区内关于雪豹的系统化网格化监测即将展开。简单说，网格化监测就是划定某一区域，设计几条路线，规划成30m×30m的"网格"；在每个网格区域的对角线位置，以相对视角安装相机，覆盖整条样线，以便最大概率地捕获到该区域内可能出现的野生动物种群。

列甘多是一个藏族小伙子，健壮，黝黑，样貌完全符合我对一个巡护员的想象。但真正让我印象深刻的，是发生在他身上的另一个细节：在一次巡护途中，他碰到了一头林麝，距离不过几步之遥。

林麝生性胆小，遇到人类往往惊慌失措逃跑。但这只林麝站在原地，与他静静对视了一分钟，十分冷静。列甘多被这短暂的凝视迷住了，他也停下来录了像。在视频中，能听到他一直在喃喃自语："赶紧走，别让人抓到了……赶紧走……"

林麝的活动范围大致是固定的，如果在一个地方发现了它，下次再来很有可能再看到它。麝香是雄性林麝的"特产"，它们因此遭遇大肆捕杀，数量濒危。因此，列甘多默默地将视频存在自己手机里，也没有告诉别人这只林麝的位置。

所谓心有猛虎，细嗅蔷薇，不过如此了。非常巧合的是，这趟布设相机的任务，我们就被分配到列甘多这一组，和他的同事一起上山。

∞

出发当天，天气预报多云，小雨。凌晨五点，我们就起床，赶去集合点。清晨的雾霭一片宁静，鸟鸣如星辰那样闪烁林间。沿着一条柏油马路，往仙境般的三打古保护区深入，峭壁森然，四野如黛，一切仿佛还在梦中。

一道拐弯过后，峡谷尽失，天地豁然开朗，道旁是一片海子，镜静尘空。几座藏寨，散落山腰，与海子咫尺相望，那就是下寨、中寨了，恰如德里克·沃尔科特的诗句："一座天堂在如镜的水中不可思议地摇动。"我望着那片藏寨与海子，徘徊不忍离去，小伊大概担心集合会迟到，说："离开的时候还会经过，到时候再慢慢看吧。"

七点准时抵达保护站的时候，所有人都已经在那儿了。在办公室前的院子里，大家对设备和保障物资进行分装：食物和水，急救用品，电池和相机。他们一再强调，先把相机全部调试完毕，电池安好，直接上山，到了便可以安装。

此次行动共有三条路线，我们这条线路可以开车到巡护起点，是"最轻松的"，列甘多说。但我看了一眼他们黝黑而健美的体格，心里就明白，这是对他们而言的"轻松"。何况到了海拔4000米的地方，缺氧会让速度变慢，为此我十分焦虑，害怕拖他们后腿。

路很快就没有了，沿着一条被侵蚀得只剩大石块的痕径，海拔一点点攀升。草甸上散落着一些牧场；木屋顶上飘着炊烟，牧场的入口被牛蹄反复踩踏，泥泞不堪。路上不时出现牛栏，是用几根大树干搭建的，需要人下车去，一根一根抬开，让车辆通过。

车速只有15公里，石块咬着轮胎，颠得像摇篮。我渐渐感到连发动机都因为缺氧，稍显动力不足。公里数并不长，但因为开得很慢，我们花了两个小时才到达巡护起点。"就在这里，对，就停这里，我们到了。"列甘多他们迫不及待跳下了车，迅速抓起背包，检查相机和电池，又塞了几块馕饼、几瓶水作路餐。

接着，我瞠目结舌地看着他们奔跑了起来——像春游的少年那样——边跑，边大声唱起了歌。这哪是人类，分明是岩羊。巡护员们脚力非凡，一天之内就能把样线跑下来，目测他们的速度应该是我的两倍以上，且不存在高反问题。

"中途经过的那处牧场，你还记得吗？"列甘多吩咐道，"一会儿你们就原路返回，去牧场那里等我们，我们下山之后就去牧场会合。你们就不要跟着上山啦！"

我有点遗憾，但老实掂量了一下自己的脚力，还是别耽误巡护员的速度为好。而小伊想亲自学习如何安装红外相机，和另一位山水自然保护中心的同事一起跟了上去，按照列甘多的意思，她们只跟到第一个安装点就返回。

我留在原地等待，顺便放飞无人机为他们拍照。这片荒原看似荒凉，实则充满生机。脚下是一片低矮的杜鹃，一株横断山绿绒蒿就在不远处，足有一肘高，嫩黄色的花瓣在一片灰黑的土石中，仿佛神降之物。我凝视着它，在云开天窗、阳光乍泄的瞬间，花瓣被照得呈现出一种半透明的丝绸质感。

绿绒蒿是高山植物中最引人神往的存在，一百多年前，西方探险家和植物猎人们纷纷为之倾倒，采集它的种子，带回欧洲去栽培。如今也有许多户外爱好者专为欣赏它们，千里迢迢而来。过去我也不曾理解小小一株植物何以有这等魅力，此刻亲眼所见，不得不为之感动：在这山石冷漠、气候严酷的地带，绿绒蒿无疑象征着生命奇迹，如同一滴沙漠里的露珠。花瓣看似如此娇媚脆弱，却生长在连人类都望而却步的荒寒地带。

再抬头的时候，细雨飘来了，云比山低。大雾呈云瀑一般，自垭口流淌过来，迅速迷蒙了视野，列甘多他们的背影已经化作了小瓢虫般，快要消失在流石滩尽头。再远处的垭口上，一道道刃脊昭示着冰川侵蚀的痕迹，犹如十二把刀，插在山脊线上。

∞

午后，我们提前抵达和列甘多约定的牧场，去迎接他们。时间是下午四点，小雨时断时续。我们坐在路边的一片草甸上，看着燎原的金黄花海在雨中颤抖。本以为至少还要等两三个小时，没想到对讲机里已经传出了动静，是列甘多的声音：他们马上就要走回终点会合处了。

很快，两个身影出现在视野，朝我们挥手，看似还远，却在几分钟内，岩羊般跳跃着，三下两下就切过了草甸，飞降到了我们眼前。"搞定啦！"列甘多蹦蹦跳跳下来，浑身淋湿，语气欢快。

我准备启动车辆，顺手把车里的矿泉水瓶丢进垃圾桶，却被他的同事阻止，"把瓶子给我吧"，说着，他便拿走了两只塑料瓶，走进旁边的一座木屋。一位羞涩的藏族女子和一个小女孩走出来迎接他。列甘多说，那是同事的妻子、女儿。夏季到了，她们从山下搬迁到牧场上来，看管牛群。

原来，瓶子是留着用来盛牛奶的。在这样朴素的生活里，一切都可以回收利用，没有任何物资是垃圾。上车前，他们都细心地在草地上反复擦拭鞋底，生怕污泥脏了车。

将近两个小时的颠簸，我们终于回到保护站。不可思议的是：列甘多并没有休息，甚至连衣服鞋子都没换，直接抱起篮球，和同事们在院子里打起了比赛，仿佛在教室坐了一天，终于奔向放学后的操场。孰能想到他们刚刚在海拔 4000 米以上的流石滩上安装红外相机，走了一整天呢？

他们都人过中年，但笑容与身体始终有种清澈的少年感，那么洁净、那么简单。看着他们打球的身影，竟有某种宏大而宽容的顿悟，溶解了我内心淤塞已久的尘垢——生活的孤独，平静的绝望，无意义感，内卷或互耗——如此种种后现代精神困境，一百年前的黑塞就在《荒原狼》中写尽了。但那不是生活的全部面貌。如今当我们说世界，往往仅指人间，城市。但宇宙何止于此？我忽然意识到，生物多样性不仅是一个生态学术语。多样性是这颗星球的本质，宇宙的本质，也是命运、生活的本质。宇宙远远大于"人间"，远远不止"城市"：此时此刻，一只雪豹正在高山上狩猎，一群金丝猴在森林中嬉戏，一朵绿绒蒿在荒漠中摇曳……更有巡护员们，默默上山，下山，视艰苦跋涉为春游，回到院子里，打一场篮球。

这种平淡自在、朴素坦荡的日子，何尝不是一种最正当的生活。那些困扰叔本华、萨特的哲学命题，在他们身上显得毫无必要。他们无意中做出的选择与行动，早已解构了存在与虚无的问题。

直到巡护结束离开此地，小伊仍然没有想起她原来的手机密码。但在这苍茫的山野之中，人会自然而然解开手机的捆绑，密码这种事彻底变得不再重要了。

半年后，我们得知那个垭口果然拍到了雪豹的画面。我想象着列甘多看到红外相机中的雪豹素材后，那副高兴的样子。不知道他们去回收相机数据的当天，天气好吗？下山后又打了篮球吗？

青川巡

在岷山区域，我曾参加过一次真正的野外巡护。

低海拔地区虽然没有高反问题，但别的问题出现了，比如刚上路没多久，蚂蟥就多了起来，有的已经蠕动着爬上了鞋面。我眼睁睁看着它钻进了鞋带的穿孔……钻进了鞋里——我的鞋。我的脚。

"有布袜子，不怕，"领队说着，提起镰刀，用刃尖儿捻着他脚上的蚂蟥，把它从鞋带眼儿里挑出来，"看，这儿，这儿……地上都是。"他的语气稀松平常，好像只是在谈论鹅卵石。

在当地的乡镇集市上，小贩把这种防蚂蟥的袜子叫作"上山袜"，十元两双，麻布质地，长及小腿，上端有抽绳扎紧，比绑腿好用，是每个巡护员的必备之物。另一必备则是他们脚下的3537解放鞋了：公认的便宜，结实，鞋底薄，过河不易打滑。

与户外徒步完全不同的是，巡护路线其实没有路，而是沿着一个大致方向攀爬，随机应变：遇到瀑布就绕一下，遇到密林就用镰刀劈开枝丫，人钻进去，手脚并用。密林中，落叶腐殖层有时候厚及小腿，坡度之陡，以至于鼻尖贴地，抬头只能看到队友的脚后跟。

我参与的是一条十分典型的巡护路线，海拔1700米至2660米之间，岷山区域青川县与平武县交界，串联起了两个自然保护区。正值4月末，大片箭竹林生长茂盛，"密得连鸡都飞不过去"，人必须长时间弯着腰，钻行其中。仅仅保持这个姿势十分钟，腰就会酸，而我们的脚程将是十个小时。用卫星地图测算，直线距离不过是二十多公里，但走起来爬坡下坎，弯弯绕绕，实际脚程是直线距离的两倍以上，绝不轻松。

领队叫何军，1994年出生的本地人，模样纤细，看起来还是个少年，加入巡护员行业不过六个月，而且从来没有走过这条线路。

出发前夜，全体线路人员开会部署路线，负责人发了一条徒步轨迹到何军的手机上，叮嘱"过了山梁，往右走，找小路，务必把所有人安全全带到"，何军频频点头。可作为领队，他看起来过于年轻，瘦薄如竹，我几乎担心他能不能跟上。

进山不久，手机就完全没有信号了。我忍不住问何军："你有把握找到路吗……"

他笑着大声说："没把握啊。"

我："……"

说归说，何军始终拎着镰刀走在最前面开路，脚程之快，不时要停下来等队友们。循着依稀兽径，他边走边观察地形，不时对照一下手机里的轨迹。过河时，何军脚尖点石，身轻如燕，两三步就跃了过去。到了休息时刻，有队员大汗淋漓，气喘吁吁，何军却轻松得仿佛春游闲逛，脸面光洁，一头板寸干燥如初，不见一滴汗。

坐下来休息的时候，我说："这么难走的路，你也太牛了。"

他说："这儿好走得很呀……我还没出汗呢。"

再出发时，一位巡护员让我把背包给他，帮我背。由于行程被压缩到一天，无须带帐篷睡袋之类，他几乎是空着手上路的。我表示我可以自己背，但他几乎露出恳求的神情，坚持说："给我吧，给我——快给我。"那份语气仿佛意味着：在他看来巡护是自己的日常生活，让一个城市来的女孩子背着包，自己却空着手走路，是对他绅士风度的羞辱。

但我也立刻开始纠结性别平等的问题：此时到底是该自己背，为女孩子争口气，还是大大方方给他？

我很快打住了这样的念头——性别平等，不意味着性别没有客观差异。我根本没有必要在体力上与他们争输赢：若论巡护技能、体能，他们远远超过我，这已然毋庸置疑。彼此配合，不要拖累大家，这就是最好的团队精神——何况，我的背包的确很轻，不会构成实质上的负担。

于是我把背包给了他，道了谢。事实上，我一路上都在不断向他道谢，因为不觉得这份照顾"理所当然"。

随着海拔攀升，低矮的箭竹林越发密集。仅仅猫着腰钻了半小时，我已经腰肌酸疼得仿佛灼烧。前人一过，竹枝就噼里啪啦往回弹，鞭子一样抽打在脸上，彼此之间不能隔太近。锋利的断竹残枝插满了地面，一旦滑倒摔跤，戳到眼睛，后果不堪设想。

兽径实在太"不人道"了，因为大自然从来不是为人体工程学而设计的。对我们来说苦不堪言的箭竹林，却是动物的天堂。

"等等，大熊猫粪便，我记一下。"队员王超喊起来。

"前面还多得很！"何军说。

"海拔才1800米，挺低的，值得记一下，等等我。"王超停下来，迅速从背包里掏出一个蓝色文件夹，打开巡护表格，就着膝盖填写起来。

另一位队友拿出GPS查看数据，念道："方向，西南116度；时间，5月19日10点16分；生境，'落阔'……长度，15厘米；粪便新鲜程度……嗯，一个月了吧。"

他们的背包里，没有气罐和炉头，也通常不带帐篷。夜里砍下些箭竹铺着当床，席地而睡，所谓"天地宾馆"。至于珍贵的负重，则要留给GPS、海拔计、对讲机、巡护表格、文件夹、笔、相机等器材。

另一组队伍里，一位擅长户外的摄影师试图跟随 3 号线路的队员进山，却在几百米之内，就被溪流和乱石搞得焦头烂额，摔了一跤，差点弄坏镜头，被迫劝退。这位摄影师事后感慨："普通人对于巡护实在太缺乏了解了……"是的，巡护绝非简单的徒步或爬山，除了挑战艰险的路程，还要完成一系列任务，比如拆除猎套或陷阱，排除非法采挖草药，为防火除掉一些落叶腐殖层，以及观察和记录各类生态痕迹，采集有代表性的野生动物粪便，等等。许多情况下，巡护人员还要顺便肩负生态监测的任务，为红外相机更换电池，取数据。所有的设备都是负重，需要他们亲力亲为背上去，再背下来。

"快看！蛇！"

不知是谁一喊，大家立刻停下脚步：在几米开外的石头缝隙中，一条俗名"菜花烙铁头"的毒蛇，一动不动趴在阴凉处。它的学名是菜花原矛头蝮（*Protobothrops jerdonii*），为蝰科原矛头蝮属的爬行动物，剧毒，在中国分布颇广，且常与人类活动范围重叠。我们小心地不惊动它，做了拍摄记录后，继续上路。

不知不觉中，兽径已消失，我们只好循着溪谷爬升。青苔和流水使得石块非常滑，稍不小心就要湿脚。好不容易爬过一片溪潭，眼前出现一道叠瀑，美得叫人啧啧称奇，却也让人好奇怎么爬上去——何军再次大显神通，生生沿着瀑布边上的密林剖出一条痕迹，带领所有人跟上。

到了瀑布顶，"发现了一台红外相机！"何军喊着，立刻取下它，通过小屏幕翻看数据卡里面的照片，"金猫！……熊猫！……还有熊猫！……拍到三次！"所有人都兴奋起来，围着相机研究了起来，称赞角度真好，运气也不错。

不得不佩服生态监测人员的苦心——于人类而言，如此险要的瀑布顶，却是野生动物们取水的捷径。"可以再把这块箭竹劈开一些，暴露视野，更容易拍到。"队员们商议着角度问题，又用镰刀除掉一些周围的枯枝败叶。

红外相机的布设是一门学问，需要大量经验，更需考虑周全。比如在冬季安装时乍看视野还挺好，到了夏天，草长叶茂，很快就会遮住镜头，让整个记录周期彻底白费——这些因素，必须提前考虑周全，避免低级错误。

即使有了这台红外相机的鼓舞，山梁依旧是一道青色的长城，无论爬了多久，始终看上去高高在上。直到下午两点半，在爬升五个小时之后，拨开最后一片糙花箭竹林，山顶终于迫在眼前了。我们所有人都兴奋地叫喊着，冲上山脊线。

回望身后，一目十岭，壮美的岷山诸脉匍匐云下，连绵不绝，如静止的巨浪。那一刻世界清澈如初，风声过耳，人类似乎不曾存在过。我恍惚自己是从外太空降落，第一次踩在地球的表面。难以相信，自己就从那密实绵延的茫茫山林下爬上来——这里就是老河沟保护区和唐家河保护区的分界点了。

"哟喂！来看这是什么?！"王超笑起来，大家围拢一看，刚好就在这山梁的最高处，一颗完整而新鲜的熊猫粪便，像一枚奖牌那样端端正正摆在石头旁。"这肯定得捡回去！分成两半啊，说好了，一半是老河沟的，一半是唐家河的……"所有人都迸出大笑。

兴奋没多久，下山的路径却怎么也找不到了。目及之处只有茫茫山岭，杳无人烟，如果方向选错了，可不是闹着玩的。何军独自探索了很久，不见眉目，我想起出发前，负责人叮嘱的那句："过了山梁，往右走，找小路……"可这也太模糊了，朝着哪边算是右？此时此刻，东南西北我都分不清楚。

过了好一会儿，何军终于摸索到一个隐秘的入口，试着钻下去，果然有一条隐秘的兽径，滑梯似的，陡然而下。一名队员立刻调侃说："上国道啦！"

上了"国道"才知道，整个下山路竟比上山更累。由于坡度向下，箭竹林显得更矮、更难钻了，猫着腰往下挪，腰肌与膝盖酸疼烧灼，每一秒都煎熬不已。我迫切想要站直，但箭竹林像矮人国的拱形天花板，压迫着我。突然有位队员的耳朵被竹枝戳中，疼得大叫，我们不得不坐下来，等他缓一缓。

"嘘！听！川金丝猴！"何军忽然压低声音，提醒大家。众人屏息，循声望去：在一丛杜鹃花后面，有大片晃动的树影，窸窸窣窣，果然是一群川金丝猴，活泼的身影飞闪其间。川金丝猴大约是最漂亮的灵长类动物了，面呈蓝色，目光温柔、清澈，"发型"更加可爱。它们在枝头飞跃，一个个精灵般快乐自在，那一幕美得让人心碎，我呆呆望着它们嬉戏，真想变成其中某一个。

队员王超拍下了珍贵的视频和照片，这台相机他从始至终都护在手上，似乎就是为了这一刻。

整整十个小时后，天色已晚，我们终于抵达山底，穿过最后的河谷。何军仿佛有 GPS 嵌入脑中一样，一步不差地带领我们穿越了这核心地带，精确地从唐家河吴尔沟走了出来，全程没有带错一步路。

"知道他以前做什么的吗？"有队员道出了原因：只有猎人才具备这么顽强的脚力，敏捷的方向感，对动物痕迹和声音的丰富经验。何军也曾靠打猎为生，是爬山的一把好手。就专业性而言，没有比猎人更好的巡护员了，如同网络世界中专门对付黑客的"白帽子"。如今，随着野生动物保护的深入，猎人这一群体正在消失，许多人转变为巡护员，他们无可替代的能力在生态保护中发挥着关键作用，却极少获得关注和支持。

在巡护结束时，何军和队友对我说："你真厉害。我们都以为你坚持不完。"

"那是因为你们帮我背了背包。"

"别这么说，你的包本来就没啥重量。"那位帮我背包的巡护员爽朗地笑着。

事实上，我也永远不会忘记一路上队友们都对我十分照顾，默契地始终让我走在队伍中间，不让我掉队。更微妙的在于：他们的节奏与分寸如此自然而然，完全不让这份照应变得像施舍。

这让我想到非洲大象的迁徙——小象被保护在中央，最强的分别走在最前与最后，彼此照应。这是原始意义上，种群之间最朴素的团结生存策略。从非洲大象们第一次迁徙，从野牛第一次抵抗狼群围攻开始，这样的情谊就存在了。

这份情谊，在城市生活语境中，极少有机会能被体会到。"如果如此热爱自然，为什么不为它做点什么？"对这个问题的回答，的确是我加入山水自然保护中心的初衷。那一整年里，我跟随山水前辈前往一些村庄、项目地，参与社区保护。与本地村民或山水人的贡献相比，我所做的、能做的，实在微不足道。不是我能改变那里什么，而是我被这些经历改变了——自然赐予的又一重恩惠。

登山家的名字载入史册，创业家的业绩广为流传。闯荡世界的人们固然耀眼，但别忘记，是谁默默登上不知名的高处，涉入不知名的深谷，守卫这颗星球上的绿色。

德格印经院 ●
矮拉山 ●

山岩 ●

昌都 ●

噶陀寺 ●

巴塘 ●

格聂

左贡 ●

然乌镇 ●
来古冰川 ●

第三章

路与雪之间

理塘　　郭岗顶

宇宙的水手

"流风回雪……"我轻声自言自语，小伊没有听清。

"什么？"

"古人所说的，流风回雪，原来是这样的。"

这是 4 月的一个深夜，山路一片黑暗，恍觉自己已经被一头蓝鲸吞食了，正窒息地盘爬在它的肠道内，秉烛摸索出路。

车灯扫去，挡风玻璃前是一簇簇扑面而来的风雪，正在组成一种神秘的文字，汹涌地朝我倾诉着什么，恍惚一场永不天明的葬礼，冥纸铺天盖地；又宛如在深海潜水时，突然闯入了一团杰克鱼风暴（Jack fish storm）[①]——银色细小的鲹科鱼群将你完全包裹，紧紧缠绕你的轮廓，如此切近，又变幻迅捷，一寸之遥，但你休想触到任何一枚鳞片。

那情景令人想起华裔作家特德·姜的小说《你一生的故事》——外星种族七肢桶使用一种非线性的语言。如果它们也

---

① 指鱼群大量聚集，呈圆柱体状集群，形似风暴的场景。——编者注

有小说，那就不是一字一行地写成的，也不是一字一行读完的，而是一幅巨图，像层次丰富的汉堡，一口咬下，每个横截面的味道都在其中了。据此小说改编的电影《降临》，在一个七肢桶与人类对话的场景里，它们的语言，像一幅幅喷洒的墨汁，或罗夏墨迹测验[①]——那图景扩大亿万倍，就恰如眼前所见。

也许是因为山路漫长，眼前的风雪让我浮想联翩：从葬礼、鱼群，蔓延至紫翅椋鸟群……迁徙季，椋鸟群出现在天空中，就像一座幻化流动的巨大雕塑。我握着方向盘，盯着前方，脑中努力回忆那个单词——"无标度行为关联"（scale-free behavioral correlation）——欧洲椋鸟的视野几乎可以延伸到身体周围，群起而飞时，每只椋鸟将自己定位于周围最近的七只鸟身旁，协调自己与同伴的行动，保持几乎精确的距离和一致性，因此显现壮观的流体队形。而当鸟群最终降落到树冠的栖息处时，几十万对翅膀拍打形成一阵阵斑斓的交响，这种声音是一个美妙的术语：椋鸟的群飞（a murmuration of starlings）。

雪花与雪花之间，也有着无标度行为关联吗？它们是有意识的吗？它们看起来确如一群活物：一群鸟、一群鱼，或者是一种特殊的语言。眼前大雪如涛，我感觉自己像置身暴风雨中的水手，徒劳地掌着舵，心里清楚一切只能仰赖上天的仁慈了——在

---

① 有名的人格测试方式，把墨水洒在白纸上，然后对折，使纸上的图沿一条对折线形成对称的墨迹图。这些图是无意义和无法解释的。被测评者根据图形自由想象，口头报告结果。——编者注

这样偏远的无依之地，深夜大雪，路面因为结冰而一片银白，碾上去发出某种咬牙切齿的声响，如同死神就静静坐在我们旁边，不紧不慢地磨着刀。

路旁立着限速极低的警示牌，写着："医院很远，生命很贵。"

小伊一直沉默，整个人身体前倾，警觉地凝视着前方的虚空与黑暗，好像那深处藏着什么怪兽，一不留神就要从黑暗中猛然蹿出，扑向我们。

一种诡异的感觉笼罩了我。"你有没有发现……"我的声音颤抖起来，"一种错觉，我们是静止的……"

"靠……真的……还以为是我的幻觉，原来你也这么觉得……"她的声音比我更轻了。

我确信车正在缓慢行驶，同时又怀疑自己到底有没有在前进——雪花迎面扑来，抵消了我们的速度，创造出一种完全静止的相对运动，令人恍惚自己坐在一艘失去动力的飞船中，正迎着纷飞星尘，悬停，静止，滑向真空的黑暗。

"现在，我们是宇宙的水手。"

∞

那夜恰是小伊三十岁生日前夕。这场雪几乎就是为我们而上演的——不是"下雪",而是"上演"。就在我们沉迷于眼前的危险与壮观之时,一辆大货车停在前面,似乎是堵了。迫于不良的预感,我停车,打算下去询问出了什么事。

道路上的雪将化未化,被车轮碾成一片泥泞,很滑。我一辆一辆往前走。毫无疑问:堵车了。前方的车辆不再亮起尾灯,这是堵了很久的征兆。脚下太滑太泥泞,我无法再往前走了。车龙看不到尽头,我停下来,问旁边一辆大货车的司机:"发生什么了?"

"前面有辆大卡车好像没带雪链还是怎么的,停着,走不了了。"

"堵死了?"

"堵死了。"

我看了一眼前方。黑暗中,长长的车流安安静静停着,车灯都熄了,不知已经堵了多久。一位藏族男人从远处走过来,对卡车司机说:"你前面的这段很宽,可以往前错一错车。"

"可只要我一动,后面的车就会立马跟上,然后大家彻底堵死在这儿。你得让后面的车别动,这儿才能错开。"

"嗯……"藏族男人点点头,未置可否。

"有人打电话给路政了吗?报警了吗?"我问。

"报警没用的啦,等着吧。"

"完蛋了,"我回到车上,苦笑着告诉小伊,"我们可能要在车上过夜了。"

她伸了个懒腰，神情很放松。一路经历太多不确定性，我们的心态正越发松弛，时常自我调侃：习惯了被命运霸凌的人，暗暗期盼着，第二只拖鞋什么时候砸下来。

曾有一个社会心理学案例，大概是说美国某个街区发生了枪击案，许多人都听见了，但每人都默认"一定有人报过警了"，于是无人主动报警，受害者因得不到任何救助而死去——"旁观者效应"因此而来。

为了避免这种可能性，我们试着拨打路政122，接通了。说明状况后，对方回答："没有人报告堵车，你们具体在哪儿？"

"我们现在是在……"小伊抓过手机放在膝盖上，点击地图，"……317国道，江达县往德格方向，矮拉山隧道出口出来，不远。"

我补充道："前面可能有大卡车出了故障，近百辆车堵在这里，请求派人援助，疏通。最好有铲雪车什么的。"

直到对方确认说收到地址，"安排当地警方联络"，小伊才挂下电话，和我相视而笑："果然啊……"

深夜十二点，前方没有一丝挪动的迹象。我们也并不饿，但还是分享着吃完了剩下的薯片，接着再次陷入无所事事。我回头看了看车后座的睡袋、方便面、开水：再撑个两三天没有问题。想想此时此刻的上海，所有人不也这样困在原地，甚至没有食物。如果把窗外的黑夜大雪也看成风景，一切就不算太坏。

打开车内音乐，搜索了"生日快乐"的主题，一首一首往下放。听到金玟岐的那首《生日快乐》中出现烟花一词，小伊说："要是现在能放烟花就好了！"

"我真带了。"在小伊惊讶的表情中，我径直下了车，"走，放烟花。"

砰的一声，雪地被染成了红色。砰，金色，砰，绿色。我们绽开大笑，笑声洒在雪地，如同山影在水中轻轻颤抖。火光熄后，黑暗恢复浓郁，不知不觉间，雪已经停了。

我无法解释为什么这么喜欢红磷燃烧的味道。火柴划过后的气味，烟花的气味。我深深呼吸空气中带磷味儿的冰冷，在雪后的寂静里。

想到三十岁这个数字，诗人多多那首《它们》就跳了出来。是纪念作家西尔维娅·普拉斯的，写于 1993 年。后面几句是：

> ……
> 是航行，让大海变为灰色
> 像伦敦，一把撑开的黑伞
> 在你的死亡里存留着
> 是雪花，盲文，一些数字
>
> 但不会是回忆

让孤独，转变为召唤

让最孤独的彻夜搬动桌椅
让他们用吸尘器

把你留在人间的气味
全部吸光，已满三十年了

1963 年 2 月 11 日，三十一岁的西尔维娅·普拉斯在凌晨时分，走进厨房，关紧门窗，并且在门缝下面塞上了湿毛巾——为了不殃及卧室里沉睡的孩子。接着，她打开煤气自尽，就此变成了天上的星星。

不知她站在厨房的那最后一刻，看见的是什么？如果当时她的窗外有一场烟花，她会不会被那些光芒所挽留？就像阿巴斯的名作《樱桃的滋味》里那个标本制作师那样，年轻时也曾想过一了百了，把自己吊死在树上，结果却因此发现了树上甜美的樱桃。他尝了一个，又一个，好吃极了……直到太阳照常升起，世界明亮，翠绿，于是他从树上下来，把剩下的樱桃都捡起来，带回家和妻子儿女一起分享。

生活的低谷，也许酷似一场深夜大雪里的堵车。再绝望的拥堵，也总有疏散的时刻。只是需要多一些耐心。

就在这时，小伊的电话响了起来。一个本地号码。是警察的回访，他正在上山途中，打来电话说："我的车没有防滑链，好滑，上不来呀……"

"……上不来是什么意思？……意思是您不来了吗？……"小伊一边说，一边看向我，神情困惑，"噢……噢，好的，那您小心点，慢慢来。"

挂了电话，她有些哭笑不得："这是……让我下去救援他吗？"

∞

终于，一个身穿荧光背心的年轻警察出现了。他手里拎着一把铁铲，在雪地中来来回回走动。又过了一阵，车龙渐渐有了动静。很快又停了——再过了一会儿，又动了起来。生日快乐好像一句咒语，每次随着歌声唱起，车流就往前动一点。但只动一点点。

过了一会儿，那位警察拎着铁铲，来到我们的车窗前，敲了敲："是你们报的警吗？"

"是的。通了吗现在？"

"差不多了，前面两辆大货车擦上了，我让他们错开了，现在大家就慢慢错着试一试吧。"

"辛苦你了，太感谢了！"

"应该的。"

"你们这里经常这样堵吗？"

"不啊，很少啊。今年的雪很大，很奇怪。"

这是一个星期六的凌晨，他或许刚好轮到值班，或者本来也不该他值班。他被工作电话叫醒，穿上制服，戴上帽子，拎上铁铲，发动警车，冒着雪，上了山。

车龙彻底流动起来了。我最后一次经过警察身边的时候，他杵着铁铲，站在路旁，目送我们离开。在对面来向的车龙里，我看见了他的那辆警车，红蓝警灯闪着，没有雪链。来的路上他应该心里也没有底，但他还是做到了。

我摇下车窗："您的警号是多少？"

"我没带。"他摸了摸胸口，很羞涩地说。

"那您贵姓？"

他郑重地说："江达县交通大队，我叫扎西子旺。"

"扎西子旺。我记住了，谢谢你。谢谢你。辛苦你了。"

"应该的。"

在做好了最悲观的准备之后，一切就再也不会比意料之中更坏了。我有种被判流刑，又临时突然释放的庆幸——虽然时间已晚，但下山路十分顺利，随着海拔渐低，雪变成了雨。

过去，我只见过白昼下的群山，从未有机会看看，莽莽群山在深夜中会是什么情形。此刻是凌晨两点，雨雪中的群山安静、柔软，如匍匐沉睡的巨兽。我们行车其中，如同一把剪刀，在丝滑的轻响中，裁剪那黑暗。

　　凌晨三点，不知不觉已经跨越了川藏省界，抵达德格。忽然间我发现，前半夜坐在我们身边静静磨刀的死神，不知不觉早已下了车，消失远去。

三十岁生日那天

之所以在大雪中彻夜赶路，是因为小伊想在三十岁生日那天，抵达德格，去德格印经院再看一看。

"但明天不开门。"旅馆老板睡眼惺忪，被我们凌晨三点的抵达吵醒，神情恍惚。

"真的不开门吗？"

"疫情，关闭很久了。"

我们陷入茫然。自二十天前出门起，每天都在拥抱意外。层出不穷的变故：疫情占据很大原因。我有时候想，生逢第二次世界大战的那一代人，是否会感觉这场战争是永恒的。

"但提前知道不开门，总比去了发现不开门要好。"小伊显得很平静，"明天我们还是去绕着它散一圈步吧。"

那夜我睡得很沉。第二天醒来，盯着天花板很久，想不起来自己在何时何地。梦中那些匍匐的朝圣者、转经的信徒，都还没有散去。

记得不久之前，路过洛须镇，恰逢高僧到访，信众聚在古老的寺庙中瞻仰，跪拜，捐赠时竟是一百一百地大把奉上——我惊呆了，为自己象征性地奉上零钱而感到羞愧。藏族人告诉我，牧民们卖了牛，或挖了虫草，第一件事就是先拨出一大笔供奉的钱，朝圣到寺庙，献给活佛；其余的只要足够一年口粮就行了。钱对他们来说没有太多意义。

在途中，当亲眼见证了磕长头的朝圣者，在马路上三步一叩的时候，我开始思考"寄托"这个词。"人是挂在自己编织的意义之网上的动物"，韦伯有言大意如此，这张网，类似于某种寄托。有人寄托于信仰。有人寄托于儿女、事业、理想；或者更普遍的：钱？又或者，爱。

那个早晨醒来，我莫名其妙挨了"寄托"这个词一闷棍，躺在床上盯着天花板，几乎无力起身。我问小伊："你有什么寄托吗？"

小伊将醒未醒，一大早地被这突如其来的拷问搞蒙了，久久没有吭声，后来她说："没有一个大的整体寄托。但有一些小小的事件。看山，也是一种寄托吧。"

"有道理……看山也是一种寄托。生日快乐。"我说。

∞

此前我们已经去过一次德格印经院，邀请了一位藏族姑娘作为解说员，带领我们参观。那是一个 9 月的早晨，阳光咬碎了院子里所有的树梢和窗幔，在地上留下摇晃的残影。

德格印经院的外观有着经典的藏式建筑特征：深红色的外墙，顶部镶着一层黑色的边玛墙——由厚厚一摞灌木枝构成的通风层，冬暖夏凉。整栋建筑呈一个饱满的回字，三层，看起来并不大，但内部空间利用极为紧凑，动线清晰。

我们进入门厅，抬头瞻仰凿井上绘制的坛城。藏青色，一种忧郁的精美，时刻隐喻着无常、幻灭。

在一楼的天井里，几位伙计正在清洗雕版，水槽是由一根十分粗壮的乌木剖成的，浴缸般大小。我们从一道狭窄的木梯攀爬上去，登上二楼。房间失血般迅速幽暗下来——为了防火，整栋建筑内不用电灯，也没有烛火，照明全靠窗户和天井的自然采光。眼前是一条无比深邃的长廊，海底沉船般宁静。

我为那一刻拍下了照片：彻底的逆光，人站在长廊中只剩剪影。有位朋友看到这张照片，问："这是什么，酒窖吗？"

的确，雕版的手柄像极了酒瓶细长的脖子。收藏室阴凉如同一座古老的地下葡萄酒酒窖。每块木制雕版，来自当地山上最好的红桦；经劈砍，制型，放入牛粪堆中沤一个冬天，再拿出来清洗，抛光，晾晒，反复涂抹酥油，送去印经院接受质检和筛选。合格的那些才被留作雕版，由工匠们刻上经文。反复印刷后的墨汁或者朱砂渗透了这些雕版，让它们看起来近似皮革般光滑。从这个意义上说，每块雕版的确是时间酿造的酒。

"这些雕版是整部《甘珠尔》大藏经，"解说员姑娘说，"最早的红色那部分，是朱砂雕版。那时候，朱砂比黄金还贵。"我一排排走过整齐陈列的雕版，想触摸，又缩回手。

雕版尺寸大小不一，最常见有"箭本"，相当于古代一箭之长，约60至70厘米；其次是"肘本"，相当普通人一肘之长，约40厘米；另有"短小本"（约25厘米），以及特长本（超过80厘米）。有一些雕版的手柄末端刻着一个蝎形的印记，据说是因为这批雕版极为精美，深受德格土司喜欢，赐印章为鉴。另有一种说法是，这批雕版曾经要送往别的地方修补，德格土司担心它们被调包，刻下家族纹章徽章以做区分。德格家族统治康区一千三百多年，权势显赫，辖地宽广，其第四十二代土司丹巴泽仁创立了这座印经院，工程第十年他去世，其子孙继承此业，前后耗时约三十年，终于建成。这里保存了217 000多块雕版，内容除佛教的各种经书、佛像以外，还包括藏族的天文、地理、医术、宗教史、历史、文学、音乐、美术、工艺等资料，占据整个藏文化典籍的70%左右，其中不少是珍本、孤本、范本。

这里不属于任何教派，是一座信仰的图书馆，象征着那个逝去的、祛魅前的世界。空气中是酥油茶混合朱砂与油墨的味道，浓郁，庄严，一种带有体温的古老气息——如同在这一行行顶天立地的陈列架之间，存在一头凡人看不见的神圣活物，守卫此处——它有体香，隐身无形，匍匐在我们周围，缓慢而平静地呼吸着，因为年岁已老而性情温和。正是从它那无声的吞吐中，我感觉到了它的存在。

∞

因为迷恋这种宁静氛围，小伊的三十岁生日愿望，就是再去拜访德格印经院一次。虽然已经知道它不开门，但当天一早，我们还是去了。因为不着急，我们甚至故意晚起，在小街上吃了一份天津包子做早餐。但当我们走到大门前的广场时，赫然发现——它开门了。就在今天，时隔很久以来第一次开门——我们都惊呆了：天意，或者"念念不忘，必有回响"。

更为不可思议的是，当解说员走到我们跟前时，我一眼认出她就是之前那一位姑娘。上次见面大家都戴着口罩，我其实并没见过她的面容，但我记得她的眼睛。我跟她打招呼，她诚实地说，"不记得你了"，但扭头对小伊说，"对你有点印象"。

解说的内容与上次没有太多区别，只是这次极为安静，没什么人。印经院每年秋冬要闭馆半年，因为太冷。今年春夏的工作季尚未开始，二楼印刷工坊里的匠人们全都没在。桌椅全都扣放着，像一座废弃的学校：《最后一课》结束了，战争要开始了。孩子们的笑声成为历史。

我们旧地重游，恰逢阴天。上一次阳光热烈、人影幢幢的情形不复回。我站在走廊，临着一扇紧锁的门，望着空荡荡的寂静庭院，恍觉当时情景都是幻境。

跟随解说员来到三楼的一个房间：一位专职修补雕版的老师傅提前开工了，正盘着腿，临窗而坐，专心致志修补雕版。他正是上一次来访时我们见到的那位长者：戴着同样一顶藏式宽檐帽，金边眼镜，肤色黝黑，身形瘦削，肃容无澜。我记得半年前的那天，他同样贴窗而坐，蜷着膝，正借着阳光修改雕版，端然如一幅油画肖像——活生生的维米尔。

我从未见到这么庄重、宁静，看上去心有寄托的人。一种不凡气质击中了我，我当即悄声询问解说员："这位师傅是？"

"眼力不错啊，这位是我们德格印经院最德高望重的老师傅彭措泽仁，是修改雕版的老匠人，央视纪录片都拍过他。"

木质雕版经岁月腐蚀，鼠噬虫侵，厚厚油墨下的刻字会漫漶不清，须不断修正，更补，如此才能保证印刷到纸上不走样，后世流传。解说姑娘介绍完毕，彭措师傅抬起眼睛，指尖轻轻拨了一下鼻梁上的眼镜，冲我们微笑。他完全不说汉语。我们就以上次同样的角度又为彭措师傅拍了一张肖像。而就在此时，解说员姑娘终于彻底想起我们来了。她甚至能想起细节："当时你们是三位朋友对吗？我还问过，'你们来自成都的啊？真不像'。"

"是的，是我们。"

"青麦翁姆，我的名字，"解说员姑娘高兴起来，说，"老师傅送了我一枚文殊菩萨的印章，我想送给你们，但我只有一枚。"

"太珍贵了吧……还是你留着吧。"我们郑重地推辞，但她坚持，最后我说："送给我的朋友吧，今天是她三十岁生日，很美的缘分。"我知道小伊会不好意思，于是直接将地址留给翁姆。

半个月后的某一天，小伊发来照片："收到印章了，还带着德格印经院的气息……太美了，改天带来给你闻一闻。"

∞

参拜过很多寺庙，见识了风格各异的壁画。印象深刻者，比如拉萨乃琼寺，被誉为新勉唐画派早期杰作，壁画以忿怒尊护法神为主，不知是修复过度还是原本如此，画面中布满绚丽的云彩和火焰纹饰，遍布人头尸首，护法神面相狰狞，受刑者眼神惊恐，一种炫丽而原始的残酷，六道皆苦。

唯独德格印经院的壁画，幽暗、宁静、工秀。佛像因风化而呈通体烟熏色，唯有金箔勾线如恒河之沙，隐隐若现。神们垂目，微风般仁慈，那么黯淡、那么无奈——人间千古以来的怨憎会，爱别离，求不得，都在那垂目之中了。在这样的壁画跟前，我感觉自己化作了墙中嵌着的一粒砂，被封存在厚重的颜料与金箔下面，不得言语，失去记忆，也远离了海。

据说这些壁画所在的佛殿比印经院更加久远，已有六七百年历史。时间成了这些壁画的第二作者。我想象着几百年前，那些心无旁骛的画匠们，素衣，简食，终日面壁作画的情形——人原本是可以这样活完一生的。想想一万两千年前，旧石器时代晚期，西班牙阿尔塔米拉洞窟中，那个伸出手，喷上矿物粉，画出野牛的祖先。那人已化作了灰尘，留下的壁画却历经几万年，仍鲜艳如初。狩猎。采摘。耕织。打制。熬煮。手作。做一名工匠、一名农夫、一位牧民……曾经的古人，以如此单一的选择度过此生。如今的世界里，我们的选择仿佛多了千千万万，但又似乎变得毫无选择。

临别前，青麦翁姆站在门厅前，指着左边墙上一幅壁画：大海中央一座蜃楼，象征人间百态，周围海波泛滥如片片蓝瓦。右边则是一幅六道轮回，中间是三个动物叠起来的图形，鸽子、蛇、猪，分别象征贪、嗔、痴。

"你看，这个撒谎的人，堕入地狱道后，生生世世有鬼拉着犁，在他舌头上耕田。佛经中充满了这样的故事。"翁姆说。

"蛇和猪我都可以理解，但为什么鸽子象征贪？"

"我不知道。"翁姆坦然说。

回来的路上，我们反复猜测答案。"我觉得是因为古人种田，比如青稞、小麦，播种收获都很不容易，但是总被鸽子偷食，于是他们很烦这种鸟，便用它们来指代贪。"我说。

小伊似是而非地点了点头。等到手机有信号的时候，她查了一下："……好吧，据说是因为鸽子的交配频率特别高……"

我们爆发出大笑。

横断之心

十个小时的行车，从成都直抵理塘。一天之内，海拔骤然上升4300米。在理塘县城的当晚，我被一阵头疼袭击，睡不着，越担心睡不着就越是睡不着。熬到天亮，勉强起床。小心翼翼将窗帘拉开一条窄缝，阳光豪雨般泼洒而入，从头浇了下来：在家乡成都平原，绝少见到这等透亮的晴。我们都没睡好，但打起精神上路，就着声音碎片《陌生城市的早晨》，迫不及待向格聂神山出发——这趟旅程，我们等了好久。

刚拐下国道，开上小路，两群庞大的牦牛就挡住去路。牧牛人只是盯着我们，放任牛群不管。我们和前面的车一起，等候，再等候，一寸寸挤过去，绕过一堆笨重而庞大的牦牛屁股。

接着是一路荒凉，光明，发夹弯盘着盘着，就到了铁匠山。碎石遍布，让整座山看起来危如累卵。湖水结冰了。下车拍照的时候，大风快要把我的外套撕成碎片。因为太冷，我们迅速躲回车里，继续新的一沓发夹弯，把刚刚盘上去的高度又降下来，就像为山盘起一头辫子，又再放下。

正值上海整座城市为疫情所困的艰难日子。小伊与我聊起困在那里的朋友，一个个如何烦闷，找不到吃的，每天为了抢菜而焦虑得团团转……就在我们叹息着"珍惜当下"的那一刻，眼前出现了一道闸口。

当地执勤者拦住我们："核酸。48小时的核酸。"

我们当时就傻了。

出门的时候成都完全没有疫情，整个四川风平浪静，怎么就突然要查核酸，而我们也真是没有做。一番讨价还价，恳请，询问，电话，解释，争辩……直至最后苦苦乞求，全然无用。

"不行。核酸。没有48小时核酸不能过。"

"那你让我们怎么办。"

"回去补核酸。或者回去走318国道。"

"既然国道能让过，为什么不能让我们从这里过。"

"不管。"

如果说这场疫情教会我什么事，那就是拥抱无常、脆弱、失控感、不确定性——但这只是理论上的。人性深处是有强烈确定性偏好的：我们原本渴望事情处于掌控之中，有迹可循。

几辆本地村民的车没有被拦截，顺利通过了。我们依然被卡在原地，左右为难。一想到要把刚才盘下来的辫子又重新再盘上去一次，而且与格聂神山彻底无缘，我们沮丧得说不出话来。

但没有办法，只能回去。到了有信号的地方，小伊立刻在地图上搜索新的路径，争取不走原路，节省时间。"有了，这里！看，"小伊把手机递上，说，"我们回到刚才那个岔口，然后走这条村道，往北穿……去巴塘。"

∞

时间已是中午，我们原路折返了一段，回到岔路口，在一个海子边上稍作休息。两片海子彼此相连，卧于群山，令我恍惚想起 318 国道上的姊妹湖。眼前的湖面风平浪静，隼鸟掠水而飞，如在镜子上跳舞，山影如佛像。

虽然从出门第一刻开始就反复对自己说，要拥抱不确定性，但真正到了各种各样的不确定性面前，还是无法真的从容。风景不该因为心境不同而不同，我不想愧对眼前的美丽，努力深呼吸，告诉自己这就是一个斯多葛时刻——古希腊斯多葛派认为，美德出于自我节制和理性、安宁、接纳。一切波折，都是上天对自己性情的考验。

但我没有想到的是，和我们后面的遭遇相比，这点测试简直就是开卷小考。

按照谷歌卫星的指示，我们沿着小路穿行山中。路过一个村庄，村口的疫情检查闸口敞开着，但没有人。我们看了一眼，也就没有停，径直驶过。

接着，我们和一辆摩托车错肩，继续沿着山路深入。

不久，那辆摩托车追了回来，紧咬着我们后面。这是条土路，车后的扬尘太大，我怕他们吃灰不好受，主动靠边停下来，想让他们先过。但他们没有通过，而是拐到我们前面，停车，把我们拦住。

我心里一沉，眼看着他们朝我们走来。

对方问："你们去哪里？"

我与小伊面面相觑，犹豫了一下，回答："去巴塘。"

"你们走错了，没有路。"

小伊拿出卫星地图，试着想和他们商量，对方坚持说没有路，却冷不丁来了一句："可以加微信吗？"

我们自然没有理会，径直往前。但接下来的山路越发荒凉，我们硬着头皮往前开，心里越来越没底。路过一个牧民寨子，本想下车问路，但完全找不到人。我放弃了，正准备倒车，小伊扭头盯着仪表盘，问："胎压怎么不对了。"

我一看：胎压报警，当即从 230 帕压力直线下降。160。80。50。20。10。0。

我的心随着车子一沉：这可不太好。

过去当然有过无数次轮胎被钉子扎破的经历。虽然漏气，但至少能坚持开到汽修店去补胎，没什么大不了的。这是防爆胎。更确切地说：亏气保用轮胎。

不可能，别这样。我心里祈祷着，停车下来查看。很快，现实也将我的希望彻底归零：轮胎像个废品站里的旧货那样，已经彻底干瘪，彻底。

"绝望的形状。"小伊说。

我们同时看了看手机，一丝信号都没有。冷静了两秒：这是一辆越野车。备胎就挂在车后。千斤顶就在座位底下。还有工具包。我都清楚。我见过怎么换轮胎。我知道。很简单的。冷静，很简单。我下意识地拿出了机修手套，戴好。搬下了所有的行李，腾出座椅的地方，把它翻开，找出了千斤顶和工具包：扳手，卸胎用的十字套筒，摇杆。该死，这块塑料片是干吗的？

"麻烦你找一下说明书的换胎这几页，谢谢。"我努力镇定，小伊也是，她麻利地找出来递给我。风很烈，吹得我要用手指摁住说明书。额前的刘海太碎，扰动视线，突然很恼人。我心烦意乱，跪在地上，试图安装千斤顶，我觉得我做对了，但是插上摇杆摇动起来的时候，感觉不到它承了力。

试想给自行车胎打气，至少也能感到气压在施加吧。眼前要顶起一辆三吨重的车，至少应该能感到千斤顶的摇杆在受力吧。为什么……没感觉受力？我后悔出来之前没有好好练习换胎。我只是熟悉了绑雪链，也看了脱困板的使用视频。我怎么能忘了熟悉这个千斤顶？天……我真蠢。不，不行，这不是想这些的时候。冷静。从容。专注于怎么搞定这该死的千斤顶，它看起来完全不管用。是厂家错配了吗？

我真的想不出还能怎么安装了。看起来它就是这样了，已经安好了。我再次像个汽修工那样躺到车底下去，按照使用说明书的指示，把千斤顶塞到左后轮的一根承重梁下面。

那瞬间我意识到一个问题：这底下是泥地，千斤顶顶起之后，会陷进泥地里去。应该找一块硬地（已然不可能），或者垫一张塑料片（就是刚才那个让我困惑的玩意儿）。我知道这一点，但眼下真的顾不上了——先让这该死的玩意儿顶起来再说吧，我心里混乱地祈求着。

依然没有用。千斤顶没有受力。我不相信自己安装的这小玩意儿能管用。我不是阿基米德。我有支点，但我不相信自己能撬起一辆越野车。我从车身底下钻出来时，冲锋衣已经满是灰尘、油污。四下望去一片荒凉，一阵大风吹来，沙子扎眼睛。这里是格聂山脉，位于整个横断山脉区域的中央，被称为"横断之心"，完全没有手机信号。唯一庆幸的是现在还没有下雨，没有天黑。

我说："我们去找人来帮忙吧，工具都在这儿，看有没有人能来一起弄。"

小伊看了一眼三百米之外的那些棚屋，焦虑地点了点头。

"我们一起去，这里没有信号，走散了无法联络。"我一边说，一边后悔没带对讲机。好了……别后悔了。我打住自己，现在不是自怨自艾的时候。我们将贵重物品锁进车里，大件行李任其散落在车子周围。"会在回来的时候，发现东西都被偷走了吗？"小伊问。我觉得她只是在开玩笑，活跃气氛，于是我装作轻松："那至少证明周围有人，也不错。"

∞

我们一起朝着远处的棚屋走去。风很大，烈阳也在拷问我。时间已经是下午三点。我估计今晚要被困在这里了。幸好有睡袋。有吃的。夜里我会高反吗？我可不想雪上加霜，今晚困在这荒郊野岭，忍受高反。好吧，甚至那样也不算最糟，我心里最担心的是，让小伊落下阴影，再也不愿跟我这个倒霉蛋出来了——因为就在两个月前，我们才刚刚经历了一次严重的车祸——在某个悬崖边的弯道上，右前轮爆胎，瞬间失控，撞向护栏，白烟四起，滚烫的胶皮臭味儿袭来，安全气囊弹出，贴着我的鼻尖。我俩本能地飞快跳下车，逃出来，回望撞击现场，目瞪口呆。我记得当时肾上腺素喷涌，整个人虽然头脑冷静，但双手不自控地发抖。要不是有巨石和围栏阻挡，车估计会直接滚下悬崖。

即使那一刻，都没有眼下这么让人心烦。但是一想到即使日常生活里也会遭遇地震、火灾、歹徒、交通事故……哪有什么绝对安全可言？我不接受那种无聊的安全。此刻只是在支付应有的代价。小伊很勇敢，她一定不会有阴影的……深呼吸，深呼吸，没什么大不了的，会过去的。

我一边胡思乱想，一边拼命阻止自己胡思乱想。

路过第一户棚屋。我们上前敲门，没人开门，但里面传来老人的声音，哼哼唧唧，听不清楚在说什么。这时候听见有孩子的嬉笑。我们寻声望去：远处有几个人影，看起来像是在水边休憩。我们朝他们走去，远远地就高喊着扎西德勒，尽量挂出笑脸。走近后，发现这是一处野温泉。几位妇女有的坐在边沿泡脚，有的在给孩子们洗澡，还有的在洗衣服。

我心想：不错。今晚看起来只能在这里扎营了。至少还有热水，还是野温泉，说不定星空很美。

一通扎西德勒奉上，接着就是鸡同鸭讲，完全无法交流。更糟的是，她们太羞涩了，几乎不敢看我们，好像我们是两个外星来客，空降地球，长得奇形怪状。

小伊掏出手机，给她们看瘪掉的轮胎的照片，夸张地打起手势，寻求帮助。

她们显然懂了我们的意思，但依旧迟疑而羞涩，目光回避着我们，只在彼此之间哇啦哇啦用藏语聊了好长时间，时不时还迸发出笑声。那笑声让我心烦：拜托，我都这样了，你们笑什么？

全人类的巴别塔之苦[①]啊，世界上如果只有一种语言该多好。我感到无助又无奈。但为了表示自己不会放弃，我一屁股坐

---

① 巴别塔是《圣经·旧约·创世记》第11章中的故事，当时人类联合起来兴建希望能通往天堂的高塔；为了阻止人类的计划，上帝让人类说不同的语言，使人类相互之间不能沟通，计划因此失败，人类自此各散东西。

下来，看着她们洗脚。终于，有个女孩从温泉里收回脚，开始擦干，穿袜子，穿鞋。她大概不过十几岁，看上去可能上过一点学，能听懂一点汉语。

"你要帮我们吗？"我急不可耐地问。

她点头。

"谢谢！谢谢！"我感激涕零地看着她，虽然我想不出她能怎么帮。但"总算有人站起来了"这个姿态本身，已经让我重燃希望。

我们跟着她往回走，接着终于明白了她的意思：她会带我们去找另一户，会汉语的人家。

好吧。已经这样了。我不介意再磨下去。

一对年轻夫妇走了出来，姑娘非常美，皮肤白。小伙子很英俊，留长发。我们用放慢五倍的语速，试图询问，有没有人会骑摩托车，能不能带我们去村上，找汽修工；或者去有信号的地方，联络汽修店来帮忙。

"我们这里没有信号。"姑娘说。

"那你们怎么跟村里联络？"

"不联络。"

"那我们怎么办？"

姑娘和小伙子都把目光投向远处，不说话了。

过了一会儿，姑娘突然问我："你们会骑摩托车吗？"

"……不会。"我说完，后悔自己为什么没有学会骑摩托车。我把目光投向她的丈夫，那个小伙子。他看起来就像个天生的摩托车赛车手。他能骑吗？能请他骑摩托车带我们去村上找人吗？拜托了，多少钱都愿意，我们只是想要麻烦你用摩托车载我们一下。

"他脚受伤了。"姑娘说。

我心里一阵绝望，因为看上去这纯粹就只是个借口。我隐隐觉得她只是不愿意帮我们。或者说，她也许想要报酬？我为自己这样的揣测感到羞愧，但我无法控制自己不这样想。我想和她商量价格。但我又怕这样做，更会得罪他们，于是没有开口。

"那你呢？你会骑吗？"我厚着脸皮继续问那个姑娘。

"我不会。"姑娘说。

"走到村里去，要多远？"小伊突然问。

"很远。那太远了。"姑娘说。

如果一个当地人都告诉你：很远——那你还是不要自不量力了。况且，我是真的不想走了。

这时候，姑娘眼睛一抬，手一挥，指着半空中说："那对面的山顶上，有信号。"

我们顺着她指的方向望向天空——不知道她说的是哪座山头，但如果我现在还有那种力气去爬那么高、那么远的山，去找信号……那我也一定有力气一把将汽车拎起来，直接拧掉轮胎，换好，再搋回去。不就是玩具嘛。

"你们有马吗？"我问出口之后，自己都笑了。

一个荒唐但不失有效的办法：借一匹马，骑到山上去找信号，或者骑到村里去，找人求助……看起来是唯一理性的选择了。

但夫妇俩也只是付之一笑："我们没有马。"

浪费了很多时间傻在原地，东拉西扯。最后我们得知，村里的其他人大概会在晚上六七点回来。那时候有人会骑摩托车。到时候，再看看能不能找人带我们去村里求助。而在那之前，我们还是滚回去自求多福吧。

∞

我们回到车旁，继续捯饬千斤顶。拿出来，又放回去。怀着一种不抱希望的麻木，我上下摇动摇杆二十多次、三十多次、五十多次。大概一两分钟过后，我突然感觉到了千斤顶在受力。

一种喜出望外让我瞬间激动，继续猛摇，清晰地感到车子正在被顶起——我注意到了千斤顶正在下陷，但我太高兴以致于顾不上了。我惊喜地看向小伊说："顶起来了！"

刚说完，我就感到一丝忧虑，这么小小一个千斤顶，车有三吨重。我不知道要摇到猴年马月，才能把它顶起来。

小伊立刻说："我来。"

她接过手，仅仅摇动了不到一分钟，车就彻底被顶起来了，轮胎已经离地。我简直不敢相信这么简单。这玩意儿简直是人类有史以来最伟大的发明。原来一切如此容易，我只是错在不相信自己，不相信一切这么简单。

　　瘪胎离地，升高到了合适距离。我们高兴得互相击掌，差点喜极而泣。

　　我拿起十字套筒，开始卸轮毂上的几颗螺母。很紧，完全掰不动。我扶着小伊的肩膀，整个人站在十字套筒扳手上去，利用全身体重去踩，轮毂上的螺母终于松了。一个，又一个。五个螺母卸了下来，我撤下轮胎。这一切突然太顺利，小伊甚至有空在一旁拍照留念。

　　接着就是卸下备胎，安上去。拧紧螺母。这直径19英寸的轮胎，真的很沉，但这不是问题。问题是我怕拧不紧，车跑起来轮胎松了可不是玩笑。于是我再次站上去用体重加持，拧紧螺母。

　　换完了车胎，我们简直要互相拥抱。接下来，只剩撤下千斤顶了。

　　然而这时候，说明书让我完全糊涂了。字面上看，应该有一个很简单的小机关，掰一下棘轮，就泄力了。问题是掰哪个棘轮？哪里有棘轮？

　　"是这个吗？"小伊指着千斤顶底部一个凸起，问我。

　　"不是。应该不是。它如果要掰动，怎么能设计在底部？怎么有空间拧得动？肯定不是这个。而且它已经有点陷进泥地里去了……"

我再次钻到车底下去，又摸又看，就是找不到棘轮。小伊也一点没闲着，在原地捣鼓了半个小时——足足比换完轮胎的耗时还要久——都没搞懂到底怎么卸下这个千斤顶。

我有种功亏一篑的绝望，沮丧地从底盘下爬出来，站在车旁边，试图调整呼吸，让自己冷静。我茫然翻阅说明书。突然间，我发现车往下一沉。

我绕到车后去看，小伊从车底下探出头来，说："搞定了。就是这个棘轮。"

我意识到自己犯下的错误如此愚蠢——千斤顶已经陷进了泥里，底部的棘轮几乎被掩埋，再差一点就真的再也摸不到、掰不动——就是我之前否认的那一颗。至此，我羞愧得都快不敢看小伊了，而她一如既往地包容，连一句埋怨都没有。

尽管浑身污脏，灰头土脸，但我们毕竟自己解救了自己。因为肾上腺素飙升，我的手仍然有点抖，冷汗有点凉。原本以为今日的折磨应该到此为止，没想到回去路上，再次被命运开了一次笑——开出好远，本以为终于甩掉了这个倒霉的山谷，却在偶然停车的时候，赫然发现，车后面，备胎的扣盖不知什么时候掉了，不得不再次折返回头去捡。

小伊事后对我说："这，才是最绝望的一刻……"

再次原路折返，去捡回扣盖；之后又被路口的村民拦截盘问，费尽口舌。我感觉筋疲力竭，而返回县城的路，还有大约两小时。因为担心轮胎的螺母没拧紧，我们不得不每过十分钟就停下来，彼此扶着，整个人踩上十字套筒，把每个螺母挨着紧一遍。

如此种种，折腾到天黑，我们总算回到了早上出发的地方：理塘县城。在汽修店，工人指着破轮胎上那道长长的口子，表示无能为力，补不了了。"这里的碎石路，石头没有风化，有的很锋利，必须小心。必须开慢点，胎压要降低。"

而我明明降了胎压，也没有开太快。大约是掉头的时刻，车胎刚好在原地磨到了一块尖锐的石头上，瞬间被割破吧。

修理完毕，我们在返回旅馆之前，彻底放弃了吃烧烤庆祝的念头，累得快没胃口了。走进一家小店，各自点了两碗米线，在一种不可思议的疲乏中，我想查看今日黄历，是否写着"诸行不宜"。

∞

喜剧等于悲剧乘以时间。

如今回想当天的每一幕，都只觉得像个笑话。但身处当时，谁也笑不出来。钱锺书先生在《围城》里建议："结婚以后的蜜月旅行是次序颠倒的，应该先同旅行一个月，一个月舟车仆仆以后，双方还没有彼此看破，彼此厌恶，还没有吵嘴翻脸，还要维持原来的婚约，这种夫妇保证不会离婚。""成田离婚"说的便是这种情形——蜜月回来，两口子崩了，在机场就当场离婚。

摄影家王小慧的自传中，提及一段发生在 80 年代的往事：那时候她和伴侣俞霖刚去欧洲不久，都是公费留学的穷学生，在西班牙的旅途中，一个暴风雪夜，下错了车，青年旅馆还远，两人无助至极，被迫在深夜步行。这是一个很容易爆发吵架，互相埋怨，暴露人性自私的瞬间。但是俞霖把她的背包接过来，背在自己身上，推着她走路，大声唱起歌来，给她打气。

旅途的考验是某种终极考验：在窘迫与绝望的时刻，是互相埋怨、大吵大闹，还是彼此鼓舞、包容。后者是伙伴之间，人与人之间，可以拥有的最强大的最美好的状态。回想格聂，我只觉得"是奇迹"。而经过此劫，我们对"不确定性"真正有了敬畏之心，以至于接下来的一路，每天我们醒来的时候，都提醒自己要心态卑微，期待着："要出发啦！今天的倒霉事儿会是什么呢？"

愚人节与愚人井

法国

1980 年 2 月 16 日。由于糟糕的天气，在里昂滑雪度假的人们纷纷赶着回家，从里昂到巴黎发生了长达 175 公里的大塞车。

德国

1990 年 4 月 12 日，1800 辆汽车堵在从东德到西德的边境上。

日本

在 1990 年 8 月 12 日，由于台风的关系，日本创下了超过 15 000 辆汽车堵塞的纪录。很多度假回来的车辆堵在了路上，长达 135 公里。

美国

在 2005 年，因飓风"丽塔"逼近，250 多万美国休斯敦居民纷纷逃离该市，路上交通堵塞长达 160 公里。

巴西

圣保罗曾被美国《时代》周刊评价为全球交通最糟糕的城市，在 2008 年 5 月 9 日，创下了一项超过 266 公里的堵塞纪录，一共对 840 公里的道路产生影响。

中国

2010 年 8 月，在北京城外的京藏高速公路上，司机们遇到了一次长 100 公里的大塞车，持续了 12 天。每天缓慢地以两英里的速度前行，有些司机说，估计他们花了 3 天时间才通过。原因据称是从内蒙古煤田开出的卡车和为道路工程运送建材的卡车来往不断，达到了设计容量的 160%。

以上都是互联网搜索到的大堵车记录，而我经历的：

2022 年 4 月 1 日，从西藏左贡县至八宿县，业拉山口。原因：大雪。长度：不明，我感觉有一辈子。

∞

在曾经看上去充满"确定性"的生活里，导航会精确预判几点几分到达，外卖几点几分送上门，网约车距您还有几百米。我常常会在点了外卖或者叫了网约车之后，不可自控地刷着手机，盯住屏幕上那个小小的图标移动，好像在玩一款电子游戏。

这是城市生活的最大便利，但也是最脆弱的错觉之一。

在左贡县城醒来的那个早晨，窗外一片耀白。过夜的车辆全都变成了蓬松的奶油泡芙，一个个鼓鼓囊囊地蹲在那里，撒了糖霜，让人忍不住想咬上一口。

旅馆的房间里还留着昨晚烧烤串儿的隐约气味。人还没醒，我已经在导航软件上输入今日的行程。算法告诉我："从您的位置到今天的目的地，6 小时 34 分钟，291.7 公里。途经：沪聂线。"

有了此前被拦截的噩梦，我们出发前先去县城医院做核酸检测。免费且快速，只花了五分钟。这不可思议的顺利给了我们一丝乐观的理由——路途不远，是轻松的一天，而且下雪，真美。

作为两个南方人，我们完全没有意识到，在西藏，下雪意味着什么。加满了油，打满了一壶开水，啃完了两颗茶叶蛋，心满意足地沿着国道214，去往业拉山方向。玉曲河一夜白头，色调只剩黑白灰，让我想起当时刚刚看完不久的一部电影《男与女》。主演是全度妍、孔刘。整部片子都弥漫着北欧式的森林与大雪，一个灰蓝色的故事，东亚式的细腻情绪。某些场景带来的压抑感，像是被一只看不见的枕头捂住了脸，几乎不得不数次暂停休息，足足花了三次才陆续看完——或许又是有点舍不得太快看完。

去往然乌湖的路上，也是一场灰蒙蒙的大雪，我仿佛置身于这部电影的场景中，非常想听原声。手机信号不好，小伊十分周到地打开热点共享，循环播放这张电影原声专辑。我们在一片色盲般的视野中，穿越了河谷，不久就抵达了邦达镇的路口。从这里，将要离开国道214，拐上318。

眼前许多车辆塞满了泥泞的街道，停滞着。情况不妙。矮拉山堵车的噩梦有点再现的兆头。我下车前去询问，一开门，一脚踩进肮脏的雪水里，隔着鞋子感到一阵冰凉。再往前蹚了一段，我拦住一辆对向来车，询问情况。司机摇下车窗，说："大雪，堵车了。估计得就地等两三天。"

谁会在原地等上两三天？我们愣了两秒，很快一笑置之，绕过停下来的车辆，往前开。

318国道业拉山的起点处，一个工作人员拿着喇叭高喊："不要超车，不要超车，小心行驶，小心行驶。"我们为自己的决定感到高兴：这不就对了嘛，没有封路，车流顺畅，不要超车，小心行驶，还有比这更简单的吗。但没过多久就发现，前方走不动了。道路折向山谷的另一端，一串大卡车和小轿车，像模型玩具，参差不齐地排到了山的背后去，数量之多，令人绝望。我们一寸一寸挪，仅仅眼前这一个弯道就花了两小时。我看了一眼导航视图上那肠梗阻一般的发夹弯，想着剩下的两百多公里，心里开始发毛。

时间已经是中午一点，我们还堵在山脚。肚子饿了，小伊拿来热水壶，就着挡风玻璃前的仪表台，小心翼翼泡了两盒泡面，就着饼干，填饱肚子。真香，我庆幸此刻一无所缺：食物，开水，大把的时间。最坏的情况不过是打翻了泡面，汤汤水水洒在仪表台上……或者，找不到地方上厕所。

很快，"最坏"开始往"更坏"发展：三个小时过去了，我们才开了不到十公里。雪更大了。远处的垭口上，出现了武警部队的铲雪车，来回奔走，一辆闪着红蓝警灯的救护车停在那里。

车龙排满了道路右侧，于是总有家伙蠢蠢欲动，无耻地超车，占了对向车道，然后恶作剧般碰上来车，错不开，堵死。"总有一颗耗子屎坏了一锅汤。"小伊气急败坏起来。我更气急败坏，我想所有老老实实排队的司机都气急败坏——这让人想起高速公路上的噩梦——最恨的不是堵车本身，而是总有人利用路肩，超车而过。

再说一遍：无耻。

∞

Hidden Brain 是我经常听的一个播客节目，其中某期讲过一个社会心理学研究：为什么人们会在被插队的情况下特别愤怒。结论大致如此：群居动物——比如人类和猿猴——是仰赖秩序体系来构建社会关系的；相对于独居动物，比如老虎、豹

子而言，我们对秩序、阶层，极为敏感。而插队、加塞儿等破坏社会秩序的行为几乎等于从本能层面唤起了我们的抵触，这是 DNA 意义上的"恨到了骨子里"，因为这不利于群居物种的集体生存。

这时候我意识到了，今天是 4 月 1 日。

经历了在格聂的爆胎和换胎，眼前的堵车让我想到一个画面：众神坐在王座中，俯瞰着人间，指尖把玩着他的下巴，像几个象棋高手那样，盘算着，愚人节到了，今天给这两个倒霉蛋再来点什么新鲜花样呢？

《泰坦尼克号》大红的上世纪末，有评论说：20 世纪撞上冰山。而在疫情横扫世界的这几年，我感觉：21 世纪是一场拥堵。每一个寸步难行的时刻，都觉得"世界再也不会好起来了"。但其实黑死病会退去，二战会结束，大萧条之后是下一场泡沫——在历史的波峰与波谷之间，我们连舟都没有，只是一群游泳的人。

动物们呢？树们呢？当我们说起世界这个词时，我们往往默认是"人的世界"。地球不只有人世。自地球诞生以来，五次物种大灭绝已经发生过了，太阳照常升起，地球依然是地球，物种更迭，历史洗牌。卡尔·萨根曾经在他 1977 年的著作《伊甸园的飞龙》和《宇宙》中做过一个"宇宙年历"的类比。如果把宇宙的 138 亿年历史浓缩到地球的一年，大爆炸定为 1 月 1 日的第一秒，那么要到 5 月 1 日，银河系才诞生。地球则相当于 9 月 14 日诞生；12 月 18 日是寒武纪；19 日是奥陶纪……接着是一长串灭绝的名单和拗口的古生物史塞满了 12 月下旬，一直要到 12 月 31 日，地球第四纪才开启，当天下午 13：00，人类的祖先才出现。22：00，人类才出现。23：00 左右，人类终于学会了用石头作为工具。23：59：59，欧洲文艺复兴，现代科学萌芽。我们眼前所见的：汽车、公路、楼宇、手机、互联网……都是新年钟声中那不到一秒内才发生的。有时候想想这种尺度，真让人头皮发麻。萨根还进一步做了形象的类比，这一张宇宙年历"如果有一个足球场那么大的话，那么人类的历史，只是放在这片足球场上的一只手掌"。

漫长的堵车实在百无聊赖，我们的聊天也彻底变得毫无边际。

"你相信有外星生命吗？"我问。

"难讲，"小伊说，"但我觉得有吧，宇宙这么大。"

"假设有一个机会，你想回到五千年前，还是五千年后？"

"这个太难选了……你呢？"

"你又来了，别把问题踢回来。"

"是真的很难选啊，我想活在现在，行吗？"

"……现在，假设你生活在一个村庄，村里唯一的那口井被污染了，井水变成了愚人水，你所有的亲朋好友都喝了，全傻了，无法沟通。你无法离开这个村庄，你也会选择喝愚人水吗？"

"但这个傻到底什么意思，怎么个傻法？"

"你别解构问题，请认真回答。"我说完，小伊却陷入沉默，看上去不打算接话了。

∞

过了很久，前面那辆车的车门打开，一个男人跳下来，一个小女孩跟在他身后。他们铺了好几张餐巾纸在车顶上，然后跳到路边攒了雪团，开始堆雪人。

他们穿得很少，像一对春游的父女。看车牌是南方人，堆起雪人来却熟练极了。我忍不住也跳下车，开始攒雪，想搞一个抽象雕塑什么的——因为我很快发现，要想攒出一个珠圆玉润的雪人其实很难。

小伊拍下了一张照片：我与一个陌生人背对背，兴高采烈地捣腾着地上的雪。像两个参加真人秀的现场观众，被主持人突然拖上了台，背对背做任务。

我们彼此从来不知道对方的存在，在一个偶然的交集时刻，发生了这么切近的相遇，虽然我们对彼此的姓名、历史、未来，一无所知。如果是在动荡年代，炸弹落下来，我们瞬间灰飞烟灭，估计只有这张数字照片可以幸存下来。它应该会被送进博物馆，被装裱起来，下面的展览标签写着：某年某月某日，某某惨案发生的前一刻，两个毫无察觉的平民还在堆雪人。

一个小时过后，这辆顶着一只微笑雪人的红色 SUV 动了起来。我一高兴，跳上车赶紧往前开，为此甚至弄丢了一只鞋。我们的引擎盖上也有一只"雪人"，只是更加艺术，更加抽象，与前面那只遥遥相望。对面的来车看见了我们的雪人，都报以注视或微笑。

我高兴了三分钟，开了几百米，车流就再次停止。

九个小时过去了，时间到了晚上七点半。按照宇宙年历，这个时间点儿，咱们的祖先都快要进化成现代智人了。手机里的八百首本地歌曲都要循环了个遍，拥堵的车流还看不到尽头。垭口翻过，天色渐晚。薄暮染雪，视野渐渐变成深蓝。我做好了接下来的两三天都要被困在这里的心理准备，开始思考如何体面地上厕所。

挡风玻璃上一小块冰融化了，状如一条透明的蜥蜴，在玻璃上缓缓爬行，向下滑动。我盯着它，不知道又过去多久。几百米之外的前方，两辆庞大的超长卡车正在惊心动魄地错车，彼此的间隙连一条蛇都挤不过去。它们就是这场拥堵的源头之一了吧。

两只怪兽如此艰难地挪动着，挪动着……突然间，错身而过。道路不可思议地畅通了，这让一些憋坏了的司机高兴到发狂，飞驰起来。我眼睁睁看着那辆顶着雪人的红色 SUV 像是急着送产妇去医院一样，弯道超车，一飘而过。真让人担心他们这样冲下山会出事，再次造成拥堵——毕竟，接下去的山路像是倾斜的甲板那样，朝着某个漩涡坠落。

这时才突然意识到，我们已经驶入了著名的"怒江72拐"。

在暗蓝的暮色里，急弯如一架电动扶梯，一层层拽着我们下降；雪山被甩到了天上去，离我们越来越高，越来越远。我盯着山顶上那座信号塔渐渐消失在视野，意识到"自己曾在那里，曾在天上"。

浓雾如一场蓝色的梦。缠绵的群山上，那失落的九个小时就要离我们远去了。在漫长如牢狱般的堵车突然泄洪之后，解脱感却并没有到来，相反竟是一种依依不舍。

在那场拥堵中，进化史暂停了，时间暂停了。停在那史诗般的雪原上，停在肖斯塔科维奇的行板里，停在雪人的微笑里，停在时间凝冻而成的塔中。在大雪的囚禁下，时间被偷窃了，我得以合法地逃离现实，正大光明地无所事事，凝视茫茫雪地，就像失眠者凝视天花板——一段期盼已久的带薪病假。

但病魔虚晃一枪，没有跟死神交班。病假休完，必须出院了。我被迫回到现实中：千万可别晚节不保，在这里翻船。路很滑，天很黑，后面的车很疯狂。我握紧方向盘，不自觉咬紧嘴唇。三十五岁了，人生嵌入某种既定轨道，好像被惯性牵引着，生活是"下坡路嘛，有什么不顺的"，想起一部电影的台词，我在心里偷笑。

漫长的下坡路后，低谷终于到了。谁说低谷就没有风景呢？在那幽暗的峡谷间，怒江极为安宁，在细雨中沉睡着。夜色漆黑，我们悄悄滑过怒江身边，蜿蜒着，蹑手蹑脚转弯，生怕吵醒一江墨水般，"忧心忡忡的美梦"。

又是午夜过后的抵达，4月1日，愚人节，已经过去了。据说法国某精神病院墙上有一句话，*Je voyage pour connaître ma géographie*（我旅行是为了懂得我自己的地理），被某西班牙作家数次引用。

"我不喝井里的愚人水，"小伊忽然接上了之前的提问，对我说，"坚决不喝。"

静止的流星

约翰·海恩斯在阿拉斯加断断续续住了二十五年。他写了《星·雪·火》这本书,回忆寒带原始生活的片段。开篇如下:

> 对于住在寒带,日复一日看着雪的人而言,雪是一本待读的书。风吹时,书页翻动着,角色变动了,角色组合而成的意象也改变了意义。但是,语言依旧是相同的。那是一种魅影语言,一种逝去又会折返的事物所说的语言。

冰雪是一种语言,记载气候变迁,记载这颗星球的自然史、文明史,也记载一群野兔的脚印,记载一个猎人的一天,记载一个小说般的清晨。

业拉山大堵车的第二日,我们终于抵达然乌湖。路边忽然出现一面冰做的镜子,一把没收了所有词汇,我只能嗫声轻叹:天哪——那湖面冻结了,皱了几道冰裂痕,笔触坚定又潇洒,一千层灰。所有的颜色与季节都冻结在了那灰白中，封存。我们成了色盲，仅留下对明暗的理解，对色彩的想象。

∞

熬过了爆胎、大雪、堵车，上天像是终于玩够了我们，赏赐了一个晶莹剔透的晴天。天地朗蓝，茫茫雪原柔软起伏，如奶油凝冻而成的波涛：白色撒哈拉。一些石头散落雪原，小小岛屿般，拖着一道道被大风吹出来的尾痕。"像静止的流星。"小伊说。

静止的流星。为这个比喻，我在"心底折了一页角"。

铺装路面时不时出现暗冰，我把车行速度放慢到时速 25 公里。后备厢有雪链，但眼下还用不着。回想在 12 月的俄罗斯，我也从来没见过任何一辆车挂了雪链。路旁开始出现很多的翻车。四脚朝天，横七竖八，前轮歪在排水沟里，人们站在一旁，焦头烂额。有些出事的车是绑了雪链的。原因很简单：他们开太快了。

小伊一直在拍照，双手举到发酸。那两个小时她拍了大约一千张——从来没有这么疯狂的纪录。但这类照片永远只是引子，若非曾经身临其境，那些"刺点"永不构成记忆的沸点。

我们都很少见过这样磅礴、饱满的大雪，又与俄罗斯的不一样。那里地势过于平坦，大雪一片茫然，只剩下历史的唏嘘。

而西藏的雪原，像真理——庄严、深奥、高亢与伟大，并且起伏——这里的雪，是凝固的拉赫玛尼诺夫。

小伊当时没有告诉我，为此情此景，她已经偷偷落泪过了。

一个月前，来古冰川刚刚被建成景区，营业收费。景区的工作人员都有着"刚上班第一个月"的激情，态度非常友好，讲解积极。我们乖乖坐上了观光车，在导游提示的地方下来拍照，又上车。还没到终点，我们被提前释放了。接下来的利润环节要留给马帮。

我们没有选择骑马。不是因为舍不得费用，而是因为近。失策的是，步行小径被马蹄踩得泥泞不堪，气味浑浊。跟在一堆马屁股后面走路的感觉，令二十分钟像两个小时。

在这一系列不愉快的体验最后，我们总算还是站在了来古冰川跟前。不久前，这里的冰川发生过一次坍塌，把跑到蓝冰下面合影的游客吓坏了。视频里，人们惊惶逃窜，身后的冰川像灾难片特效场景那样，轰然倒塌。景区建成后，再也不允许游客接近。

阳光剧烈，冰川的反射率太大了，我即使戴着墨镜也觉得快要瞎掉，陷入一种极为明亮的盲。走到冰碛湖岸边，发现这里拉了一条塑料带，像犯罪现场。丑陋的字牌写着："禁止踩上冰面。"几个身穿保安服的人员守着岸边，有的正与游客调情，有的则百无聊赖躺在大石头上玩手机。另一些浓妆打扮的网红，被摄影师簇拥着，面朝一个圆圈形的补光灯，正在做直播。

远处的冰川如何看待这一切呢。它们幽蓝的、冰白的眼神，如何看待我们这个物种。自远古以来，它们就这样凝视着此岸，直到 21 世纪的此刻，人类带来"温暖"，它们开始死亡。

∞

2019 年 8 月 18 日，冰岛。人们为消逝的 Okjökull 冰川举行了一场葬礼。

一块铭刻着冰岛语和英语的金属牌子被嵌在那里，作为冰川的墓碑。上面的文字是冰岛作家安德里·斯奈尔·马格纳森写的。

A letter to the future

OK is the first Icelandic glacier to lose its status as a glacier.

In the next 200 years all our glaciers are expected to follow the same path.

This monument is to acknowledge that we know what is happening and what needs to be done.

Only you know if we did it.

给未来的信

OK 是第一个失去冰川地位的冰岛冰川

在接下来的两百年里，我们所有的冰川

都将遵循同样的道路

立此纪念碑是为了承认我们知道

正在发生什么和需要做什么

但只有你知道我们做了没有

Okjökull 冰川死了，留下一片棕色的裸岩地面，像某种干枯的遗体。全世界无数冰川和它的命运一样，加速死亡，就像一个物种的灭绝。这座冰川位于 OK 火山旁边，名字是个很妙的双关。有两位人类学家就拍了一部关于 Okjökull 冰川消亡的纪录片，叫 *Not Ok*。

2018 年，艺术家奥拉维尔·埃利亚松和地质学家明尼克·罗欣合作，从格陵兰附近的峡湾海域中，运来了 100 吨自由漂浮的冰川冰块，并最终把它们分成 30 个大块，安放到伦敦：24 块放在泰特现代美术馆外面，剩下 6 块放在彭博伦敦总部门口。这些冰块就在城市中渐渐融化，像一些奄奄一息的巨型生物，透明的、纯白的胚胎……冰川的生命眼睁睁在人类面前渐渐化为乌有。

我在网上看到一些现场的照片：许多人走近这些冰块，将身体靠在它们旁边，抚摸它，蜷缩着躺在它们怀中，就像亲近一只温顺的、透明的猛犸象。

这个装置展览刚好在那年 12 月展出，恰逢在波兰卡托维兹举行的 COP24 气候变化会议。艺术家本人说："我并不幼稚，我知道这个项目可能不会产生什么重大的影响，但我确实相信我是推进改变的一部分。……人们应该把耳朵贴在冰面上，然后突然意识到冰面上有一种非常细微的破裂、跳跃和清脆的声音，因为冰层融化会释放出压力气泡，这些气泡已经在冰层中存在了一万年。一万年前，大气中的二氧化碳含量比现在少 30%，所以冰块的气味应该是一万年前空气的气味。"

∞

在来古冰川附近，还有另一个地方叫"仁巴龙冰川"，它并不容易接近，尚是一片野地。我们沿着公路翻上了德姆拉山，试着找到那个入口。

雪原柔软如毯，远处的山巅峥嵘，似刀砍斧削。与大陆型冰川相比，海洋型冰川的流动性较大，对地貌的塑造也更剧烈，那些雕塑般令人惊叹的角峰、刃脊峰，便是这一带海洋型冰川的杰作。

到了导航提示要拐弯的地方，我们发现大雪及膝，覆盖了一切，彻底看不见路。几辆越野车陷在其中，正在挣扎自救。

一看便是为了去仁巴龙冰川，贸然开进雪地，才被困的。这些深深的粉雪就像沙漠，稍不注意就会陷车。

我们果断放弃了接近仁巴龙冰川的意图，不愿亵玩焉。即使遇而不见，我仍知道冰川就在那里，千万年来，仍在缓慢地流动，耐心而坚决地，推动巨型漂砾，与基岩或山体摩擦，留下痕迹。这些冰川痕迹中，有一些是新月形的刻槽、裂纹，在地质学上，它们被赋予了一个极为美丽的术语：颤痕（chatter mark）。

∞

眼前的道路通往德姆拉山口。茫茫雪原，磅礴似一部白色的歌剧，丝滑的咏叹调。天空亮得令人发盲，仿佛一面无边的银盾。旷阔的尽头，疑似能看到地平线微微弯曲。

尼采说，美是慢箭。

我当场被这慢箭缓缓刺透，在苍穹的弧线下，有种受伤般的痛楚。这么明亮、洁净的世界，没有人类沾染过，这宇宙角落只有粒子，没有历史。

我希望时间停驻。再也、再也不想回去。被这个念头召唤，我下车，不可自控地走进了雪地。白色沙漠一口一口吞噬我的膝盖。我像个存心要投海自尽的人那样，径直朝雪原深处走去。

小伊十分担心，在背后不停呼唤我回来。她的声音越来越急切，几乎要生气了。确实是生气了。那声音在抓取我，像是我和人间、和我的物种同类之间，唯一所剩的一线连接。

若不是这个声音，我就投奔另一个时空而去了。

如一个自尽未遂的人：被某个念头挽留，终于不舍，悔悟，最后看了一眼白色雪海，回到了车里。一种暴风雪般复杂的心情，久久无法平息。"I wanna die here."我说。

"我明白，但是……"小伊叹着气重复着，语气十分严肃，"我明白。我懂你意思。但是。"

但是。

整个下午，我们在那条路上来来回回走了四次。放了亨德尔的歌剧选段，*Lascia ch'io pianga*（《让我痛哭吧》），这首曲子的原名是"留下荆棘，带走玫瑰"。那旋律几乎有形状，就如眼前这起伏的、夕阳下的大雪。我们迟迟不愿离去，反复徘徊，在等一场黄昏。

日色渐淡，我们迎来了最珍贵的光线，blue hour。这是阿巴斯所说的，每天只有四分钟的最佳光线。我们的耐心没有错付，落日藏在远处的山峰后面，只投下一道道丁达尔光，把西天染成微浅的紫色。山峰在那光芒中，像锡纸捏成的尖锥，熠熠发光，巅峰看上去质感很脆。

路上空无一人，没有来车。我在散步，小伊在拍摄。不知不觉彻底暗下来，北斗星渐渐清晰。刚一低头，突然黑暗中有三个移动的物体朝我走来——身形硕大，一开始我以为是三个人，惊骇之下，只能咬牙不作声，双手攥紧了拳头，冷汗直冒，站住不动。

屏息，仔细看，原来是三头牦牛，像放学回家的小孩那样，安安静静从我身旁经过，它们偷偷斜着大眼睛看我，很羞涩。我立刻担心小伊会被吓到，试着喊了一嗓子，想提醒她。但是我们之间隔太远了，她显然听不到。

一想到这些牦牛都很温顺，不会有什么问题，我心底忽然升起一个恶作剧的念头，期待看看她的反应。

三分钟后，小伊果然气急败坏地跑了回来，惊魂未定。看上去她被吓得不轻，脚跟还没站稳，就大声埋怨我怎么不提醒她。

"我故意的，"说完我哈哈大笑，"谁知道你害怕牦牛。"

"我还以为那家伙是你！猫着个腰来吓我！"

"我有那么壮吗，还能变出三个？"

"你自己想想你有什么前科！"

我们哭笑不得地望着彼此，而这个场景，成为此后经久不衰的笑料。

∞

夜晚的德姆拉山顶，马路像一条黑胶带，粘在画布上：一幅巴尼特·纽曼的经典作品。白天已经在这里来来往往四次，黑暗却令一切都显得陌生，好像从未来过。

很久过后，唯一一辆车驶过，尾灯像飞机的示宽灯那样闪烁在茫茫黑暗中，又渐渐消失。寂静如琥珀那样将我们包裹在其中。猎户座终于出现了。星空下的雪地一片黯银，放射性物质一般微微发亮。头顶的星辰，有种平原地区无法想象的高远。粒粒微光，恒河沙数。一个星球上所有曾经活过的往生者，每一只鸟、每一株草，都遥遥在上。

在这寒冷中仰望，无法坚持超过五分钟。但我很想找个地方躺下，想要化成一粒雪，再变成一粒星，飞入银河。

我一向认同萨丕尔-沃尔夫假说：语言影响并反映了我们对世界的看法。弗朗茨·博厄斯于 1911 年出版了《北美洲印第安手册》，序言中第一次提及因纽特人拥有数个形容雪的字眼，比如：aput（地上的雪），qana（正在飘下的雪），piqsirpoq（堆积着的雪），qimuqsuq（雪堆）……至少四个，而英语里只有一个：snow。

无独有偶，关于银河，梵语中也有好几种说法。最常见的是"天空中的恒河"（आकाशगंगा，读音类似 Akash Gange），Akash是"天"，Gange 是"恒河"。Mandākinī（मन्दाकिनी）则是另一种很美的说法。在传统印度教中，指"天河"；在《往世书》[①]

---

① 《往世书》（天城体：पुराण，purāṇa，梵语原意为"古代的"或"古老的"）是一类古印度文献的总称。覆盖内容非常广泛，包括宇宙论、神谱、帝王世系和宗教活动。它们通常为问答式诗歌体，其基本内容经常是不同人物联系起来的一些故事。

中，指"从圣山上流下来的河"。而它还有一个意思，指的是
"慢"①，宁静祥和、不急不躁者。

在只有一个词来描述雪的文化里，雪的存在感不那么鲜明。
同理银河。同理其他事物，比如自由、正义……

雾色大起，星与月仿佛浸泡在了稀释的牛奶中，眼前一片
混沌。我们在黑暗中下山。

"你想听什么？"小伊问。

我想起她之前放过的一张专辑，音乐质感十分应景，只是
名字一时想不起来了，"叫'三个世界'什么的……"

"我知道了，你说的是……这张吧。"她迅速找到，播放起
来，默契到这个地步，我快要感激涕零了。马克思·李希特是
我们都很喜欢的作曲家，此刻播放的 *Three worlds : Music From
Woolf Works*，是他为一部芭蕾舞剧谱写的音乐，以伍尔夫最著名
的三部曲为灵感。音乐交响恢宏，颇有实验风格，仿佛带领我们
登上异星球的飞船，舱体擦过茫茫尘埃，向宇宙深处播放最后的
挽歌。我们因此抵达了一种"慢"，至少有一瞬间，也成了"宁
静祥和、不急不躁者"。

---

① 这个含义出现在古印度工艺论述中。Shilpa Shastras（शिल्प शास्त्र），其字面意思是
艺术与工艺。

汪洋与运河

噶陀寺不仅堪称藏传佛教宁玛派的母寺，更是一座极为古老的佛学院。公元1159年诞生以来，多位高僧到此修行，传教，主持过盛大的法会。据说在此修行成就的僧侣超过十万之众；即使历经十年浩劫的摧毁，仍有大量佛教文物得到保留，在佛教界影响巨大。

朋友达明早在一年前，就曾跟随文保考察团到过那里，印象非常深刻。他和一位在噶陀寺修行的少年喇嘛成了朋友，这次重访，可以请他带我们参观。

时值9月，浓雾弥漫，一个雨天。盘山公路每上一段，仪表盘上显示的气温就降低一度。海拔4300米的时候，已经降了10℃不止。"到了10月，山上就会开始下雪，冬天太冷了，佛学院也会'放寒假'，来年春天过后才有人上山，所以我们赶上了最后的好时候。"达明说。拐过最后的弯道，一座暗红与纯白相间的圣城跃入视野，在那青色高山上，壮观得不可思议。想象一座佛学版的霍格沃茨，不是伫立在悬崖边，而是在巍峨的高山上——黑色巫师袍也换成了暗红僧袍，穿梭往来。只有我们三个麻瓜，穿着冲锋衣，格格不入，像不小心闯进了九又四分之三站台的意外来客。

∞

这时出现了一个问题：没有手机信号。达明为如何联络到我们的"哈利·波特"而发愁。偌大一座圣城：寺庙、经堂、堪布的居所、僧人的宿舍、佛学院大殿……俨然一座佛学世界的霍格沃茨了。虽然昨晚通过电话，"哈利·波特"知道我们要来，但这里毕竟太大了，没有约好几点，哪个门口，要精准地找上一个人简直是天方夜谭。在没有手机的古代，人们的相遇和约定是如何产生的？那个"有约不来过夜半，闲敲棋子落灯花"的时代，对我们来说，似乎真的太遥远了。我们从寺庙的这一端，绕到山谷另一侧的佛学院那端，去碰碰运气。

佛学院大殿壮美如棕色的布达拉宫，傍山而立。以我通俗的理解，这座建筑应该是集"教学大楼"和"礼堂"为一身的场所，是僧侣们上课、朝拜、辩经的地方。我气喘吁吁爬着阶梯，迎面而来的是下了早课的少年僧侣们，三三两两，勾肩搭背，说说笑笑走下阶梯。有的喝着一盒牛奶，有的抱着零食，若不是身披暗红色僧袍，简直与中学校园场景无异。我注意到他们很多人趿着拖鞋，或者踩着一双脚后跟已经塌陷的旧球鞋，不少人赤脚。达明拦住其中一位少年僧侣，问他认不认识我们要找的人。

由于语言障碍，那少年羞涩而困惑地摇头。达明掏出手机，指着照片，少年僧人们纷纷从高高的阶梯上跑下来，围拢，端详照片，其中一个声音说："我认识他！你们在原地等等，我带他下来。"

五分钟后，终于等来了我们的"哈利·波特"，他的藏文名字叫白马多吉。他友好，腼腆，汉语并不灵光，见到我们便努力解释说信号塔又断电了，手机从昨晚开始，就没有信号。

他请我们到他的宿舍去坐坐。这时我们才知道，那教学楼下面，双翼般展开的几层低矮房间，全是僧侣宿舍，足有几百间。长长的走廊，陈旧，朴素，水泥的质感和颜色。一水儿排开的宿舍门，大都是单人间。很快，到了一个转角，楼梯下面传来的气味告诉我，那是旱厕所在。

走进佛学院宿舍的那一刻，又一个既视感的瞬间奇妙地降临。我放任自己沉浸此刻，生怕打断了这场记忆的时空交错，一个偶然的虫洞。那是 2007 年我第一次出国，到土耳其。路过伊斯坦布尔，遇到一位当地人，说要免费带我一日游，介绍这座城市。我有点甩不掉他，当即脑海里就冒出"诈骗"和"拐卖"等字眼。在持久的警惕下，我无法放松心情欣赏眼前的直布罗陀海峡。见我保持沉默，他开始介绍自己，说他还在念研究生，想带我参观伊斯坦布尔大学。

我的警惕无法战胜好奇心，很想看看那座大学，尤其是建筑内部：毕竟作为游客，我不确定我能否直接进去。但他的英语实在太糟糕了，导致我一直没搞懂他到底读的什么专业——应该是理科，生物化学之类，因为他带我去的实验室里摆满瓶瓶罐罐，还有操作台。当问起这些是用来做什么实验的时候，我简直怀疑对方是不是在说英语。

因为没有拍照，我对伊斯坦布尔大学的印象仅止于此：伊斯兰风格的大门，长长的走廊是拱形的，空间深邃，森冷。灯光幽暗，脚下的大理石地板被几百年的纷纷脚步抛光，几如铜镜。那建筑给我的感觉竟然酷似十几年后的此刻，一座深山中的佛学院宿舍。

∞

白马多吉的房间十分干净整齐。一打开门，正对着一扇田字窗，窗外正对着高山雪景。他的床铺就在窗口下，紧靠墙。我不禁想：在那张床上躺下，抬眼就看到雪山和月光的睡梦，该有多么安宁。

床铺上的毯子叠得很整齐；矮矮的小桌案紧贴床沿，铺着一本练习抄经的白纸簿子。一行行藏文字母，笔锋藏露有致，蘸水钢笔还噙着墨。我们都被这书法吸引了，达明迫不及待地问："这经文写的是什么？"

白马多吉皱着眉，抿着嘴，困窘地笑着，好像很难用汉语解释这些深奥的佛典。或许是因为他的汉语还不够好，但另一个可能是：也许在汉语中，真的没有确切对应的表达。

见白马多吉陷入窘境，达明体贴地把注意力转移到钢笔上。他接过来，抚摸着。白马多吉立刻郑重地介绍说："这支笔是某位老师赠送的。"我记得达明后来轻微地叹了口气——早知道，见面不应该送那盒牛奶，应该送他钢笔。

房间正中铺着藏式地毯，就着热茶，我们盘坐，仰头看见右手边的老柜子，置满了经书。环顾着这个墙壁微微发黄的老房间，一个年轻僧侣的少年时光，十五岁到十九岁，就在此度过。佛学院的修习时长是七年。他还有三年毕业。

从宿舍出来，白马多吉带我们参观大殿。每次进入，都要脱鞋。门口地面散落着无数塑料拖鞋，是一模一样的，随意换上即可。这时我才明白，为什么每位僧侣都趿着拖鞋，那是为了方便脱掉。而我不愧是麻瓜，脚上的登山鞋每次脱掉和穿上都费了很大工夫，几乎暗暗心烦。

大殿的楼顶天台，宽阔如球场，挂着两面大鼓。这里想必是"操场"，会进行金刚舞的排练和壮观的法会。站在天台的边缘，眺望到对面的山巅落满初雪，翻过那道山脉，就是西藏了。

∞

"接下来你打算做什么呢？"小伊问。

"什么做什么？"白马多吉困惑道。

"毕业后你去哪里？"

"不知道。"

"是会去其他的寺庙吗，还是会继续留下来深造？"

"不知道。"

"会去印度什么的吗？"

"不知道。"

"有很多僧人都会去印度什么的地方继续深造，你不想去吗？"

"我不知道啊。"

在去往大殿的长长路上，达明和小伊紧跟在白马身后，轮番提问，语气有点像两位忧心忡忡的家长。可怜的白马多吉，只能用无数个真诚的"不知道"回答他们。

我默默走在最后面，仔细聆听这一组对话，突然有些哭笑不得的意味：所谓"山外面的世界"，是一个多么根深蒂固的人为建构。从福柯式的规训社会到韩炳哲式的功绩社会，我们在做出任何（貌似自主的）人生选择之前，其实内心的价值观早已被社会预设路径"磁化"了。上什么幼儿园，上什么高中，考什么大学，都是有标准轨道的。在大一，考虑未来是读研还是直接工作，如果是读研——你现在就该好好跟教授套磁，找一个心仪的专业，做好语言考试准备；如果是工作，那你该留心实习的机会、行业前景；还有，你的专业跟它匹配吗？找工作容易吗？工作满意的话，接下来就该努力晋升涨薪了；另外，结婚、生子，都跟上了吗？第二胎了吗？第三胎呢？孩子上什么幼儿园？

如果白马多吉降生在"山外面的世界"，他多半不会回答"不知道"，他会被迫知道下一步"该"做什么。但我无法想象一个清晰说出"我毕业后要去 ×× 寺庙争取做到 ××"的白马多吉。

世俗生活的运作规则体现为"按部就班"（虽然许多哲学理论都在于质疑这一点），它是一张话语权力暗中谱写的磁力地图，会磁化每一颗螺丝钉，使它们自动嵌入轨道，引导它们正确地存在或运转。人的主体性往往在这种过程中不知不觉被消解，人的存在也被工具化了。而这个过程是极为隐秘，很难自知的。

并不是说主流生活有任何问题，它当然是最正当的一种。问题在于，生活的可能性本来是一片汪洋，但如果所有人都冲向同一条运河，会不会有点拥挤？当每一道闸口都是固定的，距离是最直最短的，终点是确凿的，会不会有点无趣？这样的主流，是否也意味着一种集体性的随波逐流？

夜空之美，来自全然的黑暗，来自星辰的无序与凌乱。能想象一片整齐设计，如巨型芯片般的星空吗？所谓的正确人生，所谓的确切路径，真的是能把握的吗？可知这个世界，本质是无常的、概率的，无常与变幻无所不在。

白马多吉真诚地用一连串的"不知道"，为我带来一瞬间的证悟：透过那小小一块浅蓝色的田字窗棂，仅仅能看见雪山和月光，看见生活的另一种可能——一种未被异化的古典式生活——人只需要知道，此时此刻自己要做什么，正拥有一间看得见风景的房间，便足够了。世间四季，白了又青，青了又墨。喝一杯热茶，盘腿而坐，点灯，心平气和抄写经书。他们无法向另一个世界的麻瓜们描述，这经书表达的是什么。

感谢神，袖不知不觉化身在白马多吉的灵魂里，带来这一刻澄明与释然。

火空海

　　"如果让你拥有一项超能力，你希望是什么？"

　　"我希望……能看见，任何一个地方，比如现在眼前这片废墟，从古到今，每一个时刻的片段，古往今来的……所有的往事……从繁盛，到消亡……全部幻灯片一样……展现在我眼前……"小伊气喘吁吁，一词一断，快要走不动了。饥饿，疲惫，时间太晚，一切都让她显得很不安。

　　因为听本地人说附近一座山顶很美，我们打算在这趟出行的末尾，趁最后一个下午，爬上去看看。"快到了，加油，最后几步了。"我连哄带骗拉她上山，心里并没有底气，到时候风景会不会让她失望。

　　终于爬上山顶的时候，我们长舒一口气，眺望黄昏中的旷野。远云如丝，丘陵温柔起伏，繁花错落，森林如墨绿的长城，拱卫着这片田园牧歌。几匹黑马俊美如神，悠闲踱步。远处一片海子，镜子一般摆放在原野上；湖水似乎自太古以来便居住在此，领养了旁边那座废墟的倒影。

传说，这就是古白狼羌国都城了，可以追溯到九百年前。废墟中曾有出土的陶俑，它们面带微笑，对历史的真相缄口不言。眼前宛如一座绿洲版的楼兰故城，但它怎样兴盛，怎样衰亡，都不得而知了。我望着那湖水，越发感觉它像是大地上的一个入口，通向那湖水中的倒影之城，那里才是一个真实而生动的世界；而我们所在的地方，反倒是虚像。

遗址看似一箭之遥，竟然又花了半个小时才走近。抚摸着那些快要风化殆尽的石块，犹如抚摸时间的枯骨。这里的生活曾被一砖一瓦建起，房间里走动着活生生的人们……饲喂牛马，战斗，繁衍；有食物，有睡梦，有祈祷，有歌声……如今只剩大地茫茫，连影子都消失了。

这里叫郭岗顶：一个汉化气息很浓的地名，与传说并不贴切。一个月以后，它就要"景区开业"了，柏油路、停车场、游客中心、绿色的摆渡车，已经一应俱全。不难想象，眼前这静谧的遗世之境，很快就会充斥着摆渡电瓶车，100 元 / 小时的骑马游，烤肠玉米可乐矿泉水，微信支付宝扫码有信号。前方，旅游开发公司已经在湖边竖好指路招牌：圆的那片是太阳湖，弯的那一片是月亮湖。

"又来了。太阳湖、月亮湖、老君山、天台山、龙门山……真的吗，就这点想象力了吗……"

"那你给这面湖取什么名字？"小伊问。

我一时语塞，想不出来。直到回来很久之后，在一次偶然查找资料的过程中，我恍然大悟："火空海！——这片湖，应该叫火空海。"

就这样，一个故事降临到我的头脑，引领我回到复魅的世界里去——

∞

很久以前，你曾独自旅行，徒步路过这里。那是你第一次踏上高原，感受剧烈的喘气声、风声，除此之外，山原壮肃，天地大静。你感觉自己迷路了。通往垭口的路，怎么也找不到。天色浑浊，看起来要下雪了。就在你慌张的时候，远处一位老牧民上山找马，和你偶遇，引领你走了一段路。

登上山顶垭口，一片海子静卧云下，像一面巨大的镜子静静置放。老向导用不太利索的汉语告诉你："传说在火空海，到了月圆之夜，真正相爱的恋人牵着手，就可以在海子中看到他们的结局。"

"只有真正相爱的人才能看见？"

"噢呀。"

"那不是天下的恋人们都想来这里看看吗？"

"年轻人哪，你还不懂，不是每个人都有勇气去眺望那个结局的。传说有许多爱侣走到了湖边，有的退缩了，有的，因为过早看到了那个不好的结局，就真的分手了。"

你心想："自我实现的预言……"

当夜，你和老牧民扎营露宿在湖边。暗夜如晦，天地间唯营火一簇。独自仰望夜空，心事如雪。你以为夜里真会下雪，但没有。

翌日天明，你最后看了一眼"火空海"，收拾帐篷下山，知道自己再也不会在这样的时刻、这样的地方，这样地思念另一个人了。

归心似箭，你风尘仆仆回到家，正渴望拥抱恋人的时候，对方却冷漠地提出了分手，说自己不想再困守在一个浪游者的身边了。

有什么东西一塌，一场无声的雪崩在心里发生。你一时无法接受，以泪挽留，诚而无用。最后，恋人经不住你的恳求，答应最后一起旅行一次，去火空海。

你没有告诉恋人，这趟旅行是为了去湖边看一看两人的真正结局。你总觉得，那个结局不会这样简单，不会就此而止。

旅途并不顺利，你们两人之间也不似从前，一路上无话可说。季节变了，景色也变了，你凭借记忆，寻找火空海，屡屡迷失。问路的时候，人们都茫然，说，这里没有什么火空海。

"怎么会没有呢，就是山顶上那个海子，那可看见预言的海子。"你不肯放弃，终于在一个月圆之夜的黄昏，再次到达了海子。

血霞如火，你牵着恋人的手，等到夜幕降临，却只在海子中看到了月亮的倒影。其余什么也没有。

你失望极了，自言自语："所以我们已经没有真正相爱了，对吧。"

恋人沉默。

第二天，你们在无奈中下山。一前一后，拖得老远。一向擅长跋山涉水的你，此刻只觉得筋疲力竭，落在后面，与汹涌的泪意苦苦抗争。你不慎被乱石绊倒，崴了脚，疼得站不起来，呆坐在原地，眼看着恋人越走越远，终于哭喊起来，回来……快回来……

恋人回头，看见你受伤，走过来搀扶。两人的目光重新相遇的时候，恋人终于问："到底为什么非要来这里？"

你把老牧民的话告诉了对方。恋人没再说话，起身背起你们的包，彼此搀扶，一瘸一拐艰难下山，寻求救助。

终于找到了上次那位老牧民的家，帐内只有一位老奶奶在挤牛奶。说起火空海的事，老奶奶笑了，说："火空海啊，原本就不是湖的名字啊，它是一种藏族传统的纪年法，指的是从公元 624 年至 1026 年之间，那 403 年的时间啊。"

你这才回想起老牧民的话，"传说在火空海，到了月圆之夜，真正相爱的恋人牵着手，就可以在海子中看到他们的结局"，原来这意味着：只有在一千多年前，在那个万物有灵的时代，古人们才能在水中见到彼此的未来。祛魅后的世界，上帝死了，神远去了，湖水也不再预言了。

老奶奶说："……你们在湖水里，不就看见了月亮吗。你们的结局，不就是月亮吗，月亮有盈有亏，但永远挂在天上，默默不言。"

你问："那您年轻的时候，也跟爱人到海子边看过吗？"

老人说："我倒是想啊……都说那片海子很美啊。但也没关系啦，不用看了，我们已经在一起一辈子啦。"

这时候才发现，老奶奶虽然双目已盲，脸上却始终挂着石头般粗粝、干净的笑容。

在回去的班车上，你与恋人肩并肩靠在一起，脸庞倒映在玻璃上，叠映于山原，目光看向远处。你们回不到火空海那个时代了，也不知道要去向哪里。你们将继续在尘世漂流，对此，月亮默默不言。

达古冰川的心

德姆拉山口

来古冰川

德格印经院的雕版库

松格玛尼石经城

一月映千江：石渠中秋

那仁森林中的梦

石渠县长沙贡玛保护区的雌性藏羚

班戈县的海子

松格玛尼石经城

石渠

山岩

噶陀寺

稻城

多城

那仁村

德钦

梅里雪山

明永冰川

亚丁

玉龙雪山

第四章

信仰与森林之间

信仰的长城

像一道雪白的城墙，忽然间被画在车窗上——不愧是雀儿山，视野臣服于它的肃穆，被迫仰视它，甚至致歉，怀疑自己误闯了某位君王的领土。都说雀儿山的意思是"鸟都飞不过去的山"，但近年来登山爱好者趋之若鹜，已将此地变成技术型山峰的最佳训练场。最顶尖的速攀者，能在七个小时内完成登顶和下撤。

美国人曾山居住在中国多年，是一名优秀的登山家，曾以开辟了雀儿山的数条攀登路线而闻名，但在某次现场演讲中，他沉痛地说："我几乎很后悔，因为雀儿山后来的攀登者太多，游客也越来越多，在山上留下了大量垃圾……我几乎觉得这是我的错。"短暂的停顿后，他将话题引向了"无痕山林"这一理念——带走你的一切垃圾，包括你的排泄物——要么正确掩埋，要么装在密封袋里，带下山。

听到这里，我想起一队日本的洞穴探险者，他们在地下河探索的时候，连小便也要装在瓶子里，带回地面。

在雪山之巅，在海底深处，在太空中，人类给这颗星球留下的印记，未免太多了一些。印象最深刻的是麦克法伦在《深时之旅》中所写的："在钾盐开采中，矿层深处的巨型开采器械工作时长极大，损耗很快，往往用不了几年就报废了；而要运出这些巨型机器不仅花费昂贵，还会占用矿石运输的时间和通道，于是人们总是将它们遗弃在废弃的矿道深处。"

很难想象几千年后的考古学家，发掘到这台地心深处的机器，发掘到我们这个时代留下的痕迹时，会做怎样的论断。——如果几千年后，仍有传统意义上的考古学存在的话。

此刻，我们就正穿梭在雀儿山的腹中：隧道长达七公里，限速仅 40 公里 / 小时。单调的黑暗，令车行速度更加显慢，几乎难以忍受，简直幻觉隧道尽头不是天地，而是另一个宇宙时空。好几首歌都放完了，隧道尽头的强烈光线忽然像洪水那样涌入，我们终于驶过了雀儿山。

这里属于沙鲁里山脉，从地形图上看，皑皑雪山纵横交错，像极了大脑的沟回。食指在地图上向北拂去，能轻易触及青海，再往西一寸，已是可可西里。顺着巴颜喀拉山的余脉往南，抚向青海与四川交界处，那里有块空白——仿佛制图者忘了给这块地方上色，仅草草标了几个藏译地名，权当初稿。

这就是石渠县。

在小伊一再强烈要求去石渠之前，我甚至从未听说过这个县的名字，更不知道它是四川省面积最大的县，位于川、青、藏三省区结合部，是雅砻江源头。石渠与成都相距1070公里，同在一个省份，却宛如完全不同的星球。这里的冬季，曾有四川最低温纪录——零下40℃。

苦寒，偏远，平均海拔4520米，网络介绍上甚至有"不适宜人类生存"这样的字眼。但我怀疑，种种不适是对内地人而言的。在当地，这里被描述为丰饶之地，被冠以"太阳部落"之名：传说在很久很久以前，一头神牦牛被冰雪禁锢在各拉丹冬雪山上，一群勇敢的康巴汉子爬上雪峰，从太阳引来了火种，使冰雪融化，从神牦牛的鼻孔中喷涌而出，从此这里有了溪、草、牛、羊……一派欣欣向荣。太阳和火，成了这里的图腾。

∞

抵达松格玛尼石经城的那个傍晚，我们已经赶了一整天的长途，有点累，也没有抱以太多的期待——我们都不是那种事先就去阅读许多文献和资料、预设太多的人。我希望为想象留有余地和空白，保持感知敏锐、自发，不受他者经验的影响，用小伊的话说，"不会带着强烈的目的性前往"。

事实证明，没有比在一个黄昏抵达松格玛尼石经墙更美妙的时机了。高原的太阳在热闹了一整天之后终于疲倦下来，光线温顺、松弛，人们也是。他们头戴擦夏藏帽，身披藏袍，摇着转经筒，口中念念有词，从我们身旁经过。整座石经墙安静得仿佛正要入梦。它简直像是一只搁浅千年、成为化石的巨鲸。我们走进了它的口腔、它的喉部，路过了它的每一根肋骨……其体内的每一块石板仿佛是细胞，活着，吞吐着，聚集成一座信仰之躯。

我们就这样活生生地走进了时间与历史，走进了一座宗教文明的遗体之内，走回了人类的童年。一种肉眼可见的永恒感——"尘世间，红尘外"的孤哀，钟声般平静的忧郁。那是风卷尘沙之声，修道院抄经者的落笔声，也是朝圣者们三步一叩的跪拜声。

"传说一世巴格活佛桑登彭措在麻木河与雅砻江交汇处碰到一个叫玛尼泽仁的刻经者。活佛非常喜欢此人刻下的一块六字真言玛尼石，就用一匹白骡做了交换。而这块石头，就成了整座石经墙的奠基石，"小伊走在我身后，读起这里的传说，"此后的人们不断在此堆垒更多的祈福与感恩，一块孤独的石头由此变成玛尼堆，再后来，变成玛尼墙……"

三百多年来，石经墙就这样层层生长，至今已绵延三公里，成为一段信仰的长城。它已历经三次大规模整改，与最初的状貌不甚相同。"以最坚固不朽的，隐喻最虚无幻灭的。"我暗暗这么想着，用脚步丈量此地的寂静。

"旧时，松格玛尼石经墙有善墙和恶墙之分，如今已不再……"读到这一句的时候，小伊停下脚步，"善墙！与恶墙！"我们都为这一意象惊呼不已，停下脚步，一转身，更惊讶的一幕发生了。

一轮辉煌的圆月，正从一百零八座佛塔之间升起……宛如夜间升起的太阳，某种神迹。那一刻，黑夜与白塔相间相衬，令夜空化作一排黑白琴键，月与疏星在演奏着什么，也许是一曲德彪西。我们被施了咒语般，怔怔定在原地，目送月神路过人间。

月与星，流动着；善墙与恶墙，转经的人们，也在眼前流动着。"顶果钦哲仁波切说：'我们心的本质是自然的流动，但是一遇到内在和外在的事物，它就开始抓取，然后发生漩涡。它认为自己是那个漩涡，忘记了自己是整条溪流。'"白朗文章里的这句引用，让我们回味不止。一路上就这样读着，走着，绕着石经墙散步，直到夜深人静，月盈星疏。

夜深了，仍有许多藏族信众在绕着石经墙转经。大人带着孩子，沉默、坚定、从容，一圈，又一圈。没有人计较从墙头到墙尾来回多少次，是多少公里，他们只是用这样的方式度过漫漫长夜。

在善墙与恶墙，此岸与彼岸，日与夜之间，生活流动着。远方放羊的人们依然放羊，近处种花的人们依然种花。转山的人们依旧转山，耕种的人们依旧耕种。一想到这人生海海，每种活法都自有出路，我感到痛苦也是有浮力的。一个人即使陷入《荒原狼》式的困境，被孤独的瀑布打入漩涡之底，也能在结局之处，抵达和解与松弛，被漩涡的离心力托起，回归生活的长流。

多年后，将如何回忆在石渠度过的那个中秋节呢？

是夜归时，路过石桥，只见天心一月，灿如夜阳。银辉下，清溪四叠，映月四重。佛家所言"一月映千江"，不过如此了。

站在桥上赏月，默默无言，心事委婉。瑞典语中有个词叫mångata，字面意思是"月光之路"。望着这江面月痕，想起夏目漱石的名译，"月が綺麗ですね"[1]，浅怅深惆，不知所言。

那一刻，我已化身千江之底的一枚沙砾，任由月色涟漪一遍遍刷洗。

∞

长沙贡玛保护区，是石渠中的石渠——西北以北，偏远之远。听巡护员李八斤说那里"遍地都是野生动物"，为此我们专门带上了望远镜。

刚刚离开石渠县中心，铺装水泥路还没有结束，眼角余光

---

[1] 据说夏目漱石在与学生讨论如何翻译"I love you"时，他认为日本人婉转含蓄，说"今晚月色真美"为妙。月亮（月）的日语发音是"Tsuki"，喜欢（好き）的发音是"Suki"，亦有音韵上的接近。

中就闪过了一个什么影子——藏酋狐——我压低声音惊叹，搂着小伊的肩膀要她往左边看。"哪儿？哪儿？"她几乎是弹坐起来，四处寻找——就在马路左侧的草坡上，一只棕灰色皮毛的小家伙，方脸，小眼儿，滑稽又可爱，大大方方与我们错肩而过，不时回头看我们。

小伊放下望远镜，又端起相机对焦，一时间手忙脚乱，只恨眼睛不够，手也不够。那只藏酋狐似乎见过不少世面，十分从容地在草间小跑，迎面一辆摩托车驶来，也没有慌张。

等它的身影终于消失在草海，小伊才深深呼出一口气，放下了相机。就在刚才，她长久地憋住呼吸，稳住镜头，对焦，几乎缺氧得头晕了。

海拔 4500 米，驶过"长沙贡玛自然保护区"大门，高原草甸地貌扑面而来了。车辙印横七竖八，像是巨幅抽象画的笔触，通向牧民的帐篷。曾几何时，牧民早上骑马穿过草地，回来之后鞋面都会湿透。如今即便人不骑马，走在草地上，也不能将鞋打湿了。退化的牧场，露水没有了。摩托车代替了马匹。土地板结，荒漠化十分严重。

2003 年，石渠县退牧还草，在电线杆上架设人工巢穴，吸引老鹰筑巢繁衍捕鼠。但眼下所见，恐怕治理速度跟不上恶化速度：遍地都是高原鼠兔、喜马拉雅旱獭、青海田鼠、长尾仓鼠。它们快速地窜来窜去，无影小腿似昆虫般敏捷，从一个鼠洞到另一个鼠洞，密密匝匝。据统计，石渠县3200多万亩草地，平均每亩草地有鼠8.3只，最高的达每亩28只，密度令人担忧。

所谓"遍地都是野生动物"，该不会说的是鼠类吧……我们忧心忡忡地，沿着土路继续朝深处而去。

∞

第一群藏野驴出现在视野的时候，我们简直不敢相信如此走运。它们的身体健美，优雅而挺拔，毛色与草地十分接近，就像这片大地的孩子。它们紧紧靠在一起，警觉地望着我们，雕塑般站着一动不动。

我们也一动不动，悄悄地远远停下来。我举着望远镜，为了防抖而屏住呼吸，谁都没再说话，耳边只有小伊摁下的快门声，咔嚓，咔嚓，咔嚓。

不经意间，往马路的对面一看，这才发现右边的山坡上还站着更大一群藏野驴。左边这一小群，是想穿过马路去跟它们会合的。穿过这条马路，对它们来说似乎是个艰巨的挑战。据说马路——尤其是柏油马路——在偶蹄类野生动物的视觉里，有时候看上去像河。它们会像涉水似的，小心翼翼，高高迈起蹄子，跨出步伐，试探着摸索过马路。

很长时间过去了，见我们迟迟没有动静，这几只落单的藏野驴终于鼓足勇气，开始过马路，去另一边。我们拍到了它们从我们前方跑过去的情形，姿态匆忙，似乎带着巨大决心。也正是这时候才发现，藏野驴奔跑的姿态不像马那样四蹄分驰，而是两只前蹄同时扬起，后蹄同时落下，像同手同脚蹦跶的小孩，滑稽可爱，令人几乎想要拥抱它们。直到它们彻底远去，我们才依依不舍，继续前行。

本以为今日的运气到此为止，没想到李八斤前辈所言不虚。那短短一天，我似乎把前半生所能遇见的野生动物都遇尽了——成群结队的藏野驴、藏原羚、藏羚羊——它们三三两两，或坐，或卧，有时甚至就在家畜羊群的旁边，静静吃草；偶尔还能抓拍到藏酋狐与它们同框的照片，足以令我们兴奋好久。永远都不能忘记藏原羚那白色的心形小屁股，可爱得像一团不小心沾上的奶油蛋糕，而藏羚羊那对细细长长的犄角，优雅如京剧演员头冠上的翎毛。

最后的一段回程中，我们甚至在很远很远的山头上，发现了一只穿山甲。它那么孤独地爬行着，像一只蚂蚁在翻越沙丘。举起望远镜，久久凝视它爬行：它有着怎样的父母，怎样的一生？它疼痛吗？孤独吗？快乐吗？我与这只穿山甲同为这颗星球上的碳基生物，但它之于我，犹如一切动物之于人类，是彻头彻尾的"他者"，恰如女性与男性，互为他者；东方与西方，互为他者。

我们都不能真正地、切肤地，理解他者。如同我并不能真正理解一只穿山甲的一生。但只有当我们相遇，深情、平等地凝视他者，抛开占有、操纵，仅做深情的互相凝视，爱才会发生。爱是平等的互相凝视。

在石渠，我无数次眺望没有人烟的茫茫荒原，野生动物的身影在长长的天空之下，那么小，那么静，一动不动，像是草木一般安宁。这种原始的美好带来一种原始的痛苦，如同用某种快进的速度眺望历史：石器。青铜器。长城。神殿。城堡。火枪。教堂。壁画。蒸汽机。艺术。工业革命。世界大战——第一次第二次。数字化。虚拟化。元宇宙。一切都有过了，但也都消失了。

消失成一张彻底过曝的白照片。一组白噪音。

眼前回归寂静的童年。一只穿山甲的童年。一头藏原羚的童年。一个人类的童年，或者这颗星球还年轻的时候。在那样荒凉的眺望中，会感觉自己成了这颗星球上最后的人类，最后两个，之一。这种熟悉的感觉又出现了：文明要么还未诞生，要么就是一切已经结束。我们终于成了真正的局外者，末日就在眼前，洪荒惊雷滚滚而来，该惩罚的已被惩罚，该幸存的尚未幸存，但一定不是我——不该是我们。

不要再搭乘方舟了。方舟属于旷野上的它们，属于眼前这只美丽的藏原羚。

回去的路上，斜阳镶嵌在地平线，光芒万丈。大地一片赤色，万古时空生了锈。远处，帐篷、房屋和车辆已经依稀可见了……我们告别了最后一群藏原羚，即将回到俗世。它们的身影已经化为了逆光的幻影，连同这伤痕累累的草原，都消失在落日中。那一刻我仿佛亲眼看到了宇宙的红移：一切都在膨胀，一切都在远离，光在远离，恒星在远离，行星、尘埃、时空……坛城灰飞烟灭，也在远离。

为一种永别般的痛苦，我热泪盈眶。

∞

"要磕长头吗，要磕长头吗……"一个稚嫩的声音传来，似乎是针对我的。四顾无人，低下头，才发现是个小姑娘。她的鼻涕皴皲了皮肤，唇角干裂，外套单薄脏旧，细细裤腿露出脚踝，看上去很冷的样子。在她身旁，还有一个小弟弟。

见我没有接话，她继续重复着："要磕长头吗，我可以帮你磕长头，十五块钱一个。"

十五块钱一个的长头——我惊呆了——真的会有人雇一个孩子，以十五元一个的价格，代磕长头吗？这里可是松格玛尼石经城，朝圣之地，传说格萨尔史诗时代纪念阵亡将士的寄魂城。我没有办法把这么震撼、苍古的人间坛城，与"十五块钱一个的长头"联系起来。小姑娘眼睛那么清澈，不知道为什么她在人群中选中了我们——但放眼四周，确实也几乎没有别的游客了。本地藏族人穿戴郑重，一圈一圈围绕着石经城转经。他们步伐坚定、从容，口中诵经，手摇转经筒。在他们头顶上，天空无风，无云，飘着一只鹰。阳光如此坦然，他们和那只鹰，也一样坦然。

我走向旁边的长椅，坐了下来。小姑娘和弟弟也跟上来了，她的汉语非常好。她说："我爷爷在成都。我去过成都。"那份骄傲的语气，仿佛是在谈论上海、巴黎或纽约。

她的名字叫卓玛，十岁了，没有上学。汉语是姐姐教的，家里还有七八个兄弟姐妹。最大的，二十多岁了。

"那你身边这个弟弟就是最小的吗？"我问。

"不是。家里还有个这么小的。"她比画了一个小猫那么大的形状。

"那你的家在哪里？"

她朝着公路入口处的棚屋区指了指："就在那里。"

传说中的寄魂城被迫与后现代语境尴尬相遇：原本遗世孑立的石经城，如今被一层层棚屋和帐篷围绕着，信众们就驻扎在这圣地的旁边。他们大都以贩卖石刻或旅游纪念品为生。

我从来没想到，过去只在纪录片里见识过的情景，能在这里亲眼见到。棚屋一个个灰头土脸，挤挤挨挨地凑在一起，门口坑坑洼洼，想必雨天泥泞不堪，旱日又尘土飞扬。孩子们的头发蓬乱如枯草，一张张晒黑的小花脸，面貌模糊，衣着简陋，一目了然的赤贫。

赤贫，但是人们习以为常，泰然处之，他们的余光瞟向外来游客的时候，甚至带有一种中立的傲慢。世俗世界的林林总总，好像不被他们放在眼里。如同古代苦修的托钵僧般：来这里生活的人们，就是为了靠近这座石经城而已。

卓玛说，他们家没有牛羊。

"那你们用什么谋生呢？"我问完才意识到，她这么小，也许还不能理解谋生这个词的含义。

她说："卖东西。"

一个身材壮硕的男游客，在公路入口处停下车，掏出了无人机放飞，俯拍整座石经城。小姑娘却并没有走上前靠近他，去问要不要磕长头。她也没有继续缠着我们。她从石经城某一块神龛中，刮出一些色彩糖果般的小石头送给我们。我们收下了，然后犹豫着该如何回馈她——不是舍不得付钱，而是某种圣洁的语境下，我们都不想用钞票这种简单粗暴的东西打发她。

但是看着小姑娘走开，我突然于心不忍，想到车上有些食物可以赠送，便又追上去问："你喜欢吃什么东西？"我以为她要说巧克力、饼干、糖果什么的。

没想到她说："苹果。香蕉……橘子。"

我心下一紧："好的，一会儿你就在出口，等等我。"

卓玛没有点头也没有摇头，似乎对这种空荡荡的许诺司空见惯，不抱有期待。她牵着弟弟走开了。我和小伊起身，重新围绕石经城，顺时针慢慢走完九圈。阳光普照。我们谁也没有再说话。

临走前，我终于在人群中找到了卓玛，将苹果和橙子，还有其他所有食物都送给了她。她开心得甚至忘了说话，只是牵着弟弟的手，一直对我们挥手，告别。

石经城在后视镜里退去。我们即将回到纯粹的世俗语境里去：那里繁华又残酷，在那里，你拥有什么，你便是什么。你是你所拥有的。

而在松格玛尼石经城，我看见了一无所有。看见自在，遥远。看见对无常的无所谓与无畏。你不是你所拥有的。你只是你。

∞

细雨纷扬，国道无车，我们犹如滑行在黑色的绸缎上。松格玛尼城在我们身后消逝。我感到空气凝固着，中立而复杂的沉默，就像刚刚看完一场震撼的电影，从黑暗影厅里走出，一时间没有办法回过神来。后来的某一瞬间，车里的音乐自动跳到了陈奕迅的《十年》，我与小伊谁也没有说话，安安静静听着，忽然两个人都泪如雨下，怎么也止不住。很多年没有听到过这首歌了，而此时此地，离那个灯红酒绿、伤情苦意的世界如此遥远，却有什么无形之手，从那逝去的十年中散逸出来，密捕了我们。

如果每个人都因爱而痛苦，为什么不试着让它变成一件纯粹快乐的事呢。问题大约出在人之爱本身吧。人性的褶皱，容不下爱这么复杂的海洋。

世上因此有了宗教。

英国作家、神学家C.S.路易斯在《痛苦的奥秘》中探讨信仰的起源：

> ……当快乐存在时，人因担心失去快乐而痛苦，一旦失去快乐，人又会因为回忆快乐而痛苦……我们天天感知这个苦难世界，却要相信一个美好的确据——最终，现实将充满公义和仁慈，正因为如此，痛苦才成为问题。

但通过信仰解决问题的努力太过漫长、艰巨，人又总是倾向于寻求捷径，比如：十五块钱一个的长头。

∞

回到县城的时间是下午。阳光剧烈，扬尘四起，坏掉的路灯，没有井盖的下水孔，积着污水的路边坑。我们仿佛紧紧攥着坛城幻灭的最后一抹尘埃，不肯回到现实；心血来潮决定买上啤酒，藏藏掖掖地装进背包，登上色须寺后面的山坡。

转经的本地人大概极少见到外人跑到这里来，纷纷把目光投向我们。那些目光总是看得人发直。没有善意，也没有恶意。不恐惧，也无意攻击，或取悦。只是凝望着你。在森林中与俊美的野兽相遇时，也见过这种眼神。

在高处俯瞰：寺庙的屋顶，像电影结束前的最后一幕静帧，停在那里，等待字幕渐渐浮现。一座县城，棋盘一般静置云下，远处溪水蜿蜒，野餐的人们正收拾地毯离开⋯⋯更远处，依稀的人居亮起几豆昏灯，每一扇窗都正发生着一些生活场景：劈柴喂马，粮食，蔬菜；点灯，祈祷，生火做饭。这是没有剧情、无始无终的生活电影。世界任何角落，都发生着。

傍晚不知不觉就降临了。一道彩虹降临在寺庙屋顶上，俨然神迹。我们怔怔站着，守着彩虹散去，直到夜色降临，还舍不得离开。在那个山坡上，从下午待到了深夜，就着一轮在云中游弋、时隐时现的月亮，我们一人点一首歌，连续不断地播放下去，直到所有的酒都喝完了，雨绝，风停，热泪也终于平息。

那天的每一首歌，都映射着某块记忆碎片。曾记得在城市的深夜，酒酣耳热之际，老朋友 M 问我："知道爱是什么吗？"

"我不知道。"我回答，"你呢？"

"我太他妈知道了。"M 放下杯子，笑了起来。

"那你说。"

"爱是把他人放到自己之前。"

"你觉得呢？"此刻我问小伊同样的问题。

"爱是……"小伊停顿良久，说，"知道了，便知道了。"

　　"什么？"

　　"爱就是，一旦知道了，便知道了。"她又重复了一遍。

　　眼前的意境恰如废名的诗句："一天好月照澈一溪哀意。"那是今生不再的夜晚。我知道我不会忘记。

山岩

仿佛是开膛破肚，肠子扯了一地——山路呈现出几近残忍的蜿蜒——我们就行驶在高山的肠道中。每一道拐弯都看似绝路，猛地折向虚空，转身又复一重山。道旁是万丈绝谷，对面站着铁青色的岩峰，冷眼望着我们：这里不恩允生命，一目了然的严酷。风清鸟寂，云低山高，摄人心魄的遗世之感，压迫得我喘不过气来。

离开石渠，我们已回到金沙江河谷。这里叫山岩，也称三岩，位于川藏交界的边缘地带，既是地域概念，也是一个族群的名称。清末边军统领刘赞廷在《边藏刍言》中描述此地，"崇山叠耸，沟溪环绕，森林绝谷，出入鸟道，形势危险"，绝非虚言。

据说这里还保留着古老的部落结构，称"戈巴"，是原始父系社会的遗存。戈巴成员仅由男性组成，集体议事——从某位女性丧偶者的家事，到与其他部落之间的争斗，以及收获分配——都由这些所谓的"勇士元老团"开会决定。

"当然了，男的主事儿，一大后果就是民风彪悍、好战好斗，部落之间争夺不断，而复仇被视作一种义务和光荣。但是冤冤相报，男的要是在外面晃荡，难免会遇到仇家突袭，所以他们一般躲在家里，外出干活儿的、耕作的，反而是女性，"来之前，一位研究过当地文化的朋友就介绍说，"这里是'女耕男织'，女性包揽了外出劳作、打水、烧柴……所有重体力活儿。"

但稍微细想一下，那些自诩彪悍的男人们是不可能乐于"在家做针线活儿"的。他们不过是聚在家里喝酒、吹牛罢了。所谓"勇士元老团"这套男性叙事，不过是一种父权制霸权的建构。

和某些条件原始、生活艰苦的藏区一样，这里也实行一妻多夫制。这种独特的婚姻形制在藏族地区并不罕见：因为条件过于艰苦，兄弟们若是成家后分家，会导致劳动力不够，财产分散，根本无法生存。而兄弟共妻，能保证一家人财产完整，劳力充足。但在这样艰难的生活条件下，妻子要照顾更多家人，承担更繁重的家务、体力劳动，除了生育孩子，还要公平地对待每个丈夫——这无论从心理还是生理上，都绝对谈不上是轻松的事。

入山已两个小时了，路上一辆来车都没有。我几乎开始担心油量。碎石窄路紧逼悬崖，对面的山体如此陡峭，以至于悬挂其间的一道道流水，不知该被称作溪涧，还是瀑布。

沿路铺设的电线杆，表明这条路的尽头或许真有人烟。我们将信将疑地，沿着它一米一米探向未知，把它视作生命线，仿佛救命的阿里阿德涅线团①。

数不清多少个弯过后，我们突然被眼前的情形震惊了：在几近山顶的高处，一道岩石构成的巨虹，中空一拱，形成一座天生桥；褪色的古老经幡在桥下随风摇扬，神迹般令人惊叹。岩壁上似乎另有修行洞，隐隐诵经之声传来，似有若无。我们站在剧烈的阳光下仰望这神迹，几乎感觉落入另一重现实。

在这片神迹短暂地休息过后，又是两个小时的山路。就在我们被无尽蜿蜒折磨得快要失去耐心的时候，终于盘上了最后的山顶：一组古老的藏式土夯民居散落在山间的坝子上，与大地同色，无任何点缀，不知是废弃了，还是尚有人居住。那无疑就是山岩部落了。

即使近在眼前，仍要再下降几十道发夹弯才能抵达村中——我一想到原路返回的时候，所有的弯道还要再走一遍，切肤体会到什么叫"与世隔绝"。

整个村落仿佛被洗劫过一般寂静，人烟寥寥。田野间的确

---

① 古希腊神话故事。米诺斯国王的女儿阿里阿德涅，边走边释放线团，寻得指引，帮助自己的爱人走出米诺斯迷宫。线团因此成为在迷宫中寻找方向的隐喻。——编者注

只有妇女在劳作，背着背篓，因为沉重而上身前倾，侧过头打量我们，但并不停下脚步。

热辣辣的阳光咬着后脖子，发烫，几乎疼。我们急迫地想找一处阴凉之地休息、野餐。刚刚走到墙根下，突然蹿出一只藏獒，凶狠地咆哮。小伊说："幸亏拴着铁链子，它几乎就是跳起来，冲着你的后背直接扑过来的。"

我们狼狈地走开，远远离开它的范围，终于找到一处安静的树荫。尽管是路边，但树荫清凉，视野开阔，正对遥远的山谷，灰蓝轮廓层层叠叠淡入云际。

饿坏了。我们配合默契，拿出椅子，点火烧水，切下黄瓜和番茄，煮了方便面。不到十分钟，就能吃上一顿热食了。就在揭开锅盖，一股香气飘来时，摩托车的声音也飘来了。一个村民路过我们，灰尘席卷而来，我们重新扣上锅盖碗筷。

"你们是记者吗？"他问。

"什么？"

"记者。"

"不，我们不是记者。我们就只是来玩的。"

村民看着我们不说话，他的眼神好像暂停了似的，一种动物般的纯粹和直接。我试图问他关于父系氏族部落的问题，但担心这样会真的显得"很像记者"，更何况语言障碍让我们无法深入交流：这里的人都不太讲汉语了。

他看上去没有离开的意思，持续注视着我们野餐，我有种在被迫表演吃饭的感觉，不太自在，于是想了一个办法："大哥，您要来尝尝我们的面吗？来，一起吃一点吧。"

　　"不，不要了。"他立刻蹬了一脚油门，骑着摩托车离开了。

"没有时间谈论太阳"

云帆坚持要下山来接我们，无论怎么推辞都没有用。

她说："不行，不行，这不是客气，这是安全问题。"

上山后发现，虽然地势险峻，但路面宽敞、平坦，而且是硬化铺装，算是极好的山路了。我为她的好心更加过意不去。这条道路通向的村庄叫"那仁村"，是山水自然保护中心的社区保护地之一，位于云南省迪庆州德钦县羊拉乡，金沙江西岸。放眼望去，教科书一般的"干热河谷"地貌：群山仿佛被常年日光晒脱了皮一般，裸剩一片土黄色，有种风沙擦拭过后的粗粝。河谷深切，焚风效应显著：越是河谷下方，越是干燥炎热，灌丛越稀疏，几乎只剩裸岩；反倒是随着海拔升高，在三千米以上的山脊、山坡上，温度和水湿条件才满足乔木的生长，出现针叶林——这就是"倒置的垂直地带性"。

"村里条件艰苦，你们多担待。"

"没关系没关系，我们知道。"

"可能有……那个，有跳蚤……"

简陋或不能洗澡都是预料中的，至于……跳蚤，我们努力镇定自己，没有再说话。想到云帆已经为那仁项目工作了两年，在村民家里一驻留就是几个月，我们待上几天，有什么资格娇气。

"这是一个很团结的村落，"她介绍道，"很讲平均，很讲民主；谁家要结婚，摆宴席，送礼啥的，都不准超过一定数额，不准炫富，都要一样；买摩托车了，电视机了，全村人都要有，大家都买。这样的规则有好处，也有坏处，比如一件事，非要100%的投票同意才能进行，那太难了，根本不现实嘛，所以很多事也耽搁下来。"

这样的事例并不少见：我们去的那几天赶上"乡村之眼"影像计划正在村里进行，摄影老师给村民们培训摄影技术，"但大家就说，相机不能只给某些人，每人都要有"。这令云帆十分为难："不现实啊，相机就只有那么几台，不可能给到每个人，只能选几个年轻的、学习能力强的，着重培养。"

∞

抵达海拔三千多米的那仁村，终于见到了一点绿树，也见到了麦田。"那"在藏语中意思是天，"仁"是地。那仁村也就是"天地村"了吧，我琢磨着这个地名，眺望着更高更远的山顶上，最后那片逃过浩劫的原始森林。

在 20 世纪六七十年代公社时期，大跃进式的砍伐，使德钦县大量森林化为木材，所幸那仁村因为太过偏远，运输不便，部分原始森林才得以保留。尽管如此，那仁村周围的树木也都被砍了用作建房、烧柴，植被所剩无几。

"70 年代末，这里有一次大暴雨，严重的滑坡、泥石流，水田全被毁掉，颗粒无收，洪灾过后又是旱灾，整整两年，"云帆说道，"很多村民开始意识到，森林的砍伐会带来什么样的后果。"

"生态难民"不只是人类，也包括动物。90 年代初，白马雪山森林保护区内，曾有一个叫"吾牙普牙"的片区森林发生病虫害，导致那里的滇金丝猴生存受到威胁。治理的过程中，农药污染严重；雪上加霜的是，一条贯穿此区域的公路工程彻底毁了猴群的生境。它们成了"生态难民"，被迫向北迁移，到那仁村附近这一带生存。

白马雪山保护区也曾试图将这一群滇金丝猴重新迁回吾牙普牙。承担这一任务的，就包括鲁茸叔。当年他还很年轻，是白马雪山保护区最有经验的巡护员，一个人在深山待了近三个星期，风餐露宿，翻山越岭，持续追随着这群滇金丝猴，用丢石头、制造声响等方式，驱赶并引导它们回到吾牙普牙。这段传奇经历成了云帆一路上津津乐道的故事，而我很难想象一个人如何在幽闭阴暗的原始森林里，熬过日日夜夜——没有任何路，密林如网，如何分辨方向？暴雨、浓雾的时候，如何保暖？那可是真正的野外生存考验啊。何况还有任务在身——时刻追随在树梢间腾跃的猴群。据说鲁茸叔只带了一张塑料毡子，夜里席地而睡，下雨了展开遮身；至于吃饭，就靠身上背着的一点干粮；偶尔万一碰到一户人家，就蹭上一些热食。

　　但是迁地保护并不奏效，"仅仅二十多天的时间，这群猴子又重回到了那仁境内"，如此看来，就地保护才是解决之道。1998 年后，随着生态环境保护得到重视，那仁的村民们重新拾起传统，"不杀生""不滥伐"，在山水等 NGO 的帮助下，进行滇金丝猴栖息地巡护监测工作，开启了社区保护的先河。

∞

　　在我的想象里，擅长硬核野外生存的鲁茸叔必定是个膀大腰圆的汉子，没想到见到他的时候，其样貌儒雅而瘦削，十分英俊，颇似藏族版的张震。他戴着一顶皮帽子，气质高贵，语速缓慢，待人温和又诚恳。

　　但如此斯文的外表下，他的硬骨头做派却名声在外，"非常刚"。十年前，邻近的村庄都纷纷按照政府要求，从山上迁移到了山下；唯独那仁村，仅往低处迁了两公里，就不再下迁。

　　只需对比干热河谷底下的荒凉和贫瘠，再看看山脊上的牧场和森林何等肥沃优美，便完全可以理解为什么那仁村人不愿意往下迁徙了。鲁茸叔在第二天特意带我们上山，到那仁村的原始森林去看看。

在高山牧场，当年的老式藏寨都被废弃了，屋顶和土墙变成大地的颜色，几乎要与之融为一体。时值 5 月，草甸还没有返青，牦牛散落四野，挂着零星几朵牛铃之声，音清如瓷，像是很古的俳句，一两声，亘古的时间之涟漪，天地因此显得更静了。远处神山负雪，连绵如歌；森林是两只墨绿色的手掌，环过来，珍捧着这一块天堂般的大坝子。空气中弥漫着一股暗针叶林独有的香气，我抱着那些胸径一米多的大树，不肯放手。

鲁茸叔走近一座几近坍圮的旧居，抚摸着那门廊上的椽子、楣、柱，说："这是十八岁那年，我亲自建的房子。"

废弃多年的老房子里面幽暗、低矮，人一进去，会自觉弯腰，对时间低头。一楼仍铺着深深的牧草，是牲畜睡觉的地方；二楼是人住的地方，挂着些许锅碗瓢盆，与木色同黑；三楼，是供奉神明的地方，破漏的屋顶直露天光。畜、人、神，共居一所，我咀嚼着其中微妙的奥义，深有洞明。

离开老村子，鲁茸叔带我们去看正在建造的自然体验中心。工地上，都是本地村民在干活儿。他们轮流上工，有钱出钱，没钱出力，盼着它建好之后能开展旅游，也吸引本地年轻人回家来创业。鲁茸叔对我感慨："年轻一代早就不会盖房子了，好不容易供他上了大学，他就自由恋爱去了，毕业了就住在城里，什么也不干，家里出钱养着，年年考公务员，考了五年还不行，继续考。"传统的凝聚力正在一点点溃散，年轻一代越来越迷茫和无能，鲁茸叔看不下去，一心想要在家乡创造机会，吸引年轻人回来扎根。据说当年安缦酒店某建筑设计师都曾来那仁村一游，因为太喜欢这里的高山风景，给那仁村画过一张顶奢酒店概念图。还有许多有钱老板来考察了一圈，无不感慨"你们这里太美了""以后来搞旅游开发"之类。但人一走，一切也就成了空谈，再无下文。鲁茸叔失望多次过后，干脆咬咬牙，动员村民们自己干。但在这个无比强调公平和民主的村里，光是动员，就花了两三年，好不容易齐心协力，集了资，开了工，又遇上一些审批的周折，耽搁下来；再加上资金一再匮乏，修一阵停一阵；所谓一鼓作气，再而衰，三而竭，如此波折不断，搞得民众激情反复受到打击，每一次重整旗鼓都难上加难。

如今，工程的修建总算步入正轨，已初具规模。地基和木梁都搭好了，一排墙基坐北朝南，窗框正对着茫茫山谷，梦想的骨架正被一砖一瓦填满血肉。云帆和鲁茸叔都期待着这个"举全村之力"的项目能够顺利生根发芽，但一想到茫茫前途，以及运营的艰难，不由得替他们捏一把汗。

同行的伙伴中有医生，工地上的村民们知道后，纷纷围过来，有的甚至让家人送来了自己的 X 光片，求医问诊。因为普遍的重体力劳动，他们的膝盖和手指几乎都有严重的关节炎，小腿静脉曲张。村里医疗条件落后，慢性疼痛折磨着他们，却又因为无法停止劳动去休养，健康状况继续恶化。大家似乎在看过医生之后，得到些许心理安慰，一边说着谢谢，一边继续干活儿去了。

∞

接了一个电话之后，鲁茸叔明显显得焦虑不安，嘱咐我们原路返回，便提前匆匆离开了。

等我们下山回到他家，堂屋里坐着许多人。云帆一脸表情沉重；鲁茸叔和他的儿子，还有几个村上骨干，焦虑地用藏语商量着什么。后来我们才知道，当天，县上有人来进行环保督察，看见了村里正在建设的自然体验中心，非常不悦，说那块地属于"二级林地"，是违法修建，必须叫停。

鲁茸叔急得眉头皱成川字，反复争辩着："那块地一棵树都没有，荒了几代人了，就是村边上的一块空地，放牧都没用，怎么就成了二级林地了，这简直太荒谬了……"他非常担心这一叫停，民众信心再次受挫，再想启动工程几乎就不可能了，而且那么多崭新的木梁："刚刚搭建好，露天的，不早早盖顶，木头就这么风吹日晒，朽了，坏了，白白浪费，多可惜啊！"

有人劝道："这眼下是环保督察组巡查期，各地基层都十分紧张，项目先停一停，回头再去跟上面好好商量，耐心解释，总有办法的。这个项目当初已经通过了审核，响应乡村建设，领导们都能理解的，修了这么久了，突然叫停，也没有道理。"

在灯光昏暗的堂屋里，众人就这么七嘴八舌，商量来商量去，时而激动，时而劝阻，再置身事外的人，也难免感到心焦力瘁……可想而知这几年，鲁茸叔多么不容易。几个小时过去，大家都疲惫不堪，事情依然毫无头绪，除了暂停，想不出任何办法。鲁茸叔忽然转过头对我说："对不起啊！招待不周！遇上这样的事，我们都急了，照顾不过来，实在影响了你，多多担待……"

我被他的体贴和诚恳震惊了，连连解释说不必这样："我们大家也都很担心，却又不知道能帮得上什么……"

某种巨大的无力感笼罩了我：除了亲眼看见一场困局，我在此的意义是什么？能做什么？当一个人感到自己如此有限、如此无力的时刻，任何意义与希望都变得渺茫，只剩下沼泽般的无助感。

那个夜里大家都闷闷不乐地睡去。有一位同伴的手上被跳蚤臭虫之类的咬出了一串红包，瘙痒难忍。而我因为捂得严严实实，好像没有遭殃。很担心头发或衣物上不小心带了这些小生物回家，却又觉得这种焦虑和鲁茸叔的心事相比，不足挂齿。那夜我几乎失眠，凌晨披上外套出门上厕所，溜达。头顶的星空那么清澈、优雅，一种遥远的冷静。它们可曾目睹我们的渺小与无力？星空可曾也思考过虚无？

也许，读万卷书、行万里路的意义正在于此：就连"无力"这种体会，也是需要亲眼看见，设身处地才能感同身受的。来到这座村庄，不是我能改变什么，而是有什么东西会改变我——关于知其不可为而为之的勇气，存在主义式的自觉——一个人，是被自己的行为所定义的。意义在于行为本身，无论是否有结果。

∞

最后那天上午，云帆带我们去萨勇村看看。萨勇村曾经也有着森林、牧场；现在水库和电站正在如火如荼地修建，重型卡车来往作业，沙尘四起，路基沿线的森林化为一片弃渣场。我们痛心疾首，又无可奈何。

司机品珠是个本地藏族小伙子，一路上对我们回忆着童年往事，说眼前这条路曾经是他们的上学路，每逢放假，勾肩搭背的孩子们要足足走上一整天，才能回到家。长大后他外出做生意，什么都干过，在校门口开奶茶店，开酒吧，也卖过虫草，挣了一点钱，现在回老家来了。

路况十分糟糕，炮弹坑一个接一个，我们坐在他的哈弗SUV里摇晃不止，他干脆放上了很大声的重金属音乐，一边喊着"摇起来！"，一边单手打盘转弯，开得飞快。

萨勇村的山顶有一座古老的喇嘛庙，参与"乡村之眼"影像计划的村民们也要去那里实习拍摄。我们到达后，按照习俗绕着喇嘛庙顺时针转了三圈。村民们开始煨桑①，高亢的歌声随着蓝色的烟雾腾起，经文和祷词一起升到天空中去了。

喇嘛庙内尚存壁画，百年烟熏火燎后，从屋顶到地面，通体发黑；借着依稀酥油灯光，能辨认出那壁画中有虎，有佛⋯⋯小伊久久待在那个古旧的佛堂中，一圈一圈推动转经筒。

正是站在这寺庙前的时候，云帆郑重地推荐说："萨勇村出了一位1987年生的藏族作家，笔名此称，写得极好，他的作品集叫《没时间谈论太阳》，你们可以读读。"

为此，小伊专门去到县城书店，买了四本《没时间谈论太阳》，除了各留下一本，其余赠予朋友。翻开同名短篇小说，结尾处是这样的：

狗不再吠了，风不再吹了，只听见从板缝里四面而入的家人细微的鼾声。

"太阳每天从东山移动到西山，并且日复一日，你认为其中蕴藏着什么样的宇宙逻辑？有时候在白天也能看见月亮，你认为其中蕴藏着什么样的空间逻辑？"

"不早啦，兄弟扎西，没有时间谈论太阳，我们睡觉吧。"罗布酒气腾腾地说。于是他们真的睡觉了。

离别的时刻终究是到了。鲁茸叔悄悄给我们每人塞上了整整

---

① 用松柏枝焚起霭霭烟雾，是藏族祭天地诸神的仪式。——编者注

一大袋苹果干、核桃，嘱咐我们以后等季节暖了再来。院子里阳光剧烈，我们把苹果干抱在怀里，一起合了几张影。鲁茸叔牢牢地笑着，站在我们中间，双肩承着太阳，眉目爽朗，完全看不出正被无可奈何的心事折磨着：叫停的项目、消失的森林、远去的年轻人……也许塞翁失马，焉知非福，麻烦自会解决麻烦本身，他能做的，已经做尽了。

沿着来时的路，一弯一弯地下山。金沙江峡谷的烈日在山体上刻下一条分明的阴影线，仿佛情绪起伏，正诉说着什么。很难想象这样单调的视野，却诞生了彩色的民歌，恰如云帆非常喜欢的那首本地传统弦子所唱的：

> 我喜欢白色上面再加一点白，
> 就像白色的雏鹰飞落在白色的岩山上。
> 我喜欢绿色上面再加一点绿，
> 就像绿色的鹦鹉栖落在绿色的核桃树上。
> 我喜欢红色上面再加一点红，
> 就像红色的孔雀停落在红檀木上。
> ……

森林：未来图书馆

　　在一次对谈节目中，丹麦导演拉斯·冯·提尔说，"森林乃痛苦之最"，我一直无法体会其深意，直至在王朗，遇到真正的原始森林。确切说，那是一座森林的神庙。参天巨木是一行行廊柱，密织交错的枝叶构成穹顶。一入其中，不由得噤声细步，生怕打扰了自然的庄严与肃穆。这片最后的原始亚高山暗针叶林，被称作"顶极群落"（climax community），是生态演替的最终阶段，最稳定的群落阶段。在这个平衡点上，群落中各主要种群的出生率和死亡率达到平衡，能量的产生和消耗也都达到平衡。演替不再进行。

　　巡护员芯锐已经多次带队走过这片秘境，是这里的自然教育导师。我们当天下午进入这片森林时，他可能有点累了，不怎么说话，也可能只是习惯在森林中沉默，如同在教堂中保持安静——高大的岷江冷杉、紫果云杉，森然郁闭，组成一大片近乎黑色的"枪尖阵"，像诸神的战场上，还未沾血的巨矛。雾气犹如某种活物，迎面而来，穿透我们的身体，又迅速消失。

在人类纪，我们所能见到的大部分是次生林，砍伐过后重生，仍在演替进程之中。例如西南低海拔地区的落叶阔叶林，随着季节色泽变换，春嫩夏翠，像个青少年。另一些城市周边的人工林，则以单一树种的纯林为主。这样的工程，种植与维护成本巨大，生物多样性极低，几乎等同于"绿色沙漠"：树苗稍稍一长大，就像恒牙长在乳牙床上，拥挤不堪，郁闭度① 极高，林下寸草不生；由于树种单一，虫害、火患、鼠灾……不胜其扰。

而真正的原始森林，尤其是暗针叶林，幽暗，肃穆，非常森严。

森严。我回味着这个词，眺望苍松傲睨，冷绿万顷，切肤感受到了庄重深沉的压迫感。这里的最大树龄，超过六百年了。死去的古柏倒下了，横在小径上。树干的胸径超过了我的身高，迫使我面对它倒下的横截面，也必须仰望：那一轮战鼓般的剖面上，有几百道年轮，宛如时间的涟漪，荡漾着，荡漾着，最终凝固下来……形成一幅壁画。

天然森林有一套完整的循环机制：死去的大树，犹如古希腊神话中的地母盖亚，是新生命的培养基；它们倒下的那一刻，

① 一个林学术语，指森林中乔木树冠在阳光直射下在地面的总投影面积（冠幅）与此林地（林分）总面积的比，通常用十分数表示，完全覆盖地面的森林郁闭度为1。郁闭度过高的森林，并不利于生物多样性。——编者注

就像开启了一扇"林窗",让阳光照到地面,为苔藓、真菌、新一代种子的萌发提供养分。从这个意义上说,深海中的鲸落也是类似的存在——死亡带来滋养,是生命的开始。

∞

2014 年,苏格兰艺术家凯蒂·帕特森启动了一个作品项目,叫"未来图书馆"。这个项目将跨度一百年,从种下树苗开始,每年邀请一位作家,为这片"未来的森林"写点什么——一个字、一段话、小说、诗歌,没有任何限制——但内容不能发表,也不被阅读。这些手稿将被保存在挪威奥斯陆,一座新建的图书馆 Deichman Bjørvika 里。一百年后,也就是 2114 年,这些秘密保存的手稿才将被公布、印刷、发表,到时候的纸张就由这片森林中的树木制成。第一个参与这个项目的作家是玛格丽特·伊斯特伍德。

按照艺术家的解释,这是一份人类学的档案,一种对时间的探索。而我好奇,这个项目能在挪威实现,是否是个巧合——也许是地理环境寒冷严酷,北欧人对时空和命运有种特殊的痴迷。从世界末日种子库,到未来图书馆,就连"挪威的森林"这个符号,都暗含深邃、坚冷的气质,某种庄重的痛苦,吸引着从披头士、村上春树到伍佰这样的心灵。

所有的言语都落败了——每当遁入森林的寂静与肃穆,我们内在的动物性就被唤醒。整座森林仿佛一只巨大的活物，树干就像它的肋骨，我们站在这巨型生物的胸腔内，几乎能看见整座森林的呼吸：呼——吸——呼——吸……寂静的舒张……窸窸窣窣的枝叶，仿佛千万双复眼在凝视着我们。

普通的树林让人感到放松，但在原始森林中，幽暗的氛围让我警觉无比。我注意到每一棵树，甚至每一枝小树丫都挂着亮闪闪的吊牌。芯锐介绍道："这片科研监测样地，共划分为630 个 20m×20m 的样方，对每株胸径大于 1cm 的木本植物均进行了挂牌、测量、定位与物种鉴定。"王朗样地是青藏高原东缘大横断山系内，亚高山针叶林的典型代表。这一监测将持续几十年，甚至上百年。目的是追踪和研究物种空间分布格局、动植物交互作用、植被群落结构与更新以及气候变化影响。

我暗自感佩生态学意义上的耐心：真正的长期主义。这几乎类似一种向内探索的天文学：把每棵树看作星辰，每片森林都是一团星云。地表、地下世界，呈现出一个倒悬的宇宙。

∞

中午短暂放晴，我们坐在地上野餐，喝茶。眼前的雪山呈现完美的金字塔形，在强光下，几乎有种透明感，像卢浮宫前那座贝聿铭的作品一样，从森林尽头冉冉升起。

眼前是一片湿地。芯锐解释道，春天的草地正在复苏，海绵一样吸收了大量水分，因此现在的水位反而较低；到了水位高的时候，湿地是一片湖泊，能清晰地倒映出眼前的金字塔雪峰。

我们席地而坐，就着汩汩流水声，森林如墙，太阳为灯，一家顶级的"景观餐厅"。饭已经加热好了，香气飘来，却发现少一双筷子，芯锐随手捡起旁边一根小竹枝，掰成两截，"这不就有了"，他说着，朝我们一笑。

阳光柔软如毯，我们感到饭后的困意，铺了垫子，就地躺下，睡了个午觉。短短一梦之间，天空像是在不断关灯开灯那样，忽阴忽晴。多云的预兆通常是雨，果不其然，整个下午雨淅淅沥沥，时大时小。

一对漂亮的白马鸡大概是被恋爱冲昏了头脑，追逐之间，跳上了马路，远远地就被芯锐的好眼力抓个正着，拍下了照片。雨水打湿了它们的羽毛，不如证件照上那么好看，但哪怕成了落汤鸡，繁殖的冲动还是让它们甘冒风雨，上街溜达，求偶。

天气欠佳，我们提前回来了。在芯锐的宿舍门口，我又看到他捡到的斑羚头骨，从大号到小号，整整齐齐排成一列。我非常喜欢搜集动物骨骼，但所获有限，最常见的只不过是牦牛头骨。

走进宿舍房间，朴素而整洁，桌面放着一本《普希金诗集》。芯锐很喜欢写诗，我总能在他的朋友圈里读到新写的诗，配以巡护路线上拍摄的自然风物。这些照片中，出现频率最高的，就是他用微距拍摄的兰花了。

芯锐特意带我们走进森林寻找兰花。他指着一片完全看不出有什么特别的苔藓地，像狙击手那样，全身匍匐下去，趴在地上，拿出一枚戒指般大小的便携放大镜，对着什么东西仔细欣赏起来。

"看，杓兰。"他说。

过去我只在微距照片上见过杓兰，以为是挺大一簇；从没想到真正的野生杓兰，细小如一粒透明的花生米，浅浅生长在腐殖层地表，一不小心就错过了。

芯锐拿出另一枚备用的放大镜，给了我们。当久久伏在地上，用放大镜观察兰花的时候，我感觉像是在跪拜这一粒小小的神明——眼前这一株杓兰是白色的，只有一粒豌豆大小，几乎透明的小口袋，薄如蝉翼，里面还困住了一只极小极小的飞虫，在爬动。

杓兰是世界罕见稀有兰花品种，生于海拔 500~1000 米的林下、林缘、灌木丛中或林间草地上。最明显的特点就是那个囊状的花瓣，像一个开口向上的小小口袋，精美而可爱。

"今年的兰花真是不行……太少了……以往这时候，这里都开了好多了。"芯锐说。

∞

在王朗的那两个夜晚，都是扎帐篷露营度夜的。

始终非常喜欢露营。帐篷意味着永恒的临时感，无比自由，随时可以出发，随时可以停下。一套属于自己的帐篷和睡袋，无论再旧，都是干净的居所。

城市中的差旅，只能住进酒店或客栈。一想到来来往往的无数人在这里留下皮屑、毛发、痕迹……就有种心理上的肮脏和抗拒。一旦到了自然中，我便极力抗拒房间，喜欢住自己的帐篷。从心理上感觉，那是住在最清新的空气里，与世界万物只隔着薄薄的一块防水布。躺在帐篷里听风，读雨，雪落有声，切肤体验生而为人的脆弱和渺小，却又因此无限自由、无限强大。所有的狼狈都应对自如，没有熬不过去的黑夜。

天气云图预报：第一晚晴，第二晚有雨。尽管芯锐极力劝说，我们还是坚持想要扎营；毕竟，这样的机会太难得了，回到城市中之后，我有的是大把时间住进房间里。此刻，我只想离自然近一点，再近一点。

"我知道明天有雨，但今晚还好，不麻烦你了。"我说。

他善意地笑笑："冷了随时可以回房间。"

"谢谢。"

与我们盼望的一样：头顶星空清澈，山野四下无声。防火期到了，尽管这只是一片停车场空地，但还是不能生火。这一点很让人遗憾。

凉意渐深，我们只好多加了几件衣服，跺跺脚，放上音乐，用热水暖身。我拿出了特德·休斯的诗集《雨中鹰》，提议来玩一个自己发明的占卜游戏：A 说一个内心疑问，B 随意说出页码和行数，C 就翻到诗集那一页那一行，读出来，作为占卜的结果。

小伊喝了一大口加了肉桂和丁香的热红酒，抬头仰望，手捧杯子，问出当晚第一个问题："星星想告诉我什么？"

另一位朋友随口说了一对数字：73 页，第 1 行。

我翻到那一页，读了出来："耐心等待这些最糟的时日结束。"

第二晚，天气果然变糟了。白天下了小雨，我不以为意，回到营地的时候发现，地面凹陷处，积水已经泡了一层，把帐篷门口都打湿了。

薄暮时分，离入睡还太早，我们坐在门廊下躲雨，倾谈。蜡烛在风中乱跳，不断熄灭；朋友灵机一动，剥了五个橘子，把蜡烛一一装进橘子皮，做成小橘灯。荧荧火光窝在那果冻般透明的小橘灯中，似光落地发芽，正开花。

热红酒已经喝完了，只剩下茶。我们努力调大音乐，拍打手鼓，唱歌，企图与黑暗建立友谊。整个蛮荒的、风雨欲来的夜晚，就靠它们了。

门廊前的院坝里，有几个玻璃钢材质的熊猫雕塑，围成一圈，似乎弃置已久。闪电劈来的那一刻，天地间突然煞白，整个院落一片惨亮，仿佛突然扇了我们一巴掌，又跌回黑暗；眼前那堆熊猫雕塑在惨白与黑暗交替的闪电下，鬼片一样狰狞。

我们愣在几盏小橘灯后面，等待紧随其后的雷声——如同所有恐怖片中最恐怖的那一幕，"因为完全是等待"。那几秒钟何其漫长……我塞住了耳朵。感觉过了很久，雷声终于追上来了，滚滚咆哮，像有天大的冤屈和愤怒，奋力追问闪电，彼此纠缠。

就在这时，一道手电灯光在远处摇晃了起来。有人。天哪，我不害怕打雷，却因为这道手电而毛骨悚然，连脚趾都不自觉地抓紧。这可是真正的"荒郊野外"，什么样的家伙会在雷电交加的夜晚跑出来？我脑海里已经冒出了韩国电影《杀人回忆》。

出于某种心虚，赶紧吹灭小橘灯，严阵以待。我感觉牙齿像铁栅栏那样紧紧锁咬，防止心脏跳出来。

那手电光越来越近，越来越近……明显是冲着我们来的。我提起一口气，憋着，盯着。

没想到是芯锐——他担心雷雨交加，出什么状况，特意过来要我们挪到房间里去过夜，"那样比较安全"。一想到下着雨还要搬运睡袋、物品，太狼狈了。我在心里迅速判断了扎营的位置——是周遭最低处，也远离了大树和建筑，不构成高压电弧，遭遇雷击的概率极低。何况湿透的帐篷和铝杆都能导电，即使被击中，人在其中也相对安全。

恐惧有一种魄力，让人既害怕，又不想错过。我们又一次拒绝了他的好心，坚持要自找苦吃。

芯锐走后，我们离开了门廊，钻进帐篷准备睡觉。当然谁也睡不着：风雨嘈杂，气息湿润，大雨像一群不安分的野兽，正在围猎我们。"这雨下得……爱恨情仇地。"我想起画家赵阳的调侃，会心一笑，好像没那么害怕了。

雷雨后的清晨，有种噩梦过后的平静。我钻出帐篷的时候，浅雾像空中的溪水一样，流淌在山腰，一牙新月仍在东方。这已是 5 月，山中的早晨却依然清寒料峭。一树野樱花傲然而立，风过的时候，花瓣随雨而落，如春雪铺撒于石径。

阳光像是一场特赦，把我们从雷雨夜解放出来。在这个美妙的清晨，我们慢慢刷牙，喝咖啡，收拾帐篷，晒干垫子……几乎收拾到中午。小伊说："想想那些动物，好可怜！就这么瑟瑟缩缩地挤在一起，顶多躲在树下、岩窝里，浑身的'毛衣'淋湿了，也没有浴巾……吹风机……"

我望着生机勃勃的山林，想到昨夜也有雨中鹰，电闪雷鸣中默默站立，一双双"滴水的翅膀"，此刻在阳光普照的悬崖上，渐渐晒干。

∞

回程的路上，我们要去拜访一棵树。

1910 年 8 月 19 日，英国园艺学家和植物学家亨利·威尔逊路过四川省平武县水晶镇马元村麻地口，拍下了一棵巨大的、枝繁叶茂的珂楠树。这已经是他第三次进入四川考察，所有的经历，都被他写进了《一个博物学家在华西》一书。在马元村，威尔逊感慨于这棵珂楠树的雄壮与优美，想搜集它的种子，带回英国。

整整一百年后，我们再次路过这棵珂楠树。它比起当年威尔逊拍的照片，又长大了一些，如一团巨大的蘑菇云腾空而起，远远就能看到，几乎不可能错过。就在马路边，就在村口。

我们停下来瞻仰它——胸径之粗，三个人都无法环抱。这里海拔低，珂楠树的花期已过，我们错过了她亭亭如盖、花开如雪的样子。也许有生之年，再也没有机会故地重游，看一眼她的花期。想到当我们都死去，化作泥土，这棵珂楠树还将亭亭如盖，活向未来……我顿时心生伤感，又欣慰。一个人与一棵古树的相遇……只有目光是永恒的。

这几百年来，有多少仰望它的目光？有多少人拥抱过它？就像我们那样。而它无动于衷，像一艘不泊岸的船。停在那里，直到海洋变成沙漠。

云南维西傈僳族自治县的森林中，有个地方叫"海里角"，我在卫星地图上看到这个名字，即刻被打动，在路过的时候想去看一看。

4 月，阳光闪烁不定，像隐身的精灵一般，在林间与我们捉迷藏。天空由云南松、青冈栎、香樟的树冠组成。我们躺在地上，仰望"树冠羞避"（Crown Shyness）。这是森林中的树木集体创作的图案：树冠最外侧之间，留有一条窄窄的缝隙，好像它们也互相尊重，在树冠之间，保持优雅的社交距离。

　　关于树冠羞避现象的成因，有的假说认为树冠间的缝隙可以防止噬叶虫类的传染；有的则认为这是因为风力摇晃，枝叶摩擦，彼此碰撞，形成一种相互修剪的作用。更主流的假说认为，这与相邻植物之间的感光作用有关。叶子内的某种光线感受器，能感知到反向散射的远红光，以此测探相邻植株的接近程度，保持彼此的距离，保证自身能接收到最多的阳光，进行光合作用。

　　身上落满阳光，倍感春暖；但身下的林地却传来阵阵冰冷的湿气。在那看不见的地下，有一张致密的真菌网络。

　　加拿大森林生态学家苏珊娜·西马德通过研究碳原子同位素在纸皮桦和花旗松之间的流动方式，发现真菌根不仅将树木与土地连接起来，而且还让树木彼此相连。这是类似大脑内神经递质一般的作用。"你在森林里走的每一步都可能覆盖数百公里密集的真菌线。这些是森林网络的光纤电缆"，她将这种隐秘的网络交流称为"树的语言"。母树相当于这个全木网络中的节点，通过真菌菌根传递信息——土壤的营养状况、虫害、湿度，等等。母树还通过这样的地下网络向周围的幼苗输送碳、营养物质。

森林是这样一个"超生物"系统，达尔文理论上的竞争绝不是它的全貌。不只是植物之间，人与人之间也是如此：既需保持距离，又有隐秘的连接。

小伊穿着白衣白裤，戴着一顶白色的渔夫帽，轻盈地走向林中空地，看上去像一支鹅毛笔穿行在荷尔德林的诗行中。我脑海里涌出 Lichtung（澄明的）这个词。森林如大坝围挡了尘世，留给她一片开阔、晴朗的去蔽，真理般透明。她看上去成了一个如此饱满的此在。背影洁白，被抛入世间，正走向海德格尔意义上的澄明之境。

那一幕在我心中深深印刻，形成后来的一首诗：

    道旁的绿 绊住了眼睛

    春之网

    一尾白色背影

    帽子在全景照片中化作

    一串月相

    一串

    鸟啼不尽的

    轨迹，漫步的

    叶影

此生第一次旅行是从树梢到地面
和风一起
汇入满地碎琉璃

最后一座藤桥过后，你们午睡
吊床安宁
溪水喧闹如孩童
马来了又离去
亭子里的陌生人　走出了白日梦
再也没有醒来

最深的平静

在通往明永冰川的山路上，司机扬了扬下巴，说："我小时候，冰川在那脚下呢。"他的视线朝后看去，大致落在村口那么低的地方。大约因为是工作日，景区没什么人，我们爬山的途中安安静静，只有林间疏漏的阳光，在栈道上跳跃。冰碛近了，酷似黑色的矿层。螺旋状的阶梯简直无穷无尽，每次都觉得上面那个转角过了就是终点了……但一转比一转高，根本看不到头。到了最后一个大平台，我们停下来休息，眺望卡瓦格博脚下的冰川。

从1987年到2000年，来自日本、中国、美国的登山队多次试图登上卡瓦格博的峰顶，均告失败。1991年，由17名成员组成的中日联合登山队在海拔5100米的三号营地全部遇难。至今，卡瓦格博的重要山峰均没有登顶成功的记录，也不再允许攀登。

我想起罗伯特·麦克法伦在《心事如山》中写到的：

……曾经有一次，我试图和外祖父讨论：为什么他爱身处高山，为什么他花费一生，并且冒着生命危险，去努力攀登那么多的峰顶。他并不真正理解我的问题，或者甚至不认为那是一个问题。对外祖父来说，高度对他的吸引力，超越了解释，或者根本没有解释。

我们可以简单地回答他的问题，就是说探索空间——到更高的地方去——是人类思想中天生的冲动。法国空间和物质哲学家加斯腾·巴彻拉德认为，对于高度的渴望，是普遍的本能……跳跃是喜悦的基本形式……

有关高度的褒义词深深植入我们的语言，因而也存在于我们的思考方式中……"擅长"（to excel）来源于拉丁语，意思是"升高的"或者"高的"，"优越性"（superiority）来自拉丁语中的"比较级"（excelsus）……高尚（sublime）起初的意思是"高耸的，卓越的"或"向上抬起"……

我记得当时读到这里，产生了一个问题："高度作为褒义词深深植入我们的语言，到底又是怎么形成的？"

语言学家乔治·莱考夫在《我们赖以生存的隐喻》中提到，人类语言中的方位系统是我们最早的理解世界的模型。上，下，左，右。前进，后退。如今当我们说"一段感情走到了尽头"，背后的隐喻是：感情是一个矢量，一条带有方向的线段。

　　一个猜测出现在我脑海：由于自原始时代起，人类青睐洁净、光明、干燥等基本生存条件，因此向上、向高处去——拼搏、跳跃、攀登，暗含着"生本能"的需求。相应的朝低处去、朝深处去——躲藏、埋葬、平息，则映射"死本能"；这是刻进我们基因里的两种截然相反却又同时存在的欲望。

　　负面含义的下、低、矮，其实指的是一种比较级的低矮，指的是"与高相比而言的"的较低、较矮、较差。但是，当最低的、低到极致的深，深邃，深远，深渊，深孔出现的时候，它的寓意也就滑向另一个褒义的极端：比如洞穴最深处，太平洋海沟的最深处，黑洞最深处……它又成了另一种令人着迷的、神圣的景观。这就好像在洞穴探险、海底潜水中，下到更低处去，深处去，更深处去，也是另一种极致与探索。在这样的框架下，我试图冒昧地阐释"高山为什么吸引人"。因为它代表一种极致。它是反日常的，反庸碌的。它代表未知的、未抵达的——最高的山，也等于最深的洞穴、海沟、大洋底。

　　纵观从猿以来的智人进化史，高山一度令我们的祖先敬畏、恐惧，被看作邪恶鬼魅的、不可接近的存在；试想在石器时代，果腹尚难，谁也不会特意要去登山、探洞、潜海，"挑战自我"。随着工业革命带来的意识形态转变，人类的自负如核爆般膨胀，看待自然的眼光发生了变化，才有了"攀登""征服""深入"之类的话语建构，并渐渐被赋予某种心理投射，甚至被消费主义所利用。但高山、深海，本来都只是纯粹中立的自然存在。

我站在牺牲者纪念碑面前，眺望雪峰，几乎感到一种冷酷的壮美，粉霞尽染千秋。远在还没有智人的世代，它就已经在那里了。直到人类毁灭殆尽的世代，它依然将在那里。

不是雪山像神，而是雪山即神。

朋友们打算继续向上，而此前对于高度的思考让我有些疲惫，以至于突然对没完没了的阶梯失去耐心，只想留在原地休息。她们走后，我独自坐在平台的长椅上，喝了几口咖啡，对着荫翳的冰川，觉得此刻很像某个电影的落幕，需要背景音乐，挑了很久，选中了一张专辑，名字叫 *Sutra*，意思是"经文"，其中最爱的这首 *Deep Peace*，歌词改编自传统的苏格兰盖尔语祷文。我躺在长椅上，视野中只剩下天空与冰川。单曲循环几十遍后，不知不觉在脑海里试做歌词的翻译：

涌浪致你

长空致你

净土致你

深深的平静，深深的平静

眠石致你

流风致你

群星致你

深深的平静，深深的平静

……

火焰纯红致你

银月纯白致你

青草纯绿致你

深深的平静，深深的平静

歌声让我彻底陷入一张旧沙发般的柔软：时空深深地塌陷了，凹下去，留下那个久坐的体重的弧度，不再回弹。

想起了苏格兰高地的黄昏，枯黄的牧场，直抵海边悬崖。在那里，一条溪流变身瀑布，像一个跳海者，坠入大西洋。那种义无反顾，酷似过去自己一个人旅行的心情：时常孤独难忍，又甘之如饴。

朋友们不知什么时候才回来，我等待着，从未如此耐心，甚至并不渴望她们真的太早回来。

这是生活中少有的，对终点和结果，完全放弃执念的时刻。

小小的田野

　　从成都飞往稻城的航班，靠右边的舷窗可以眺望四姑娘山幺妹峰、格聂峰；坐左边，则可以眺望贡嘎群峰。

　　达到巡航高度后，世界宛如一张巨型的卫星地图在机翼下展开。俯瞰成都盆地已是一片云海，天空变成沸腾的雪原，呈坚实无比的固态。摄人心魄，摄人心魄……脑中只有这四个字，反复回响。

　　航线前方，贡嘎山系仿佛群岛般，在一望无际的云海上露出小小的尖儿。飞行如舟，似乎正驶向新大陆。我成了天空中的哥伦布，正眺望着云上的亚特兰蒂斯。机舱中不时响起咔嚓声，听见一些低声惊叹：天哪。

　　快要落地之前，机翼掠过海子山上的无数湖泊，耀眼得就像破碎的镜子，大大小小散落一地。当时的我并不能想到，这恢宏的起点之后，等待我的将是什么。

∞

　　飞机落地后，十米内扫了三次码，没想到同伴的行程码带有星号，当场被拦住，差点就要送去隔离。她连机场都没出，就买了回去的机票，原地遣返了。折腾半天，我一个人垂头丧气走出来，外面的出租车已经走光，只剩最后一辆。司机的二维码收款牌，名字叫"人不狠，站不稳"。也没有选择，只好上车。

　　一路上阳光以苍黄一统天地。一座座藏式大宅门窗紧闭，看起来空无一人。车程足足还有两百公里，路上偶有暗冰，很危险，我怕司机犯困，没话找话跟他唠嗑。

　　"拼车一人一百，包车四百，""人不狠，站不稳"反复强调，"绝对是公道价格，不信你问，我这是正规车子，没有乱喊价——你怎么这么晚才出来？都没有人了。"

　　我道出原委，司机颇为同情："这么倒霉啊？第一次来？"

　　"不是。上次来是二十年前了。"

　　"那么久啊，你那时候还小吧？"

　　"是啊，还在上学。"

　　"那你现在毕业了吗？"

　　"谢谢啊，都失业了。"

　　二十年前的这里是什么样子，司机也想不起来了。那是我初中毕业的暑假，和母亲一起旅行。从红原、八美、丹巴，一路绕到了稻城，感觉花了一个世纪。抵达的时候是一个阴天，8月的稻城天青欲雨，阴云低垂，大地是活生生的《西藏组画》里那种厚重，油彩一层又一层覆盖，慢慢干燥，凝固。

住进小破旅馆，第一件事是租军大衣，第二件事是打开水。母亲严重高反发作，头疼欲裂，直说"快不行了"，以一种我当时无法理解的难受，坚决要求"天亮马上就走"，于是我们来了一个县城半日游，第二天就离开了。

这一走便是二十年。二十年间，稻城亚丁被开发成景区，机场也建好。我毕业，长大成人，一直写作，到过了不少国家。想来二十年来好像所有事也不过寥寥几笔，忽然就直抵2022年初，一场世纪级的疫情仍在持续。本来打算和老同学一起去稻城亚丁，也没想到现在落得只剩下我。

两个小时后，我到了景区门口。下车前向司机付了四百，虽然合理，但真心肉疼，毕竟比机票加基建燃油还贵。时间是下午两点半，景区大门空无一人，检疫员坐在门口聚精会神玩游戏，眼皮都没有抬："扫码，扫码，登记一下。"

进入售票大厅，气势磅礴，空无一人，唯一一名工作人员哄着小孩玩手机，抖音的聒噪响彻大厅。

"你好，一张门票。"

"我跟你说，你现在进去来不及了，现在啊，你看，现在两点十五，你要等四十五分钟，三点才发车，车要坐一个小时，到了就四点了；四点，你要去这边还有三公里……要走很久哈！最后一班车五点……"她语气冷硬而不耐烦，让我心情很坏。

大下午的，这才两点半，都到了景区门口了，不进去还能干吗？我说："我要买票。"

"你确定？"

"确定。"

"那我跟你说啊，你千万要记着最后一班车五点，错过了就没有了……你一下车就先去这边，再去那边——"

"什么这边那边，我怎么知道你说的哪边，我就走短线，随便看看。"

"你看你又不听我说完，到时候又不知道——"

"——好了，多少钱？"

"一百八。"

"微信可以吗？"

"网络坏了，只收现金，提款机在外面，出门左转。"

"……"

我窝着火，去取钱，又回来。终于，一张票从窗口甩了出来："出门，上坡，从有'稻城亚丁'四个字的地方坐车，大巴车要等四十五分钟啊！四十五分钟啊！别说我没告诉你啊！"

"……"

走出售票厅，好长一段干巴巴的上坡路，一步一喘，走得心里直叹气。抵达最后一道又长又陡的电动扶梯，我几乎不抱希望地站上去，果然，电梯一动不动。

我气得大喊一声，喊完也只能老老实实爬上去。爬到检票口，人一副"你这不是来耽误我们下班吗"的表情，爱理不理，重复抱怨着："你来不及了，来不及了。"

我心想，票都买了，才两点过，您这是让我回去?！

高反的头疼袭来，不想多话，一屁股坐进中巴车里，本想缓缓，结果这一缓，活活缓到三点半，依然不见动静。四个司机模样的工作人员窝在值班岗亭里面嗑瓜子，烤火，唠嗑。

我气不打一处来，跳下车去喊："两点十五就来买票，跟我说来不及来不及，结果这倒好，上车坐了快一个半小时！一动不动！这不是故意让人来不及吗?！还要观光车干吗?！说好了三点发车，到底什么时候走?！"

"谁跟你说三点发车?！"里边有人说。

"你们还有个准信儿吗?！卖票的跟我说三点！这都三点半了！我两点十五买的票，感觉已经耽误你们下班了?！"

骂完，终于有人动了。一个司机万般不情愿爬上驾驶座，发动车辆。我拉上口罩，墨镜，帽子，谁也不想理。这一路折腾，越想越窝囊，越想越气。我也不明白，自己这样自讨苦吃，到底是出了什么毛病。景区与自然似乎完全脱离了关系，变成彻底的人工场景：旺季来排队挨宰，人堆里挤；淡季来自讨没趣，爱理不理。

中巴车在山路上绕啊绕，转了无数个回头弯之后，突然间，央迈勇峰峰姿决然，跃入视野，壮美，肃静。司机喊了一声："要拍照的，下车，一分钟。"因为心情恶劣，加上昏昏欲睡，我没有动。另外一对情侣下了车，站在观景台上，衬着雪山自拍了两张，估计太冷，哆哆嗦嗦就回来了。

又开了半小时，司机吼了一声："终点到了，最后一班六点啊！六点！错过就没车了！"

两三个游客早已瑟瑟缩缩地站在终点站，等着上车返回。时间已是四点半，尴尬得要死：往前走，去卓勇拉措，肯定来不及；原地晃，坐车返回，又还剩太多时间，几乎等于白跑一趟。

放眼周围，草枯叶败，长长的铁栈道，像监狱的过道。我完全没想到，传说中的稻城亚丁，竟然因为这些粗粝的体验，变成一个彻头彻尾的笑话。

要不是因为当日没有航班，我简直恨不得立刻就飞回家去。心烦意乱之下，我低头刷手机。微信上，"人不狠，站不稳"关切地问我："买到票了吗？祝你玩得开心。"

∞

第二天一大早起床，挨到十点钟，终于坐上第一班进景区的大巴车，毕竟"来都来了"，也就去看看。车辆开动了，每个

298

刚开始还兴致勃勃刷短视频、公放噪音的游客，二十分钟后全部昏睡过去。到了大巴车终点，换电瓶车，开到洛绒牛场，兜晃了一圈。美是美，但我只拍了一张照片——只有一张——就返回了。反正下面那段去牛奶海的路线也不开放，而我手套弄丢了。仅仅掏出手机拍了一张照片的工夫，手就冻僵了。

回到大巴车上车点，才十一点。而下午第一班回去的车，要三点。两辆大巴车就停在那里，但司机表示："不能返回，这是规定。"

外面开始飘雪，云厚雾浓，什么都看不见，我不知道接下来整整四个小时，该干吗？又冷又饿，头痛，无聊，心情糟糕到极点。钻进车站休息亭，发现方便面卖完了。我要了一碗自热饭，和另一对无所事事的情侣一起，坐着刷手机。

但竟然还不是最糟糕的。

第三天一大早爬起来准备赶飞机，被短信通知航班晚点了：要足足推迟六个小时，下午才起飞。我绝望地看了一眼现在的时间，才早上七点，而我再也睡不着了。打开了电视，看了一些莫名其妙的广告，又刷了一会儿手机。关掉屏幕，我环顾这个县城小旅馆的房间，感觉自己活像小说里那些存心离家出走，去某个小旅馆里自寻短见的倒霉蛋。

一趟糟糕的旅途由如下三个原因组成：坏心情。更坏的心情。和最坏的心情。当然，构成坏心情的原因千变万化——很多时候，甚至不需要原因。它只会像个雪球，越滚越大。"你可以生气，但不能越想越气。"我对自己说着，努力深呼吸。

因为杀不死时间，只好败下阵来。击垮我的最后一根稻草，是在微博上刷到的一条评论："为什么要出门玩儿呢，在家待着不好吗？"

∞

带着这个拷问，我穿上衣服，离开小旅馆，走上县城的街道，打算找地方吃早餐。时间太早了，人迹寥寥，路口甚至没有红绿灯。身披藏袍的老人，端着一杯水，在院子里刷牙。穿着橘红色工作服的清洁工，骑着三轮车慢慢经过，背心上的反光条都已败了色。几位高大的本地人聚在冷清的街角，专心抽烟。睡眼惺忪的孩子，坐在自家小卖部的柜台上，呆呆吞食面条，身旁是一个书包，垂头丧气地蠕成一团。这些生活现场，看似和任何地方都没有什么区别。

整条街上唯一冒着热气的门市，是一家包子店。我掀开厚重的棉布帘子，走了进去。意外的是，店内别有洞天，人声鼎沸，似乎此时此刻，全县城醒了的人们都聚在这里吃早餐了。老板和伙计们忙得脚不沾地，来不及收桌子，也没有空位。我站在小店的走道中央好像很碍事，有种逃学似的心怀不安。在等包子和豆浆端出来的间隙，我偷偷观察着这些踏实生活的人们——他们的方言，鞋子，神情，蘸醋的快与慢。一个顿悟降临了：生活是因为重复而失去光晕的。我从来没有这样仔细地观察过我家楼下的包子店。

为什么要出门玩儿呢，在家待着不好吗——没错，"在家待着"不是不好，而是不够。因为真正的旅行，本来就不只是"出门玩儿"。真正的旅行，当然包括莫名其妙去了一座偏远的县城，啃包子充饥。但在走进包子店的那一刻，胃口就不再纯粹是饥饿，而是混杂着人类学家般的好奇，是一次小小、小小的田野调查。这口包子因此与自家楼下的包子，有了不一样的味道和意义。

在家待着可以"读万卷书"，但成为一个真正的人，仍需"行万里路"，走出自己的狭隘与偏见。试想如果人类有史以来，每一位祖先，都从来没有出门、探索、旅行、航海……或许我们现在仍然是山洞里的猿人，还在近亲繁殖，文明根本不会也无须诞生——轮子有什么必要呢？船有什么用呢？了解别的地方有什么用呢？历史可以停止在原始的状态：家里待着。

回应柏拉图那个著名的洞穴隐喻：旅行，就是走出自我的洞穴，是对生命经验边界的突围、探索；因为出发，获得崭新的回归。

我原本恶劣的心情渐渐因为这口包子而变得鲜美起来。一个藏族小女孩大概是店主的女儿，在帮衬父母，有点不情愿地正在收拾桌子，我盯着她的发饰，结果一不小心被豆浆呛到了，咳得包子馅儿都喷出老远。嘈杂的店里瞬间安静，每个人都盯着我——不，这根本没有发生。别想多了，没有任何人会注意到我。

这只不过是一座普通县城的一个普通的早晨，本地人对往来游客见怪不怪，我在他们的日常生活中，是透明的尘埃。

∞

说起行万里路，我不禁想起云南剑川沙溪。古镇中央的寺登街，曾经是马帮集市重地，南来北往的交易者在此买卖，中转，歇脚，从此往北，便是雪山高原了。随着马帮文化的消失，那里渐渐被人遗忘，建筑荒芜破败。不只是沙溪，类似很多集镇，都在历史的变迁中黯淡了下去。

1982 年，昆明市与瑞士苏黎世市结为友好城市，国际交流学者重新发现了这个"茶马古道上幸存的古集市"。2000 年之后，世界纪念性建筑基金会组织（WMF）将沙溪寺登街列为世界濒危建筑遗产。剑川县政府与瑞士联邦理工大学空间与景观规划研究所签订了备忘录，开始共同组织实施沙溪寺登街复兴工程。

我第一次到剑川沙溪的时候，修复工作已步入尾声。建筑修旧如旧，带着历史的光晕复活了。我始终记得那个黄昏，四方街的大槐树下，一桌修复工作者正在喝啤酒，吃晚餐，低声交谈，他们的孩子也相当顽皮，绕着桌子来回奔跑。零碎的普通话、四川话、云南话与德语、法语、英语，相互交织在这个古老的广场，我被某种国际主义精神的浪漫打动了：他们的人生，像是一把飞翔的图钉，扎向滚动着的地球仪另一端，亚洲，中国，云南，剑川……一个叫沙溪的角落。我甚至猜想着，这些围坐一桌的远方来客，不仅修复了建筑，他们自己的人生，也因为这次遥远的旅行，得到了某种修复。

时间又过去近十年，到了第三次造访沙溪的时候，古镇已扩建过度，初具一座城市的形态。大规模兴建的仿古建筑群，摊大饼似的拓开一环、二环、三环……咖啡店、民宿、客栈，外围的门市众多，却又萧条，人迹寥寥。古戏台看起来比几年前更新了，漆色过分鲜艳，令人惋惜。不知多年前那批古建筑修复专家看到此景，做何感想。

∞

18 世纪，英国一度流行废墟美学，古希腊式的残垣断壁被刻意放置在园林中，作为装饰，营造崇高而庄重的氛围。西蒙·沙玛在《风景与记忆》中提到，那时候，一些英国贵族热衷于废墟写生，他们在夏季最好的天气里，带着马车队、仆人、随从，去乡下山间寻找古堡的废墟。他们在那里写生，饮酒，野餐。当地人渐渐发现了这一现象，为了吸引更多的贵族游客，赶紧将废墟修补起来，以期创造更多商机。但是，当贵族们呼朋唤友而来时，发现废墟被修葺一新，纷纷捶胸顿足，哀叹不已，再也不来了。

对此，西班牙学者圣地亚哥·贝鲁埃特在《花园里的哲学》中写道："废墟中的浪漫崇拜不仅仅是绝望的表达，也不仅仅是对人类有限性的认识，它还是对一个时代——它自己的时代——提出抗议的体现，这是一个被认为缺乏英雄理想的时代……废墟成为'记住你将会死亡'（memento mori）这一概念的现实映射，引导我们思考……时间终究胜利。"

我无意以一种天真的感伤主义来粉饰旧时的艰苦生活。我的意思是，借用罗曼·罗兰所说，"大部分人在二三十岁上就死去了，因为过了这个年龄，他们只是自己的影子，此后的余生则是在模仿自己中度过……"不仅是个体，人类作为一个整体，也是如此的。纵然摩天大厦代替了山洞，中央空调代替了扇子，飞机代替了马匹，朋友圈代替了互相梳毛抓虱子……人类仍然保留着群居动物的原始组织欲望。古迹则映射着这种欲望的童年，青少年。

现在的沙溪，只是忒修斯之船[①] 的影子。这艘船本身，已经

---

① 亦称忒修斯悖论，是形而上学领域内关于同一性的一种悖论。希腊作家普鲁塔克提出了一个问题：如果忒修斯的船上的木头逐渐被替换，直到所有的木头都不是原来的木头，那这艘船还是原来的那艘船吗？这类问题现在被称作"忒修斯之船"。——编者注

消失了。历史的光晕已从崭新中脱落，沉入了虚无。它曾经古老过。就像一个人只能年轻一次那样，一座古城，也只能古老一次。

　　我想我不会再来了。

色林错

巴木措

班戈县

那曲

比如县

萨晋

纳木错

当雄县

拉萨

第五章

夜与海之间

丁青县

边坝县

昌都

易贡藏布峡谷

波密县

然乌镇

左贡

东达山

大地的褶裥裙

设计师福图尼出生于西班牙，父亲是一位画师。三岁那年，父亲去世，母亲带着年幼的福图尼移居巴黎。福图尼展示出了惊人的艺术才华，尤其是对面料、染料的痴迷。在父母的收藏室里，他沉迷于把玩各类面料，将染料当作玩具，实验各种创意。

青年时代，福图尼游历欧洲，结识艺术名流，多才多艺到了一个惊人的地步。在德国，因为痴迷瓦格纳的歌剧，他成了瓦格纳剧院的灯光师、舞台设计师。非直接灯光就是被他发扬光大的——利用不同表面的反射光，他创造出了颜色丰富、强度各异的舞台灯光效果。这听上去没什么了不起，但别忘了那是在 1904 年左右，相当于清朝末年，现代意义上的白炽灯（也就是钨丝灯）才刚刚被发明。

福图尼最著名的作品是德尔福褶裥裙，传说灵感源于一尊古希腊雕像——德尔菲的勇士。褶裥裙的另一个继承者也许更被众人所熟悉：三宅一生。他那标志性的百褶裙，折扇般优雅，几乎就等于把设计师的名字穿在身上。

∞

在从四川巴塘至西藏左贡的路上，我不可避免地联想起福图尼：在这横断山脉的核心区域，深山峡谷紧密并列，恰如大地的褶裥裙，被一条细细的腰带收束。

若用一张横剖面图来表示，这一区域的海拔高低起伏，完全就像一道心电图：以金沙江峡谷为低点，海拔两千多米——迅疾地攀升至宗巴拉山，芒康，拉乌山，四千多米——接着又跌入澜沧江峡谷，回到两千多米——接着又再攀升至东达山，海拔超过五千米；此后往西，经业拉山——再次跌入怒江峡谷，两千多米。短短两三天内，我们横穿此地，过金沙江、澜沧江、怒江。海拔起伏比心跳更剧烈。

跌宕蜿蜒的，不只是路，更是运气。

金沙江大桥。巨大的横幅用汉藏双语写着：欢迎来到西藏。

不出所料，过桥后即是一道疫情检查关口，拦住了所有车辆。我们的核酸检测结果还没有出来——不知道还要多久才能出来。无论怎么解释都没用，只能原地等候。有时候我想，活在一个见证历史的时代，这些经验或许将载入史册：核酸、绿码，或许会像介绍信、粮票那样，成为集体记忆的符号。

一整个下午就这么过去了。外面下雨，我们苦苦等待核酸结果出来，放倒座椅，躺在车里听歌。小伊百无聊赖，下车去打了一个工作电话。我留在车里，无所事事，焦虑地不断刷手机，又为这种焦虑的毫无意义而更加焦虑。一帆风顺本来就只是幻想，我努力安慰自己，眼下总好过之前在格聂的那次爆胎吧。

终于拿到核酸结果，时间已经是六点半。剩下的路途还有四个小时，而手机导航上，绞丝山路快要盘绕成死结了。

通关过后，紧接着就盘上宗巴拉山。黄昏温柔，落日如一罐流淌的蜂蜜，被白云稀释。翻过芒康，上拉乌山，下澜沧江峡谷。紧接着，天色尽黑，我们开始翻东达山。

从挡风玻璃往外看，无尽的发夹弯，一层层盘上了天，几乎就像大型露天煤矿的运输通道。一种几乎暴力的险要，不由分说。我想象着古人穿越此地时的感受，必然只有一词：天堑。

道路一截截如破碎的蚊香，没有任何一公里是直的。炮弹坑颠簸不堪，车行如摇篮，所有的行李都在呻吟。错车时，窄窄地贴着岩壁，可以清晰看见落石和滑坡的痕迹，十分狰狞。另一边，则是毫不夸张的万丈悬崖，隐约可见来时的逶迤山路，层层叠叠——我惊讶于不知不觉我们已经爬了这么高，这么远。

"知道吗，到现在这一刻，才真正觉得，原来这条路真的是……此生必驾。"我说完，小伊一直大笑不止。自川西开始，沿途路牌、车身上，这块黄底黑字的"318 此生必驾"广告牌，几乎随处可见。起初我们都不以为然，直到现在进入西藏，山外有山，才意识到所言不虚：凶猛的急弯总让万丈深谷尽收眼底；山体坡度几乎呈垂直，扎向地心，在那底下卧着澜沧江，像一条棕色的巨蟒，正在蜕皮。

∞

长距离骑行比赛中，东达山被称为"皇后赛段"，因为这是川藏南线上海拔第二高度的垭口。根据最新测绘结果，垭口海拔实际高度为 5130 米。

2015 年，骑闯天路的创赛车手张敬忠在东达山的最后 500 米，因体力竭尽，无可奈何地停了下来，再也无力前进。有队友描述，他哭着坐上了收容车，"500 米，就差 500 米"，边说边泪流不止，不停用手比画着"五"，抱憾离去。

我无法想象骑行这段山路的艰难——因为光是开车，我已经觉得够呛了。刹车和油门交替踩上几个小时，整个右腿都酸了，脚筋韧带隐隐作痛。海拔计上的数字不断往上跳，直破五千米。夜深时分，终于翻上了垭口。我们又一次在深夜的高山上，遭遇一场茫茫大雪。

眼前是一场焚烧：古往今来所有的书稿，史诗，全人类战争与和平，罪与罚，渺小一生，全都化为灰烬，每种语言的每个字母，纷纷扬扬落下——消失在黑夜。

一路无车，只有载重大卡车瞪着刺眼的大灯，迎面而来。错肩而过时，卡车像一艘巨轮，船身如墙，显得我们只是一叶小舟，无比渺小。错肩而过后，各自驶向各自的茫茫旅途，直到巨轮也变得渺小。

小伊突然说："深夜卡车司机……真是浪漫的人！"

我说："能这样想……只能说明你才是那个浪漫的人。"

刘亮程在《寒风吹彻》中写："落在一个人一生中的雪，我们不能全部看见。每个人都在自己的生命中，孤独地过冬，我们帮不了谁。"在这山雪茫茫的横断之路，但愿风景能给他们一些安慰——如果他们还有心情欣赏的话。毕竟，对他们而言，赶路只是为了辛苦谋生。

东达山的峰顶是一段漫长的平台，道路笔直，尽头像断桥一样消失于黑暗，令我怀疑那尽头之后可能真的一无所有。困乏一阵阵来袭，但又不敢有一丝松懈：下坡路开始了。前半夜爬了多高，现在就要下降多少。小伊调大音量，放了平克·弗洛伊德的 *Shine On You Crazy Diamond*，贝斯独奏洋洋洒洒，放纵如雪，姗姗而来的歌词开始重复着：

Remember when you were young

you shone like the sun

Shine on you crazy diamond

Now there's a look in your eyes

like black holes in the sky

记得你还年轻时

你像太阳一样闪耀

闪耀在那不可思议的钻石上

而现在你眼中的神色

像天空中的黑洞

　　我陷入一种怀旧的幻境：想起年少时候的自己，烦闷地困在晚自习的教室，塞着耳机一边听平克，一边埋头做题，不知未来在何处。那时的确无法想到，二十年后的这个夜晚，自己将在这样的山路上与一场大雪相遇。

明媚与哀愁

这里也是潮湿得"扁担都能发芽"的地方了：道路几乎被密林围拱，成了一条翠绿的隧道。暴雨形成网状的水帘，一层层滑动在挡风玻璃上，即使把雨刷调到最快挡，也来不及抹开。雨帘让车窗的视野变得像水底。依稀可见墨绿的峭壁上，不时缀着一树桃花，灿若粉霞。

"我爱春天暴风雨后的晴空，那是你的眼睛"，我刚刚想起肖斯塔科维奇的名句，眼前就演奏了一场圆舞曲般的雨过天晴。教科书一般完美的植被垂直分布：皑皑雪峰如 F 大调的钢琴独奏，悬浮在圆号般饱满的森林上，雪松、华山松、云南松、红豆杉……林涛交响。峡谷底部，河流是一群翡翠色的赛马，冲出栅栏，奔腾而去。

"这也太瑞士了吧。"小伊忍不住感慨起来。我笑道："应该说'瑞士也太波密了吧'。"

"没错，而且不止……还有苏格兰的高地、新西兰的湖、加拿大的松林、尼泊尔的寺庙。包括瑞士的山……"

"简直是六天五国游。"

我们感慨着藏东南的丰富地貌，也没想到，就在那个下午，六天五国游变成了六国游。

∞

在波密县城吃了一家蘸料地道的砂锅米线。亲自下厨的重庆老板大概寂寞太久，两碗米线的工夫，已经将全部人生娓娓道来：当年"打烂仗"到波密县，一待二十年，开了餐馆，养活了老婆孩子。"要不是开这家面馆，我可能在牢里了。"

疫情之后，生意就不好了。妻儿回了老家，他请不起帮工，咬咬牙，一个人在这里守店。墩子、厨师、上菜、洗碗，一个人包揽。问起周围有什么小众景点值得一去，他竟然一无所知：一半是忙碌，一半是没有兴趣。"我从来没有在这儿附近出去耍过，"他说，"只有一个冬天，开车送朋友，开太快了。车速80公里，驶上暗冰路面，失滑，打横在弯道上，差点没命。"

听完这个浪子回头的故事，脑子和胃都饱了。午后天光转晴，空气暖湿，一种勾了芡似的黏稠感，让人呵欠不止。在一顿饱餐过后的困倦中，想到下午要路过的波密"桃花谷"，完全提不起兴趣。只打算在途经的时候，顺便"看一眼"。

提起桃花，不自觉就联想起嬢嬢们拍照时飞扬的丝巾，或油画里那堆肉红色的、橡皮糖似的虬枝；再或者，古装剧里粉泡泡一样甜到发腻的对白。这套刻板印象过于深入，以至于真的走进桃花谷的时候，我惊呆了——这分明是那个哀靡、风流的平安朝——百里樱花夹道相迎，满目绚烂、明媚的哀愁；白色花瓣在风中摇曳，落洒一地春雪。这是博尔赫斯也为之倾倒的物哀之美，仿佛紫式部笔下的人物站在窗前，眺望"雪花飞舞后面的繁星"；又或者一座潮湿的长桥，在雾霭中"显得那样深远"……

也就是在这遐想的浪尖，我看见远处：谷布穷日的峰顶，锐利如戟，负雪裁云。

与小伊各自拿了一只橘子，冲了一杯咖啡，走向那片花影的深处，席地而坐。我忍不住像个孩子那样，躺下，头枕于手，仰望天皎云朗，草柔风滑，树枝像静脉那样，嵌入云朵的体中。

那一刻的光影与构图，无疑是印象派的；诗人廖伟棠写，当他看到莫奈《撑阳伞的女人》那幅画时，他感觉"看到了全人类的幸福"。艺术刺破了语言之膜，直接触达感官。此刻我因为想起那幅画，感到自己也拥有了莫奈的眼睛。花瓣溶解在了春天里，世界溶解在了光中。

因为那明媚的哀愁，回来之后我也写了一首诗：

我看过你所说的那幅画

打伞的太太，斑点的光
诗人写：
画家轻微的仰视视角
制造了全人类的幸福感

那幅画之后的傍晚
公交巴士没有了
火车也不会来了
幸运的话你可能会搭到一辆车
车里有一个家庭
你知道你搭上了全人类的幸福
暴雨的色彩稀释在雨水中
你坐在全人类的幸福里
抵达空荡荡的站台

∞

这首诗背后的故事是这样的。十多年前，国际旅行仍然便捷的时候，我和同学们背包穷游欧洲。停留巴黎的最后一天，同学已经先后回国了，而我想去莫奈故居，看看那片著名的睡莲。莫奈在这里住了四十三年，画了四十三年。

故居位于距巴黎 88 公里之外的小镇吉维尼。我查阅攻略，乘火车，又换大巴车，终于抵达。但那个下午，我在莫奈花园流连太久，回去的时候，大巴收班了，没有了。我当场傻眼，只能沿着公路一边走，一边竖起大拇指拦车，希望有好心人可以载我去火车站——活像小说里那样。

的确有人停下来了，车里坐着一家人，小孩不超过三岁，坐在后面。我刚一进车，外面就下起瓢泼大雨。前座的那对夫妇回过头来对我说："你运气真好啊！"

我本来不太会法语，但此刻上下文语境无比清晰，我不仅完全听懂了，还立刻感激涕零地回答："Oui oui, C'est ça! merci beaucoup!（是的是的，太谢谢了！）"

这家人本来是要一路开回巴黎的。但我不好意思全程搭车，于是请他们在火车站把我放下。等他们走后，我才发现：又晚了，火车也没有了。当时的心情接近于晴天霹雳——我的回国航班在明天，所以我无论如何，今晚也要回到巴黎。

绝望中，我走向火车站旁边的出租车站。问了价格，回巴黎四百五十欧。这是十五年前的四百五十欧，比回国机票还要贵。外面瓢泼大雨，天都黑了，火车没有了，往来路过的车也没有了。我没有办法，心疼得要死，但也只能打车了。

万万没想到，坐进出租车里的时候，司机说："先给我看看四百五十欧。先给我看看再说。"

我被某种羞辱彻底激怒了。难道他以为我到了巴黎就会赖账吗？一气之下，我从钱包里抽出钞票，晃在他眼前："See??

See?? Just drive !"我的确气得声音都变了。

这个尾声成了整个欧洲之行的最后记忆：最愚蠢、最心疼、最羞辱的一次打车。好在喜剧等于悲剧乘以时间，如今再跟小伊聊起这个插曲的时候，只像个笑话了。

"四百五十欧就是你对莫奈的真爱啊。"小伊笑道。

"对啊，那都是 2006 年的事了……"我闭上眼睛，静静听小伊单曲循环着的那首加藤登纪子《時には昔の話を》（《偶尔也说说昔日吧》），1987 年的老专辑。歌词大意是关于青春的落魄与浪漫："偶尔也说说那些过去的日子吧，咖啡店窗外的树，潮湿的热风，贫穷的日子，睡大街，偶尔有廉价小公寓……每天都像暴风雨一样燃烧，每天都在气喘吁吁地奔跑……你还会奔跑的，对吧……"

一瞬间，眼中有什么沸腾着，或许仅仅是阳光。今夕何夕啊，人间四月天。我们做了一个下午的隐士，躺在这桃花源，不知有汉，无论魏晋，山外的世界，2022 年 4 月 3 日，也就是今天：俄罗斯与乌克兰正在打仗。

3032 年 4 月 3 日，历史会抵达哪里？战争或是和平？到那时，也许这片树林都已消失了。只有一件事情是美好的：一千年前，这里曾是一片桃花树荫，曾经有两个孩子，席地而眠，笑着，吃了橘子，酸甜地睡去。醒来，她们散步到林中，发现树上藏着许多页岩雕版，刻着经文与佛像。

∞

在回来很久之后，我仍常常回想那天下午的明媚与哀愁。村上春树在一次演讲中说，日本人对于樱花的迷恋，源于他们是一个与灾难并存的民族，对无常的残忍与甜美，有着最深刻的领会。但我好奇：全人类并非只有他们才与灾难并存，为何物哀之思，只在日本才成为文化符码？难道剩下的世界里，再没有类似的对应概念吗？既然人类心灵是共通的。

日本学者大西克礼研究物哀的著作中，也追溯了相同的问题。他援引了西方一些学者或心理学家对类似概念的描述，比如"憾事之乐""快乐的痛苦"[1]，等等，暗示人类心灵体验中，悲哀总是包含某种快感，恰如雪莱所说，"我们最甜美的诗歌，表达的是最悲哀的思绪"。

"有哪个西方艺术家的作品也让你感受到物哀吗？"我问小伊。她想了想，说起法国艺术家克里斯蒂安·波尔坦斯基的作品 *Animitas*，那是一组装置作品的影像，大地上一片摇晃的风铃，象征着某种生命的颤抖与荒芜。但更让我感受到物哀之思的，是这位艺术家在濑户内海丰岛美术馆的另一件作品：心脏档案室。

---

[1] 书中分别列举了 "Plaisir de la douleur"（快乐的痛，Théodule Ribot 语）；"luxury of pity"（憾事之乐，疑是 Herbert Spencer 语）；或者 "Lust am eigenen Schmerz"（享受自己的痛苦，疑是 Eckar von Sydow 语）；等等。

在一座日式平房内，内敛简洁的灰黑木板墙，门的内侧是白色。你将穿过一小段走廊，墙上布满大大小小的黑色矩形。走廊尽头是黑暗虚空，一盏灯泡随着放大十倍的心跳声节奏，不断闪动。那心跳声听起来像急促的战鼓，又如某种摩斯密码。

你也可以来到另一个房间，拉开桌子、椅子，坐下，戴上耳机，凝视眼前被扁窄的窗框勾勒出的、长方形的海。就这样，你能听见艺术家从 2008 年开始搜集的，来自世界各地的，三万多个生命的心跳；或者，录制下自己的心跳。

2019 年，疫情前的最后一次旅行当中，M 曾经亲临这家心跳档案馆，为我录下她的心跳，并将 CD 带回给我。我们相识已经十七年，是比爱人更重要的挚友，但我们始终没有一起旅行过。

有时候我忍不住想，在将来某一天，这会不会成为一件憾事。

人一生的心跳，大约三十亿次。有研究表明，当一个人遭遇悲剧性事件，比如亲人离世、爱人分手……心脏的供血、搏动强度、心律，等等，都会因悲痛而大受影响。因此"心碎"是有生理基础的确切感受，并不是纯粹的修辞手法。

心跳总让我想起某种地热景观：噗，噗，地壳深处的热泉搏动着，在沥青表面不断地隆起一个个小泡。那黑色、光滑、富有张力的表面下，是泥泞的、浓稠的、存在式孤独：每个失

322

眠夜的自语喃喃，眼泪汪汪。心事杂草丛生，一片冒泡的沥青湖。

　　心跳也是物哀的。如同莫奈的睡莲、普鲁斯特的玛德琳蛋糕、刘亮程的麦田、钟子期的琴……也是木心临终前那句话："风啊，水啊，一顶桥……"

"你像哪种风景"

漫长的行车，酷似一种滑翔。

我们在路上一直放音乐，流行、后摇、古典、民谣。我们会认真挑选，什么样的歌适用于此时此刻。在藏南的某一天，行驶在绵绵山路上，我听到一半，忽然说："有没有发现，几乎每一首流行歌里，都有'寂寞'这个词。可能未必有'爱'这个词，但多半有'寂寞'。"

后来，每当放到哪首歌里又出现寂寞两个字，我们就会哈哈大笑。接下来的一段对话，我一直记在脑海里：

"寂寞与孤独的区别是什么？"

"寂寞是一种被动的，得不到回应的状态。孤独则可能是主动的，人的本质状态。孤独可能是一种必需品，但寂寞是难挨的。"

"所以'旅行的意义'到底是什么？"

"我们哪有在旅行。我们是 nowhere people。"

她说这句话的时候，我们正在经过通麦大桥，歌曲跳到了陈绮贞的经典作《旅行的意义》。很好：这首歌词里没有寂寞，而且提到的每个地方我都去过，虽然已经是十多年前的事了。

十多年前的一位卡车司机经过这里时，需要做什么呢？他可能需要停下来抽根烟，醒醒神。观察一下天气、路况，在内心祈祷：菩萨保佑。因为眼前是被称作"通麦坟场"的天险：峡谷陡峭如将倾的城墙，山体土质疏松，降水过于充沛，泥石流、塌方、高山落石……家常便饭，被戏称为"世界公路病害的百科全书"。即使是在晴天，这段路面也永远泥泞不堪，没完没了的弯道像一把坏了的折尺，事故之多，令当年的川藏线老司机都闻之色变。

2015 年通麦大桥终于建成，昔日天险不再，大多数时候都可顺利通过了，但眼望着森严的峡谷，仍不难想象筑路之难，维护之艰。

∞

从地质史的尺度来看，喜马拉雅山脉年轻得就像一个突然起立的莽撞少年。他的邻桌，横断山脉，同样也来自印度洋板块与亚欧板块的碰撞。想象同桌二人，一人拍案而起，另一人侧身斜坐；再有一人，念青唐古拉山，坐在两人的前排。这三者中间的空隙，酷似一个喇叭口，被称作"雨舌"：印度洋孟加拉湾的暖湿气流长驱直入，舔过这片峡谷，水汽抬升过程中被念青唐古拉山阻拦，形成丰沛的降水。

被雨舌覆盖区域便是帕隆藏布、易贡藏布。我们特意选这条小路，只为饱览藏东南最壮丽的森林峡谷。

崭新的国道，没什么车。新鲜发亮的柏油，甚至还没来得及安装护栏，漆上黄线。沿路是一系列巨幅风景壁纸：雪山之巅皑皑发光，森林如绿色的雪崩，倾泻而下。峡谷中，不时有一块山间平地，一座木头房子静静站在茵茵草地上，院子的围栏边上，一树浅粉色桃花，热烈地盛开。满目牛马安宁，炊烟袅袅，活生生的桃花源，卧在对岸的山坳里，像一汪甜蜜的引诱，让人很想去那画中看看。

"挺有意思的：想起苏珊·桑塔格在《论摄影》中说，当我们的观看方式被影像所驯化，我们面对真正的风景，反而形容它'如画的''像照片似的'，"小伊说着，在卫星地图上做了一个标记，接着她仔细查看，问，"村庄后面那座雪山叫扎西罗隆……"

"前面肯定有桥。"我说。

两个弯道过后，一条小路果然拐下国道，扎向峡谷底部。在被树木遮挡的溪谷最窄处，一道铁桥，刚好可容一辆车经过。

我们上桥，过河，开进了村庄。那天的野餐十分安宁。我们在村庄尽头一座废弃的院落里，撑开桌椅，煮了面条、番茄和黄瓜。春光和煦，饭后的困倦几乎让人融化。我们躺在垫子上睡了一个午觉。醒来，牛群已经走了。风很大，吹翻了我们的椅子。扎西罗隆的雪峰已经悄悄隐去，藏在了厚厚云层下。

∞

抵达易贡藏布峡谷的那天夜晚，我们在阳台上喝啤酒。小伊起身离去，打了一个工作电话，我独坐在阳台上听肖邦，悠闲地把腿跷在了阳台的护栏上，星星就在脚尖一闪一闪。夜色浓郁，易贡湖对岸的小山看起来像宫崎骏动画中的怪兽。我怀疑在天空一角看见了御夫座。

公元 2 世纪，古天文学家托勒密发现了御夫座，其拉丁语原名 Auriga 意为"战车御者"，被认定为天空中 88 个现代星座中的一座，常见于北半球星空。Auriga 本意是"古罗马的车夫奴隶"，为重要的将领驾驭轻型骈车。Auriga 的另一个重要的职责，是站在王侯将相的身后，不断地，轻轻地，用耳语提醒一句话：Memento mori. 意思是：记住你将死去。

她回来后，我们又开了两听啤酒。我将音乐从肖邦换成了巴赫，朱晓玫演奏的版本。不知为什么突然聊起什么意味着长大，小伊的描述是："很多事都不再那么用力了。"

我叹了一口气，又问她："那你认为你是依靠快感生活的人吗？"

"过去是。"

"现在呢？"

"现在……对什么都不太有感觉了。"

"所以你现在是靠无感生活。"

说完，我俩同时爆发出一阵无奈而自嘲的大笑。

"好吧，你是靠超感而生活。"

"这个好！干杯！我们靠超感生活。"

会永远记得这些时刻。毕竟和很多同龄人之间，已经无法再有这样虚无缥缈的对话，而我很高兴自己还能不切实际地活着。我继续问："你觉得你自己像哪种风景？"

她犹豫了一下，大约是想起了德姆拉山口的茫茫雪原：夕阳时分，远处尖锐的山峰在落日中，反射着金属质感的涂层，破碎又坚定。到了夜里，雪地一片银蓝，既黯又明，像是星空的镜像。因此她说："我觉得，可能是像雪山吧。"

"那我呢？"

"……你像峡谷。"

我没有再追问她，是哪种峡谷。科罗拉多州的红色羚羊谷？还是波密的雪峰下，幽翠而奔腾的峡谷。再或者，独俊峡谷？土黄色的逼仄、不祥的寂静，像是一场惨烈的伏击战就要在这里发生，投石从天而降，瞬间血流成河。

接着我们又讨论了一些身边共同认识的朋友。有人像田园。有人像冰川——枯萎的消逝的冰川。有人像眼前这黑暗院落里的路灯。

那一刻，院子里突然出现了清晰的马蹄声，三匹骏马忽然从黑暗中出现，跑进了楼下的院落，迷路般茫然，匆匆窜过。两黑一白，没有鞍；路灯下，它们修长的投影，纷纷轻击石板，酷似深山远寺的夜半木鱼声，一个诗意的场景，简直是皮娜·鲍什的舞台。

当我们谈论篝火时我们在谈论什么

比如县的达姆寺，它并不是一座宏大的寺庙，历史也不过两三百年。这里之所以著名，是因为一个十分特别的院落：天葬台四周的墙上，镶着一千多个骷髅头骨，由达普八世白玛白扎活佛创建。由于寺庙曾被严重毁坏，重建时，人们将方圆百里的头骨重新搜集起来镶嵌于墙，所以有的头骨可能会比寺庙的历史更加古老。

那天上午，天葬刚刚结束，地上仍可见到痕迹，秃鹫的羽毛。我们走进院子，闻到血混合着酥油的气味，构成一种鲜明而生动的气场。生与死在这里圈下两块投影，彼此相交。

一个藏族小伙子主动为我们担当解说员。他用钥匙打开了天葬院的"生门"，走到那血迹尚存的天葬台边缘。院子很小，除了中央的天葬台，四周就是层层叠叠镶嵌的骷髅墙了。他对我们讲起这里的历史，说，头骨提醒人们四海归帆，终有一死，就像那句老话说的，"你永远不知道，明天与来世哪个先到"。

∞

　　也许是因为文化差异，中原地区见不到的骷髅寺庙（教堂），在欧洲却并不罕见。多年以前，在捷克布拉格郊外的小镇霍拉，我见过一座用人骨装饰的教堂：Sedlec Ossuary（塞德·莱茨藏骨堂）。天花板、门楣、拱顶、廊柱、吊饰，全是人骨。过于精美，几乎疑心它们只是石膏做成的。但这些遗骨属于实实在在活过的人们，他们大都死于 14 世纪的黑死病。

　　当时那座教堂的空地只有半个足球场那么小，因为瘟疫，突然要容纳三万多个坟墓，实在捉襟见肘。教士把埋不下的人骨搬进教堂，堆积如山，再后来，这些人骨就被用作了装饰素材——这就是历史——死亡成为时间的装饰。

　　七百年过去了，另一场疫情再次困住了我们。因为被关上了门，我们才试着去打开那扇从没注意过的窗，却也因此得到了一个意外的视角，用他者的目光仔细看看自己的身边。由于路上不得不随时做好搁浅的准备，所以我们带着帐篷睡袋，方便扎营。回想 2017 年在加拿大，也和朋友有过一场横穿大陆的长途旅行。路线像念珠那样穿起了沿途的国家公园，白天远足，晚上露营。

　　阿尔伯塔省贾斯珀国家公园，露营地位于一大片松林中。即使是阳光灿烂的下午，松林深处也郁闭幽暗。大约是生态环境太自然，我从来没见过这么多蚊虫——刚打开车门，立刻就被轰炸机一般的蚊子环绕，隔着衣服都能被咬上七八个包。一不小心张嘴，蚊子就飞进口腔，像跳跳糖那样在舌尖蹦跶。

我们撑好帐篷，钻进去，拉紧拉链，就再也不敢出来。跪在帐篷里面打蚊子，狼狈不堪，大汗淋漓。躺下的时候，盯着半透明的帐篷顶，蚊虫啪啦啪啦地扑腾，各种可疑的声响坠落在上面，令人心烦意乱。

去营地公用澡堂的路上，遇到一场突如其来的冰雹。巨大的冰块砸在车顶上，声如擂鼓。冰雹过后，滚烫的柏油马路上，散落的冰块直接升华，化为一片白雾，像舞台上的干冰。

第二天，我们打算在附近远足。刚走到一条徒步路线的入口处，还没来得及钻进蓊郁的草丛，就发现朋友的冲锋裤上已经密密麻麻爬满了蚊虫，灰色的面料几乎变成黑色。它们黏贴在上面，拍掉了又立刻附着上来。那瞬间我头皮发麻，一阵鸡皮疙瘩起到了胃里，差点呕吐。

想起苏联作家阿斯塔菲耶夫在《鱼王》中写，夏天的西伯利亚冰雪融化，全是丛林沼泽，蚊虫肆虐。无论再怎么闷热，人们也必须浑身裹得严严实实，抹上防蚊的油脂。在流放犯人的途中，一旦领队想要干掉谁，就把谁脱光了衣服绑在树上，任由蚊子像磁粉那样扑上来，满满一身，活活把人咬死。

∞

　　当然也不是每个地方都有这样的蚊群。在某个叫 Birch Bay 的湖边，遇到过一个奇怪的家伙。他已经在帐篷里住了三个月，看起来是打算永远这么住下去。我们遇见他的时候，他正在一边钓鱼，一边刮胡子；赤脚踩在草地上，看起来相当自在。

　　那几年的露营之旅使我对生火这件事产生了一种特殊的执念。在北美地广人稀的地方，路上开了好半天没有一辆车，餐厅遥远不说，食物又单调又生冷，让人没有胃口。大部分中午，到了某个休息点，我们会现找柴，现生火，现烤超市买来的食物吃，半个小时内能搞定，并不比在家做饭慢。

　　到了夜里，就去营地管理处买来木柴，引火刨花，点燃在铁皮桶里，不慌不忙地烤点香肠，佐以冰啤酒，甚至还可以烤几串棉花糖夹饼干。

　　营地总有很多拖挂房车，撑开挂着灯串的天幕，一家老小围着桌子小声聊天，他们一住就是一个星期。我喜欢举起啤酒瓶子，朝他们扬扬下巴，算是问候。

　　篝火可以熏走蚊子，烤干袜子。围炉而坐的时候，火光让每个人的脸庞都温柔下来，也变得安静。那样的时刻让人自觉放下手机，也不想轻易说话，只想安安静静凝视星星，也接受它们的凝视。

在雷丁山国家公园的某个夜晚，我成功预约到了一处"七星级"营地：十五元一晚的空位，在一片干干净净的沙地上，背靠一整片松林，面对一整片湖。没有蚊子。那是我整趟旅途中最喜欢的一个露营地。

扎营完毕，一个澳大利亚小伙子十分礼貌地走过来，询问我们的营地是否有空，可以让他在边上搭个帐篷。他说他没有钱，和女朋友分手了之后，一个人旅行，全程搭车，走哪儿算哪儿，连露营费都能省则省。我被他不卑不亢的态度给打动了，欣然允许他借用我们空地中的一块角落。

夜幕降临，他主动帮我们生火，烤了鱼。他从背包里掏出一小罐胡椒和海盐，撒在烤鱼上，味道非常好。我们有一搭没一搭地聊，他说起旅途上的故事，琐碎的快乐和麻烦，细节早就忘了，只觉得我们像两个石器时代的野人，偶遇在河边，互相分享了今日的渔猎。

他说话的声音很平静，像一条溪水。听到后来我好像也走了神，仅仅是看着篝火在眼前闪动。他见我犯困，就非常识趣地打住了，说时间不早，准备钻进帐篷睡了。

他说："第二天我会走得很早，你们醒来的时候应该看不到我了。我会轻手轻脚收拾帐篷，不会打扰你们。再次谢谢你们的慷慨。晚安。"

我们醒来时，他已经不见了。沙地上只留下四个风钉扎下的小孔，除此之外别无一物，让人几乎怀疑昨晚就没有出现过任何客人。我们也默默收拾营地，离开了那片湖。心中确信从此以后都再也、再也不会碰到。

那趟旅途的最后，我对扎帐篷熟悉到就像打开一把雨伞。而篝火对露营来说，就像蛋糕上的那枚樱桃，马丁尼中的那枚橄榄。可惜到了国内，露营变了一些味道，沦为一种表演，大家好像只是为了摆拍，发照片。

∞

喜欢西藏的另一个原因，就是因为这里没有防火禁令，毕竟大部分地方根本没有植被。我把露营装备都装车，打算哪天要是走得很深，没有住宿，就扎营度夜。

一件事情期待太久，容易落空。萨普神山原本是这趟旅行的皇冠，我们甚至为此多等了一周，就为了在一个完美的天气抵达这里。但摄像头和棕熊警示牌令人不安，只好放弃了扎营的念头，打算只走到雪山下的冰碛湖，看看就好。

还没来得及好好欣赏风景，一个男人突然骂骂咧咧地跑出来驱赶我们，不停吼叫着："当官的马上要来了！当官的马上要来了！"看他那架势，还以为是……那什么要进村了。

"所以这个地方只有当官的能看？"我一股无名火起，忍不住问他。

他没有正面回答，转而凶狠地指责我们逃票。而这时候我才意识到，山脚下那个房门紧闭，叩问无人，貌似已经废弃的小卖部，是所谓的"检票口"。我们努力控制内心的愤怒，不想再与之纠缠，上车离去。

不远处，六辆外地牌照的丰田酷路泽停靠成队。一群官员模样的人下了车，走到高处指点江山。我们被赶走了，而返程的狭窄山路上，迎面而来的司机黑着脸，路旁有错车的空间也不肯退让。又是一次因为期待太高而落得无比沮丧的经历，也不知道接下来要去哪儿——提前回去的话，还有整整一下午要打发；继续往前走，时间又不够了。

我们茫然地朝着下一个目的地而去，不知道情况会怎么样。在两百公里外，那个地方叫三色湖，不知道有没有住宿。但无可选择了，只好先去了再说。

意外的是，上天像是为了安抚我们一样，赐我们一个意外的黄昏。抵达道路终点的时刻，雪峰拱卫，一片冰碛湖镶嵌在山谷中，如一个冷静的拥抱，让我们安宁下来。远处，念青唐古拉山的余影连绵，流雾羽化了锐利的峰影，山云交涵，时隐时现。再往上，冷月高悬，神似一位仙侠，纁裳缥缈，倚靠着岩壁，目如寒剑，凝视我们。

湖边堆积着大块大块的冰。我蹲下来抚摸那些晶莹剔透的冰块，忍不住咬了一口。没有任何味道，只有彻骨的凉。水面一片冰裂纹，灰蓝色。

天色已晚，我们决定就地扎营。但是风太大了，帐篷被吹得摇晃不止，防雨层猎猎作响，铝制的椅子都被吹翻了，满地滚。我们反复敲打防风钉，感觉若不扎牢，梦里会被吹到半空中去，乘上飞毯。

找了一个下风向，躲在车身后面，开始做饭。利用烧水的时间，小伊切好了番茄和黄瓜，双手已经冻得发红。我将面饼放进锅里，盖上盖子。太冷了，此刻我迫切地想要点一堆火，取暖。

这里荒凉，找柴不易，搬起石头垒了一个土灶，搜集了一些枯草，将就用原地上那些烧过一半的剩柴，点燃了篝火。一股热浪扑来，火苗疯狂跳跃着，像是在与一头看不见的野兽互相撕咬。

我们围着篝火，煮酒喝到夜深，都醉了。黑暗似乎将高山放大了数倍，显得我们格外渺小，如在釜底。星辰藏在雾中，某种又旷阔又恐惧的原始感受袭来，我走到湖边，对着空虚的荒野放声呐喊。

篝火熄灭之后，寒气袭来，我们躲进帐篷，在大风中入睡。

∞

第二天下午，带着宿醉的倦意，我们慢慢登上了达宗遗址。

藏语"达"的意思是"老虎","宗"的本义是"堡寨",设立于清乾隆年间,相当于县府城堡,原有五层楼高,城墙,官邸,住宅,藏式石木结构,相传是尼泊尔工匠修建。

废墟伫立在一片石头山顶上,视野绝佳。站在早已坍圮的窗口,望见山崖两边分别有两片海子:左边的黑湖与右边的黄湖,像一对异色的瞳孔,而我们的位置,正好是在鼻梁上。

三百多年前住在这栋堡寨里的人们,日日夜夜就这样眺望我们眼前的风景,在这风景中喂马劈柴,粮食蔬菜。这些眺望会把他们变成世界上最浪漫的人。如今他们的痕迹在哪里?这石头窗框,曾经倚靠着怎样的肩膀?

我坐在先人们生活过的地方,吹着风,望着湖,意识到今年的旅途就快要结束了。许多去过的地方,也许今生都不会再来。天那么高,云那么远,我与这些石头、风与海子的唯一一次相遇,就是此时此刻。

此时此刻之后,一切就往生了。

将地图刺穿

严格说来，班戈已经不再属于大横断。我们终于刺穿了地图，走到了褶皱的尽头。大地成了一张无边无际的毛毡，被太古时空反复熨烫，没有皱褶，没有起伏。到了下雪的时刻，道路看起来会像浮桥一般，漂在地上。行驶的感觉，像是正沿着笔直的跑道起飞。

数不清的藏原羚、藏羚羊、藏野驴。它们和家畜一起共享着草地，优雅地坐卧，闲庭信步，像是等着画家来写生。一地甜美的蹄印，糖果般活泼，却令我想起可可西里的盗猎大屠杀。是什么恶魔，才会抄起猎枪，在繁殖季到来的时候，扫射这群无辜的精灵。怀孕的藏羚羊被子弹追赶着，仓皇逃跑直至流产而死。

我正陷入这样的联想，为人类犯下的罪恶倍感折磨，忽然间，荒原上出现一只巨大的，巨大的，钴蓝色瓷盘；一颗坦然的心，完全敞开，心口盛着亿万年来被露水渐渐稀释的星夜……的那种蓝。

巴木措到了。

初见那一刻，觉得这……无疑是海。是天空掉落下来的一块，嵌在旷野。我终于理解为什么在藏北高原，这样的湖泊会被称作"海子"：那样的平静、仁慈，像德格印经院的壁画，佛的垂目，慈坐于墙，七百五十年了。人间所有的贪嗔痴，怨憎会，爱别离，独生独死，独去独来，终汇成这片陆地深处的海。

无法控制自己不靠近那片海蓝，尽受塞壬之歌召唤，不加抵抗。径直走向那海子，沙地横加阻拦，起伏不断，一道道拱起，一道道遮挡视野，直至最后的沙丘尽头，遮挡消失的瞬间，我们一头撞进那蓝色，仿佛踏入梦的结界。

海的最浅处，蓝是一片被阳光漂白的床单。最深处，蓝是幽静的死亡，一片心事之冢。风叠加着风，滚滚而来，吹出一座德里克·贾曼的花园：牛舌草，鼠尾草，风信子的蓝。三色堇的花语之蓝：沉默不语、无条件的爱。也是杉本博司的海：无色的平静，无辜而痛彻地活着，无眠的海。

远远地，看见一群藏原羚在山脊线上警觉地望着我们，只停了一瞬，就飞奔而去。在这茫茫旷野上，忽然就再也、再也寻不到它们的身影。

有那么一瞬间，感觉自己孤独得就像一头野兽，叼着自己的影子，慢慢走回饥饿之夜的洞穴。

青山七惠说，创作要有"想去绕一绕远路的心情"，我觉得生活也是如此。

始终执着于小路。无论人生，还是旅途中。小伊规划从班戈到那曲的路线，选了一条只有卫星地图上才能隐约辨认的县道。普通导航软件不提供这条路，路上也没有信号，我们要以中途的村落作为坐标，提前记住每一个转弯。

沿着一条车辙印，牵针走线般穿过好几个海子：达如措，江措、蓬措、懂措。她在车里忽然笑起来："这是一错再错之旅。"

忽然间一场浅雪，淡如粉末，极为耐心地为大地染色。眼前成了马克·罗斯科的抽象油画作品：大地是平涂的钛白，边缘模糊不清，钛白之上有一层锌白。那锌白的就是"江措"，海拔4545米。在格萨尔史诗中，这里是魔岭战役的发生地，魔王的头颅被抛撒于海中。

史诗已然散去了，留下一片雪的挽歌。春天快要过去了，这里依然寒冷。牧羊人和他的羊群，变成白纸上的几粒黑芝麻，点缀在昏沉的湖岸，似静若动。最活泼的那一粒，是牧羊犬。

他们都那么冷静，人，羊，狗——那么冷，那么静。若无信仰，怎能容忍那么庞大的、空白的时间。牧羊人一定是海边的卡夫卡。这片锌白或许就是他的信仰之海，如何生活这种问题对他而言不存在，他就像个天赋型选手，生来就会。

他与羊、狗、牛、海子、细雪之间，有一种伟大而自由的爱。

如果有另一种版本的人生，你想成为什么？

从那天起，小伊就开始用"做牧羊人"对付我这个问题。她说她想成为牧羊人。对滚滚雷声、暴雨、风雪，从容以对；对丢失的羊羔从容以对。努力寻找，但如果真的丢失，她也从容以对。她守着古老的海子，白芝麻雪，与羊群对话，或压根不对话。

牧羊人分明与我们处于同一个时空，却好像与我们不属于同一个时代。

西班牙语翻译家范晔《诗人的迟缓》一书的结尾处，写道：

乌拉圭作家加莱亚诺讲过一个关于"同代人"的故事：

胡安说他时常与身上散发恐惧气息的人相遇，在布宜诺斯艾利斯，巴黎或是其他地方，他觉得这些人不是自己的同代人。但有一个中国人，在几千年前写过一首诗，诗中的牧羊人与自己心爱的女子相距遥远，但却能在雪夜，听到她发梳经过发间的微声。读到这首异域古诗的时候，胡安·赫尔曼认定，他们才是，那位诗人，那位牧羊人和那女子，才是他的同代人。

未竟的路途

一个最近发现的细节：手机相册时不时会呈现一组记忆流，提醒某时某刻，曾在哪里哪里。我总是猝不及防，被那些突如其来的画面击中，感到自己曾经像透明的隐形人那样，曾经飘浮在那里，曾经真真切切，而现在只留下影像。

2021 年结束后，小伊剪了一个短片，在大年初一发给我，作为新年礼物。短片中的每一帧我都能认得出是在哪里，看到最后，眼泪几乎夺眶而出：壮丽的山景，搓衣板似的烂路，也有滑稽场景，俄尔则俄的路边，一个牧民死死揪着绵羊乱蹬不止的后蹄，在我们路过的瞬间，人和羊一起扭过头，定住，看着我们，尴尬地笑着。

视频用的配乐是秘密行动乐队的 *Drown with Me*，我们路上经常单曲循环的一首歌。只要那声音一响起，"在路上"的记忆就如暴雨袭来，淋湿我。

小伊说，这是到现在为止，人生中最好的一年。

细想之下，我们都曾去过世界上那么多地方，一定也有曾经让我们产生类似感受的旅途，但时间是一场大雾，不知不觉间，抹去种种细节。所以我写下这本书，希望多年以后，当我们都忘记了横断浪途的细枝末节，至少能记认，这是多么美好的一扇窗——在疫情最糟糕的几年里。

两千多年前的春秋时代，秦穆公与子车三兄弟宴饮，酒酣耳热之际，说"生共此乐，死共此哀"①。我以一个悲观主义者的自觉，将这八个字理解为一种极乐之后的落寞，如同登顶：没有更高的地方了，此刻往后，都是下撤。

旅行也是流动的盛筵，一种反日常的突围。从踏上旅途的那一刻我就明白：生活不会放过我们，回到城市后，茫然和无趣的日子将接踵而来。我们仍然要回答"该如何正当地生活"，要鼓起勇气直面"伟大的作品与生活之间，古老的敌意"。

正因为连这敌意都不会是永远，正因为这旅途的短暂、无常、不可复得，我努力铭记每一片刻。每每回想途中涟漪，如鲠在喉，像"一头公牛站在自己的舌尖上"：旅行，是一种切肤的在场。

所以我书写。

旅行写作是关于一手经验的取舍，恰如简·莫里斯所坚持

---

① 秦穆公死后，殉葬 177 人，包括子车三兄弟：即子车奄息、子车仲行、子车鍼虎。《左传》《史记》痛惜三位忠良，批秦穆公残暴；应劭在《汉书·匡衡传》中注称，子车三人是因"死共此哀"之誓而自愿赴死，后世文学家如曹植、陶渊明等认同此观点。

的那样："带着自我的经验观察他者，又在他者的经验中分辨自我。"它不提供任何具体攻略信息（在互联网时代，这本来就没有必要）。我希望它引发读者的联想，眺望。一旦上了道，每个人的视角和经验都是独一无二的。

长途旅行，也像另一种飞行——纵身跃入所有的不确定性，虽然在驾驶自己的车，但我们都只是命运的乘客。回顾这一路，记忆与想象变成同一回事。这甚至像谎言，从建构的第一瞬间，自己就生出脚，迈出第一步就会自动迈出第二步，最终长大成人……成为另一个独立的主体。

最终，换作是我们，渐渐成为记忆的客体，甚至连这个客体，也会彻底消散。尽管舍不得，但我知道我还会回来。此念坚定，总在城市生活的绝望时刻，予我安慰。

衷心感谢小伊，还有每位路上的伙伴们。感谢山水自然保护中心，感谢芯锐、鲁茸叔、李八斤……感谢新经典的诸位老师，令这本书得到最好的呈现。感谢默默、郭宝婷、林十之，每次向他们寻求建议，总是热心帮助我。感谢台湾作家朱和之对这本书稿做了细致的建议与修改。他对我说："山脉即波折，你即为峡谷。这一座座山峰，亦即一次次跨越自己。板块挤压，岁月隆起，皱褶也就是生命的往复周旋。"

感谢世上所有的星、雪、火。愿山风吹拂我们走向荒野，走到人生深处去。

一起。

图书在版编目（CIP）数据

横断浪途 / 七堇年著 . -- 北京：新星出版社 ,2023.9
ISBN 978-7-5133-5267-3

Ⅰ . ①横… Ⅱ . ①七… Ⅲ . ①散文集 – 中国 – 现代Ⅳ . ① I266

中国国家版本馆 CIP 数据核字 (2023) 第 125737 号

横断浪途

七堇年 著

责任编辑	汪 欣	**特约编辑**	赵慧莹	赵丽苗
装帧设计	尚燕平	**内文制作**	张 典	贾一帆
责任印制	李珊珊　史广宜	**摄　影**	陈萧伊	

出 版 人　马汝军
出　　版　新星出版社
　　　　　　（北京市西城区车公庄大街丙 3 号楼 8001　100044）
发　　行　新经典发行有限公司
　　　　　　电话（010）68423599　邮箱 editor@readinglife.com
网　　址　www.newstarpress.com
法律顾问　北京市岳成律师事务所
印　　刷　北京盛通印刷股份有限公司
开　　本　850mm×1168mm　1/32
印　　张　11.5
字　　数　220 千字
版　　次　2023 年 9 月第 1 版　　2023 年 9 月第 1 次印刷
书　　号　ISBN 978-7-5133-5267-3
定　　价　69.00 元